nowledge. 知識工場
Knowledge is everything！

nowledge. 知識工場
Knowledge is everything！

nowledge. 知識工場

Knowledge is everything！

張翔

編著

文法

學霸進化課

面對五花八門的英語檢定考試，
只要掌握重點觀念、善用分秒，
1分鐘變身文法學霸！

1分鐘重點公式 × 文法深度解析
完整理解文法概念，省時省力又易懂！

使用說明 User's Guide

學霸都嘛這樣做，馬上搞定必考文法！

換顆學霸腦，覺醒你的文法實力！
鞏固基礎概念，各項考試難不倒！

統整必學關鍵，一次學齊必考文法！

五花八門的英檢考試，一定都會考到文法。本書針對各大考試，依照詞性分類、統整必學文法，讓你不用再怕抓不到文法「考點」！

1 分鐘重點公式，考前複習抓重點！

每單元先列出必考重點，讓你輕鬆就能吸收文法精華，只要運用 1 分鐘重點公式，考前就能快速複習！

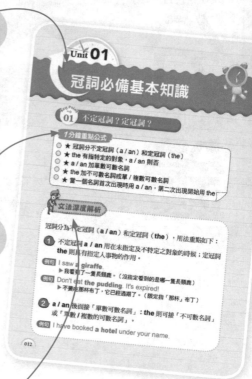

Unit 01
冠詞必備基本知識

01 不定冠詞？定冠詞？

1 分鐘重點公式
- ★ 冠詞分不定冠詞（a / an）和定冠詞（the）
- ★ the 有指特定的對象，a / an 則否
- ★ a / an 加單數可數名詞
- ★ the 加不可數名詞或單／複數可數名詞
- ★ 當一個名詞首次出現時用 a / an，第二次出現開始用 the

文法深度解析

冠詞分為不定冠詞（a / an）和定冠詞（the），用法重點如下：

1 不定冠詞 a / an 用在未指定及不特定之對象的時候；定冠詞 the 則具有指定人事物的作用。

例句 I saw a giraffe.
▶ 我看到了一隻長頸鹿。（沒指定看到的是哪一隻長頸鹿）

例句 Don't eat the pudding. It's expired!
▶ 不要吃那杯布丁，它已經過期了。（限定指「那杯」布丁）

2 a / an 後面接「單數可數名詞」；the 則可接「不可數名詞」或「單數／複數的可數名詞」。

例句 I have booked a hotel under your name.

012

文法深度解析，完整理解所有觀念！

深入剖析各項文法，拋開純文字的呆板敘述，運用豐富例句，幫你打好基礎、完整理解使用上該注意的所有眉角。

▶ 我用你的名字預訂了一間旅館。（hotel 為單數可數名詞）

例句 The questions are not specific enough.
　　▶ 這些問題不夠明確。（questions 為複數可數名詞）

③ a / an 大多被翻為「一個」、「一位」、「一隻」……等；
the 則大多翻成「那個 / 些」、「某個 / 些」。

④ 文中首次出現的名詞常會加上不定冠詞（a / an），如該名
詞為再次出現，則會使用定冠詞（the）。

例句 I have a dog; the dog is very naughty.
　　▶ 我有一隻狗；那隻狗非常頑皮。

一連記表格

類別	不定冠詞 a / an	定冠詞 the
使用時機	(a) 放單數的可數名詞之前 (b) 沒有特定指某人事物 (c) 第一次提及之對象 (d) 該單數名詞的發音，若為子音開頭，用 a；若為母音開頭，用 an	(a) 放單／複數的可數名詞或不可數名詞之前 (b) 指特定的人事物 (c) 一篇文章中，第二次被提及的對象
例子	· a girl（一位小女孩；girl 為子音 g 開頭） · an engineer（一位工程師 engineer 為母音 e 開頭）	· The book is good.（book 為單數可數名詞） · The coffee smells good, 這咖啡聞起來很香。（coffee 為不可數名詞）（coffee 為不可數名詞）

一眼記表格，
神速記住文法重點！

用表格統整複雜文法，把文法變得簡單易懂、一眼就能記住重點。

貼心小提示，
讓學習環環相扣！

解釋比較不常見的名詞，還會提醒與此文法相關的章節，融會貫通全書文法！

補充小角落，
相關知識一把罩！

補充進階的文法知識，讓你延伸學習、文法程度更上一層樓。

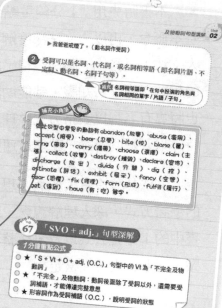

▶ 我爸爸戒煙了。（動名詞作受詞）

② 受詞可以是名詞、代名詞，或名詞相等語（即名詞片語、不定詞、動名詞、名詞子句等）。

提示 名詞相等語即「在句中扮演的角色與名詞相同的單字 / 片語 / 子句」

補充小角落

在此句型中常見的動詞有 abandon（放棄）、abuse（蠹用）、accept（接受）、bear（忍受）、bite（咬）、blame（責備）、bring（帶來）、carry（攜帶）、choose（選擇）、claim（主張）、collect（收集）、destroy（摧毀）、declare（宣佈）、discharge（放出）、divide（分離）、dig（挖）、estimate（評估）、exhibit（展示）、fancy（空想）、fear（恐懼）、fix（修理）、form（形成）、fulfill（履行）、get（獲得）、have（有；吃）等字。

Core Point 67 「SVO + adj.」句型深解

1分鐘重點公式

★「S + Vt + O + adj. (O.C.)」句型中的 Vt 為「不完全及物動詞」
★「不完全」及物動詞：動詞後面除了受詞以外，還需要受詞補語，才能傳達完整意思
★ 形容詞作為受詞補語 (O.C.)，說明受詞的狀態

155

003

作者序 Preface

準確抓住文法關鍵重點
考遍各大 英文檢定！

英文文法不但是各項考試必考範圍，口語中若用錯文法，可是會鬧笑話的！但學習文法時，很多人卻認為文法太複雜，再加上坊間書籍常常都用專有詞彙或一長串的文字敘述來解釋文法，而導致許多學習者難以消化、吸收文法知識，似乎永遠都學不會文法。而本書將藉由列點式的重點整理、用許多例句深入講解、表格整理……等等，運用有系統的整理方式，幫各位讀者釐清這些必考、必學的文法！

本書將先用「1分鐘重點公式」帶讀者認識每一項文法的基本概念，再以「文法深度解析」中豐富的例句，詳細解釋各大文法；最後「一眼記表格」的表格整理還有「補充小角落」的相關必備文法知識，都能助讀者速記文法、程度進步；書中也將專有名詞以表格方式整理成附錄，當遇到不懂的專業用語時，只要翻到附錄，就能迅速對照、理解。

文法其實沒有大多數人想像中這麼困難！只要運用有系統的學習方式，深入理解觀念、了解每一個文法的用法，並善用書中的1分鐘公式以及表格整理來複習觀念，定能突破文法瓶頸、考遍各大英文檢定！

張翔

目錄 Contents

Part 01

請勿忽略我！不可或缺的螺絲
——冠詞篇

英文名詞前面，一定要加上「**冠詞**」！先來學學什麼時候要加哪個冠詞，並且記住不加冠詞的各種例外吧！

☑ **Unit 01 冠詞必備基本知識**
☑ **Unit 02 兩種冠詞大 PK**

Unit 01

冠詞必備基本知識

Key Point 01　不定冠詞？定冠詞？

> **1分鐘重點公式**
> - ★ 冠詞分不定冠詞（a / an）和定冠詞（the）
> - ★ the 有指特定的對象，a / an 則否
> - ★ a / an 的字義為「一個」，只能加單數可數名詞
> - ★ 可數名詞（單 / 複數）與不可數名詞都能用 the
> - ★ 一個名詞初次出現時用 a /an，第二次開始則用 the

文法深度解析

冠詞分為不定冠詞（**a / an**）和定冠詞（**the**），用法重點如下：

1 不定冠詞 **a / an** 用於「未指定及不特定」之對象；定冠詞 **the** 則具有「指定」人事物的作用。

例句 I saw **a giraffe**.
　　▶我看到了一隻長頸鹿。（沒指定看到的是哪一隻長頸鹿）

例句 Don't eat **the pudding**. It's expired!
　　▶不要吃那杯布丁，它已經過期了。（限定指「那杯」布丁）

2 **a / an** 後面只能接「單數可數名詞」；**the** 則無此限制（搭配單 / 複數名詞皆可）

例句 I have booked **a hotel** under your name.

▶ 我用你的名字預訂了一間旅館。（hotel 為單數可數名詞）

例句 **The questions** are not specific enough.

▶ 這些問題不夠明確。（questions 為複數可數名詞）

3 **a / an** 大多被翻譯為「一個」、「一位」、「一隻」等等；**the** 則須視句意，從「那個 / 些」、「某個 / 些」中選擇。

例句 I read **an** interesting **novel** yesterday.

▶ 我昨天讀了一本有趣的小說。

例句 **The packages** are not yet claimed.

▶ 那些包裹還沒被領走。

4 文中首次出現的名詞通常會搭配不定冠詞（**a / an**），若該名詞再次出現，則會使用定冠詞（**the**）。

例句 I have **a dog**; **the dog** is very naughty.

▶ 我養了一隻狗；那隻狗非常頑皮。

一眼記表格

類別	不定冠詞 a / an	定冠詞 the
使用時機	(a) 置於單數的可數名詞之前 (b) 沒有特定指某人事物 (c) 第一次提及之對象 (d) 該單數名詞的發音，若為子音開頭，用 a；若為母音開頭，用 an	(a) 置於可數名詞（單 / 複數皆可）或不可數名詞之前 (b) 指特定的人事物 (c) 非首次被提及的對象
例子	- a girl 一位小女孩（girl 的開頭發音為子音 [g]） - an engineer 一位工程師（engineer 的開頭發音為母音 [ɛ]）	- The book is good. 這本書很好看。（book 為可數名詞） - The coffee smells good. 這咖啡聞起來很香。（coffee 為不可數名詞）

Unit 02

兩種冠詞大 PK

1分鐘重點公式

- ★ a / an + 不指定的單數可數名詞
- ★ 名詞該選用 a 還是 an，須視其「開頭發音」決定
- ★ a + 開頭發音為子音的名詞
- ★ an + 開頭發音為母音的名詞
- ★ 名詞的拼字是母音 / 子音開頭，不等於發音也如此，判斷須以音標作準

文法深度解析

a / an 後面接單數名詞。但是，單數名詞前面，究竟要放 a 還是 an，就必須看名詞開頭的「發音」決定。若開頭發音為母音，必須用 an；發音為子音開頭，則選用 a。必須特別注意的是，此處所依據的子音 / 母音，看的是「音標」，而非拼字。茲將學習者容易錯用的幾種例外，統整如下：

1 以 e 開頭的單字，受後面字母 u 和 w 影響，而發 [ju] 的音，因此必須使用 a，例如 a eucalyptus（一棵尤加利樹；eucalyptus 唸作 [ˌjukəˋlɪptəs]）、a eunuch（一位太監；eunuch 唸作 [ˋjunək]）、a ewe（一隻母羊；ewe 唸作 [ju]）……。

2 以母音 **o**、**u** 開頭的單字，只要音標為 [w] 或 [ju]，就屬於子音開頭，須搭配 **a**。例如 **a unit**（一個單位；**unit** 唸作 [`junɪt]）、**a one-eyed pirate**（一名獨眼的海盜；**one-eyed** 唸作 [`wʌn`aɪd]）……。

> **例句** Have you ever seen **a UFO**?
> ▶ 你看過飛碟嗎？（UFO 唸作 [`jufo]）

3 就算拼字開頭為子音，但音標寫起來為「母音開頭」，就必須使用 **an**。例如 **an MA**（文學碩士；**M** 唸作 [ɛm]），**an hour**（一小時；**hour** 唸作 [aʊr]）……。

> **例句** I borrowed **an SF** from him. (SF=science fiction)
> ▶ 我向他借了一本科幻小說。（S 唸作 [ɛs]）

4 以 **h** 開頭的單字，若遇到 **h** 不發音的情況，導致音標以母音開頭，就必須用 **an**。例如 **an honorarium**（一份報酬；**honorarium** 唸作 [ˌɑnə`rɛrɪəm]），**an heirloom**（一份傳家寶；**heirloom** 唸作 [`ɛrˌlum]）……。

> **例句** She is **an honest girl**.
> ▶ 她是一個誠實的女孩。（honest 唸作 [`ɑnɪst]）

Key Point 03　不可數名詞搭配 a / an 的例外情況

1 分鐘重點公式

- ★ 不可數名詞一般不會與 a / an 搭配使用，但還是有例外情況會加上 a / an
- ★ a / an + 專有名詞：表示有特殊才能或用途的人或物
- ★ a / an + 抽象名詞：將抽象名詞具體化或轉為普通名詞
- ★ a / an + 物質名詞：將物質名詞轉為普通名詞

專有名詞參照 專有名詞（附錄 p.340）；抽象名詞（附錄 p.340）；物質名詞（附錄 p.340）；普通名詞（附錄 p.340）

文法深度解析

「專有名詞」、「抽象名詞」、「物質名詞」一般為不可數名詞，但在下列情況會加上 **a** 或 **an**：

1 **在「具代表性的專有名詞」之前**：表具有「特殊才能與用途」的人、作品或器具等。

例句 The scientist is so-called **an Einstein**.
> ▶ 這位科學家就像愛因斯坦般偉大。
>
> （an Einstein 指「如愛因斯坦般偉大的科學家」；an Edison 可指「如愛迪生偉大的發明家」；a Shakespeare 可指「如莎士比亞般的大文豪」）。

2 **在「抽象名詞」前**：可將抽象名詞「具體化」，或將其轉換成「普通名詞」。例如 **silence**（寧靜）→ **a silence**（一陣寂靜）；**success**（成功）→ **a success**（一個成功的人／事／物）；**disappointment**（失望）→ **a disappointment**（一次令人失望的事件）。

3 **在「物質名詞」前**：可將物質名詞（如天然資源、食物或化學元素等等）轉為「普通名詞」。例如 **stone**（石材）→ **a stone**（一顆石頭）；**paper**（紙張）→ **a paper**（一份報紙）；**glass**（玻璃）→ **a glass**（一個玻璃杯）。

Key Point **04** 定冠詞 the 的使用時機

1分鐘重點公式

○ ★ 必加 the 的情況：❶ 指定的東西 ❷ 前面提過的名詞 ❸ 唯
○ 一的事物 ❹ 方向 ❺ 樂器 ❻ by the + 單位 ❼ 最高級形
○ 容詞或比較級限定範圍 ❽ 序數詞 ❾ the + 單數普通名詞
○ = 同類全體 ❿ the + 普通名詞 = 抽象意義 ⓫ the + 普通
○ 名詞 = 典型的… ⓬ the + 形容詞 = 具有此屬性的人 ⓭
○ the + 分詞 = 單 / 複數名詞 ⓮ the + 形容詞 + of... = 某事
○ 物的一部分 ⓯ the + 所有物 + of + the + 所有者

文法深度解析

定冠詞 **the** 一般表示「指定」，有下列幾種用法：

1 表「**指定的東西**」：只要語意上有特定指稱物，就用 **the**。

例句 He is going to **the railroad station**.
▶他正要去火車站。（表示去特定的火車站）

例句 I want to see **the movie** with my classmates.
▶我想和同學一起去看這部電影。（指某一部特定的電影）

2 **the + 前文已提過的名詞**：文中第一次出現的名詞（單數），
須搭配 **a / an**；之後再提到該名詞，就用 **the**。

例句 My brother just bought **a** new computer. **The** computer
is quite expensive.
▶我弟弟剛買了一台電腦，那部電腦滿貴的。

3 「**唯一的事物**」一般都搭配 **the** 使用：例如 **the Thames**（泰

晤士河）、**the Atlantic Ocean**（大西洋）、**the Taiwan Strait**（台灣海峽）、**the Persian Gulf**（波斯灣）、**the sun**（太陽）、**the moon**（月亮）、**the sky**（天空）……。

例句 The meridian separates **the earth** into the eastern and western hemispheres.
▶ 子午線把地球劃分成東半球與西半球。

4 表示「方向與方位」的名詞（例如：東、南、西、北、前、後、左、右……），皆使用定冠詞 **the**：例如 **the east of Taiwan**（= eastern Taiwan；台灣東部地區）、**the north of Mexico**（= northern Mexico；墨西哥北部地區）……。

5 **play the ＋ 樂器**：彈奏樂器都以 **the** 做固定搭配。

例句 Can you play **the violin**?
▶ 你會拉小提琴嗎？

6 **by the ＋ 單位**：表示「以…來計算」時，計量單位（如 **kilogram** 公斤、**inch** 公寸、**gallon** 加侖、**liter** 公升……）前面須加 **the**。

例句 The meat is sold **by the pound**.
▶ 肉品按磅出售。

7 「形容詞最高級」與「比較級 ＋ of the two」：因為語意上要突顯某一個，所以需要搭配 **the** 使用。

例句 She is **the most industrious** among the students.
▶ 她是那群學生之中最勤勉的一個。

例句 Bob is **the shrewder of the two** men.
▶ 鮑柏是那兩個男人中較為精明的一位。

8 **the＋序數／only／same／very／sole＋名詞**：序數詞（例如 **first** 第一、**second** 第二、**third** 第三）以及 **same**、**only**、**very**、**sole** 等形容詞前面，要加 **the**。

例句 He was born on **the 1st** of March.
▶他是三月一日出生的。

例句 You are **the only** person able to solve the problem.
▶你是唯一能解決這個問題的人。

9 **the＋單數普通名詞**：指此名詞的「同類全體」。

例句 **The monkey** is much more active than any other animals.
▶猴子比其他任何動物都來得活潑。

10 **the＋普通名詞**：表此名詞的「抽象」意義。

例句 He threw **the pen** and went to **the sword**.
▶他投筆從戎。

11 **the＋普通名詞**：表「典型的、最好的、真正的」。

例句 Those men are quite **the gentlemen**.
▶那些人真是典型的紳士。

12 **the＋形容詞**：表示「具某屬性的群體」（指稱複數名詞）。

例句 **The rich** are apt to despise **the poor**.
▶有錢人常會鄙視窮人。

13 **the＋分詞**：表「單一的人」或「某一群體」（可視為單數或複數名詞）。例如 **the accused**（被告）、**the deceased**（死者）、**the injured**（傷者）。

14 the ＋ 形容詞 ＋ of...：表「某事物的一部分」。

例句 Do you eat **the lean of pork**?
▶你吃瘦肉嗎？（肉有肥瘦，在此特定指「瘦肉」）

15 the ＋ 名詞 1（所有物）＋ of ＋ the ＋ 名詞 2（所有者）：
此為固定用法，當兩名詞之間具備「所有」的關係時使用。

例句 **The style of the hair** is out of fashion now.
▶這種髮型現在已經不流行了。

Key Point 05 名詞不加冠詞的例外情況

1分鐘重點公式

○ ★ 遇到下列六種情形，前方不加任何冠詞：❶ 當相對應關係
○ 的名詞放在一起使用時 ❷ 表示「一種…」的片語後面的名
○ 詞 ❸ 名詞前已有所有格 ❹ 表抽象意義的名詞（e.g. after
○ school,...）❺ 運動名稱 ❻ 慣用語（e.g. at home, by
○ car, on foot,...）

文法深度解析

當遇到以下六種情況，前面不可加任何冠詞：

1 有「相對應關係的名詞」連在一起使用時：例如 **brother
and sister**（兄弟姊妹）、**husband and wife**（夫妻）、
day and night（日夜）、**body and soul**（身心）。

2 表示「一種類型」的英文片語：例如 **a kind/sort/type of**

等片語，介係詞 **of** 後方的名詞，不需要再加 **the**。

例句 Cabbage is **a kind of vegetable**.
> ▶高麗菜是一種蔬菜。（不可在 vegetable 前面加冠詞）

例句 She is not **the sort of girl**.
> ▶她不是那種女生。（不可在 girl 前面加冠詞）

3 名詞前面已有所有格：如果已搭配所有格，就不必再加冠詞。

例句 This is **my car**.
> ▶這是我的車。

4 普通名詞用以表示「抽象意思」時：例如 **go to hospital**（看病）、**after school**（放學後）、**at table**（在用餐）等。

例句 I went to **the bed** to change my sheet.
> ▶我到床邊更換床單。（具體：指「走去床邊」）

例句 I went to **bed** with my pajama on.
> ▶我換了睡衣上床睡覺。（抽象：指「上床睡覺」）

5 「運動名稱」前不加冠詞：例如 **play basketball**（打籃球）、**play tennis**（打網球）等。

例句 They will **play golf** together tomorrow.
> ▶他們明天會一起去打高爾夫。

6 某些已成為「慣用語」的名詞，不需要搭配冠詞使用：例如 **at home**（在家裡）、**at noon**（正中午）、**at night**（在夜裡）、**at work**（工作中）、**at play**（遊玩中）、**on fire**（失火）、**in fact**（事實上）、**on duty**（值勤中）、**by car**（開車）、**by train**（搭火車）、**by ship**（坐船）、**on foot**（步行）等。

An English Class
For Grammar

Part 02

你我他她它，到底指什麼？
——代名詞篇

代名詞顧名思義，就是用來「**取代名詞**」的，而代指各種名詞的主要目的，就是能避免同樣的名詞一直重複喔！

☑ **Unit 01 先來認識代名詞**
☑ **Unit 02 不定代名詞一籮筐**

先來認識代名詞

06 代名詞和「格」的變化

1分鐘重點公式

- ★ 當主詞或主詞補語 → 用主格
- ★ 當受詞或受詞補語 → 用受格
- ★ 後面有所屬的名詞或動名詞（V-ing） → 用所有格
- ★ 已知該名詞指的為何 → 用所有格代名詞（所有格 + 名詞）
- ★ 主詞與受詞為同一人物 → 用反身代名詞

專有名詞參照 主詞（附錄 p.350）；補語（附錄 p.350）；受詞（附錄 p.350）；所有格代名詞（附錄 p.341）；反身代名詞（附錄 p.341）

遇到已經提過的名詞，再次提及時，一般會用代名詞取代，以避免重複提及同一個名詞。以下將介紹代名詞常見的五種「格」：

1 「**主格**」**使用時機**：代名詞當主詞或主詞補語時。

例句 The caller might have been **she**.
　　▶打電話的人可能是她。（she 當作主詞 the caller 的補語，故用主格；但在非正式用法亦可用受格。）

2 「**受格**」**使用時機**：代名詞當受詞或受詞補語時。

例句 Life without computers is hard to imagine for **us** modern people.

▶沒有電腦的生活對我們現代人而言簡直難以想像。（us 當作 hard ...for 的受詞）

例句 I think the caller to be **her**.
▶我猜打電話的人應該是她。（本句中的 the caller 為片語 think A to be B 的受詞，因此代名詞使用受格 her。）

3　「**所有格**」使用時機：後面有所屬的名詞或動名詞（**V-ing**）時，採用「所有格 + 名詞」的形式。

例句 The teacher scolded him for **his laziness**.
= The teacher scolded him for **his being lazy**.
▶老師因為他的懶散而責罵他。

4　「**所有格代名詞**」使用時機：前句已出現過某個「所有格 + 名詞」，而後面又要出現該名詞時，為了減少同一個名詞重複出現，一般會使用所有格代名詞。

例句 My ambition is to be a pilot. What is **yours**?
▶我的夢想是當個飛行員，你的（夢想）呢？（由前文可知，yours 指的是 your ambition）

5　所有格代名詞可寫成「名詞 + of + 所有格代名詞」：例如 **a friend of mine**（我的一位朋友）、**some books of yours**（你的幾本書）……。

例句 The boy next to Jason is **a cousin of his**.
▶傑森旁邊的男孩是他的表弟。

6　「**反身代名詞**」使用時機：當主詞與受詞為同一人／物時，受詞必須使用反身代名詞。

例句 He bought **himself** a new car as a birthday gift.
▶作為生日的禮物，他買了一台新車給自己。

「人稱代名詞」和相對應的各種「格」整理如下表：

	主格	所有格	受格	所有格代名詞	反身代名詞
第一人稱	I（我）	my（我的）	me	mine（我的事／物）	myself
	we（我們）	our（我們的）	us	ours（我們的事／物）	ourselves
第二人稱	you（你）	your（你的）	you	yours（你的事／物）	yourself
	you（你們）	your（你們的）	you	yours（你們的事／物）	yourselves
第三人稱	he（他）	his（他的）	him	his（他的事／物）	himself
	she（她）	her（她的）	her	hers（她的事／物）	herself
	it（它／牠）	its（它／牠的）	it	its（它／牠的事／物）	itself
	they（他／她／它／牠們）	their（他／她／它／牠們的）	them	theirs（他／她／它／牠們的事／物）	themselves

Key Point 07 指示代名詞的類型

1分鐘重點公式

○ 指示代名詞可分為以下五類：
○ ★ this（這個）/ these（這些）：指離說話者較近的人／物
○ ★ that（那個）/ those（那些）：指離說話者較遠的人／物
○ ★ such（這個／這些）：與 this / these 同義
○ ★ the same（該人／事）：與 it / they 同義
○ ★ so / not 可替代前面提過的句子或子句

專有名詞參照 指示代名詞（附錄 p.341）；指示形容詞（附錄 p.343）

 **文法深度解析**

this / these、**that / those**，和 **such**、**the same** 等常見的「指示形容詞」，若省略其後的名詞，則成為「指示代名詞」。詳細用法如下：

1 **this**（這個）/ **these**（這些）：用來指離說話者較近的人或物。**this** 可代替指定的「單數名詞或不可數名詞」；**these** 則代替指定的「複數名詞」。

2 **that**（那個）/ **those**（那些）：通常指離說話者較遠的人或物。**that** 可代替指定的「單數或不可數名詞」；**those** 代替指定的「複數名詞」。此外，在比較兩個相同的名詞時，後者常以 **that / those** 來代替。

例句 His sense of smell is like **that** of a dog.
▶他的嗅覺就像狗一樣敏銳。（that 指前面提過的 sense of smell）

例句 The watches in the safe are more expensive than **those** on the table.
▶保險箱裡的手錶比桌上的那幾只貴。（those 用來取代 watches）

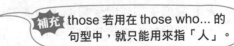 **補充** those 若用在 those who... 的句型中，就只能用來指「人」。

3 **such**（這個 / 這些）：和 **this** 或 **these** 同義。

例句 **Such** is the case.
▶情況就是如此。（such 可替換為 this）

例句 **Such** are my joys.
▶這些是我的樂趣。（such 可替換為 these）

4 **the same**（該人 / 事）：和 **it** 或 **they** 同義。

例句 Taipei is crowded. **The same** can be said of most of the other cities in Taiwan.

▶台北是一個很擁擠的都市，台灣大部分的城市也都如此。（the same 指「擁擠」的情況，可用 it 替換）

5 **so / not**：常作 **think**、**guess**、**hope**、**believe** 等動詞的受詞，代替「前面提過的句子或子句」。

例句 The weather forecast says it will rain, but I don't **think so** / but I **hope not**.

▶氣象預報說會下雨，但我不這麼認為 / 但我希望不會。（so 代指 it will rain；not 代指 it will not rain）

Key Point 08 代名詞 it 的各種功能

1分鐘重點公式

○ it 可謂功能最多元的代名詞，簡述如下：
○ ★ it 可代替前面提過的事物
○ ★ it 可指不知道身分或性別的人
○ ★ it 可用來描述時間、天氣、距離和季節
○ ★ it 當虛主詞或虛受詞：後面通常會接子句說明 it 的內容
○ ★ it 常用於「強調句型」：It is + 強調的部份 + that 子句

 文法深度解析

it 可用來替代前面提過的事物與不知身分或性別的人，也能用來描述「時間、天氣、距離、季節」、當虛主詞或虛受詞，或是用

在強調句型之中。詳細說明如下：

1 用來代替「前面提過的事 / 物」：

例句 I like physics. **It** is challenging but fun.
▶ 我喜歡物理學，它很有挑戰性，也很有趣。（it 指 physics）

2 指「不知身分或性別的人」：

例句 I heard someone knocking at the door, so I asked, "**Who is it**?"
▶ 我聽見有人敲門，所以我問：「是誰？」（it 指敲門的人，不知身分）

例句 The baby is crying perhaps because **it** is hungry.
▶ 這個小嬰兒在哭，也許是因為餓了。（it 指小嬰兒，不知性別）

3 描述「時間」、「天氣」、「距離」和「季節」：

例句 **It** is a quarter to 7.
▶ 再過十五分鐘就七點了。（it 指「時間」）

例句 **It** is hot and humid today.
▶ 今天又熱又濕。（it 指「天氣」）

4 當虛主詞或虛受詞：此時句子後方會有「**to V / V-ing / that...**」的子句或「由疑問詞引導的子句」當補語，來說明 **it** 的內容。

例句 **It** is difficult to get up early in winter.
▶ 冬天要早起很難。（it 當虛主詞，指 to get up early in winter）

例句 I found **it** easy to finish the novel in a day.
▶ 我發現要在一天之內讀完這本小說很容易。（it 當虛受詞，指 to finish the novel in a day）

5 用於強調句型：句型為「**It is +** 強調的部份 **+ that** 子句」。可以用兩個步驟來還原強調句型，以下方例句為例：

例句 It is him that Mary likes.（此為強調句型）

　　▶瑪麗喜歡的人是他。（強調「他」才是瑪麗喜歡的人）

Step 1. 先刪除 **It is** 和 **that** → **him Mary likes.**

Step 2. 將受詞 **him** 放回動詞後面，而得原句 **Mary likes him.**

6 一般句子都能視情況改為強調句型。強調的部分通常為主詞、受詞、時間、地方、方法、原因等。除了動詞以外，都可以成為強調的重點。（以下舉例）

例句 I saw John in the bank last night.

　　▶我昨天晚上在銀行看到了約翰。

1. 強調「看到約翰的人是我」，不是別人：

例句 It was **I** that saw John in the bank last night.

2. 強調「我看見的是約翰」，不是別人：

例句 It was **John** that I saw in the bank last night.

3. 強調看到約翰的地點在「銀行」：

例句 It was **in the bank** that I saw John last night.

4. 強調看到的時間是「昨晚」：

例句 It was **last night** that I saw John in the bank.

Key Point **09** 反身代名詞的用法介紹

1分鐘重點公式

- ★ 反身代名詞譯為「你 / 我 / 他 / 她 / 它自己」
- ★ 可用來代替「與主詞同一人 / 物」的「受詞」
- ★ 可置於主詞或受詞之後，以「加強語氣」
- ★ 特定片語須搭配反身代名詞使用（e.g. by oneself）
- ★ 無所有格形態，須寫成「...of one's own」

文法深度解析

反身代名詞譯為「自己」，通常用於與主詞所指完全相同的受詞，以下將詳細介紹其用法：

1 **主詞與受詞所指完全相同時**：受詞必須使用反身代名詞。

例句 I saw **myself** in the mirror and found **myself** looking exhausted.
▶ 我看到鏡中的自己，發現我看起來累壞了。

2 **加強語氣的用法**：直接置於主詞或受詞之後。

例句 He broke the law. He **himself** admitted it.
▶ 他犯了法，而且他自己都承認了。（himself 用來加強語氣，強調「他自己」）

3 **用在特定的片語**：例如 **by oneself / on one's own**（獨自；獨力）、**in itself**（本質上而言）。

例句 Racial inequality is a social issue **in itself**.
▶ 種族不平等本質上是一項社會議題。

4 反身代名詞無所有格形態：若要說「自己的…」，則必須寫成「**...of +** 所有格 **+ own**」。

例句 I share a room with my sister, but I want to have **my own room**（= **a room of my own**）.

▶ 我和妹妹共用一間房間，但我想要有自己的房間。

10 each other 和 one another

1分鐘重點公式

○ ★ 兩者皆能用來合併兩句以上的句子
○ ★ 傳統上，each other 用於兩者，one another 則適用於三
○ 者以上的情況
○ ★ 現代用法中，兩者的用法可互換
○ ★ 正式寫作中，應避免用來當句子的主詞

 文法深度解析

each other 和 **one another** 都譯為「彼此」，用法可以互換，但一般來說，**each other** 用於「兩者」，而 **one another** 則適用於「三者（含）以上」。詳細說明如下：

1 皆能用來合併兩句以上的句子：

例句 Mary apologized to John, and John apologized to Mary.
= Mary and John apologized to **each other**.

▶ 瑪麗和約翰向彼此道歉。

例句 I see them every day, and they see me every day.
= We see **one another** every day.

▶ 我們每天都會見到彼此。

2 如果是三者以上的情況，一般會用 **one another**：

例句 Mary, John, and Henry apologized to **one another**.
▶ 瑪麗、約翰和亨利三人向彼此道歉。

例句 They are talking to **one another**.
▶ 他們正在互相談話。

3 正式寫作中不用 **each other** 或 **one another** 當句子的主詞，以避免後面所接的動詞不知該用單數還是複數。

例句 They think **each other** is/are good.
▶ 他們彼此都認為對方很好。（不佳；後面動詞不知該用單數或複數）

例句 They think **each other** to be good.
▶ 他們彼此都認為對方很好。（佳；使用 to be good 來修飾）

 一眼記表格

下表為 each other 與 one another 的用法比較：

each other	one another
- 中文都翻譯為「彼此」 - 可將兩個或兩個以上的句子合併 - 皆不可作「主詞」使用	
適用於「兩者」的情況	用於「三者或三者以上」的情況

※ 雖然中文的「互相」為副詞，但在英文中，each other 和 one another 都是代名詞，所以可接在及物動詞之後代指某人 / 事 / 物（例如：help each other）；若置於不及物動詞之後，則要加上介係詞（例如：laugh to each other）。

※ 有關「動詞」的說明，請參照 Part 08 p.144 ～ 169

Unit 02

不定代名詞一籮筐

1分鐘重點公式

- ★ other 的用法：❶ other + 複數 N = others（其他…）❷
  any other + 單數 N = 任何別的… ❸ every other + 單數
  N = 每隔…
- ★ the other 的用法：❶ the other + 單數 N = the other（剩
  下那個）❷ the other + 複數 N = the others（剩下那些）
- ★ another 的用法：❶ another + 單數 N ❷ another + 複數
  N = 又再多…

想要代指「其他」或「另一個」人事物時，有三種不定代名詞可
使用，分別為 **other / the other / another**，用法與常考句型整
理如下：

1 **other** 指「還有一些…」，有以下幾種用法：

1. other + 複數名詞：此時可省略複數名詞，簡化為 others（其
他的…）。

> 例句 I was doing homework while **other people** falling
> asleep.
> = I was doing homework while **others** falling asleep.
> ▶其他人都睡著時，我正在做功課。

2. 列舉多種可能性的句型：Some people... other people... still other people... = Some... others... still others...

例句 At the beach, **some people** are swimming, **other people** are sunbathing, and **still other people** are surfing.

▶在海邊，有些人在游泳，有些人在做日光浴，還有一些人在衝浪。

2 **the other**：指「剩下的（那個／那些）」，有以下幾種用法：

1. the other + 單數名詞：可省略後面的單數名詞，寫成 the other（剩下的那一個）。

例句 Most people use one hand more often than **the other (hand)**.

▶大部分人較常使用一隻手多過另一隻。

2. the other + 複數名詞：可省略複數名詞，寫成 the others（所有剩下的那些）。

例句 Here are only 10 students. Where are **the other (students)?**

▶這裡只有十個學生，剩下的在哪裡？

3 **another**：指「另一個…」，用於三者（含）以上，有以下幾種用法：

1. another + 單數名詞：指「別的…」。

例句 I don't like this hat. Can you show me **another (hat)**?

▶我不喜歡這頂帽子，可以給我看別頂嗎？

2. 列舉多種可能性的句型：One... another... still another...（一個…，另一個…，還有另一個…），用於三者或三者以上的列舉。

例句 **One** of my friends likes reading, **another** likes playing video games, and **still another** enjoys camping in the wilderness.

▶我有一位朋友很喜歡閱讀，另一位喜歡打電動，還有一位喜歡到野外露營。

補充小角落

other 除了當不定代名詞，還有以下兩個常見用法：(1) any other + 單數名詞（任何別的…），例如：Do you have any other question?（你還有其他問題嗎？）(2) every other + 時間或單位（每隔…），例如 The festival takes place every other year.（慶典每兩年舉辦一次）；而 another 後面如果是接複數名詞，則表示「又再另…」，例如：Give me another ten days. = Give me ten more days.（再另給我十天。）

Key Point 12 「都」、「任一」與「都不」

1分鐘重點公式

○ ★ 當對象只有兩項時：用 both（都）、either（任一）、
○ 　neither（都不）
○ ★ 三項（含）以上時：用 all（全都）、any（任一）、no +
○ 　名詞 / none（全都不）
○ ★ 上述代名詞都可在後面加上「of + 指定名詞 / 代名詞」

文法深度解析

想要表示「都」、「任一」、「都不」時，可視對象多寡，用

both、either、neither

1 若前後文中已知「**both / either / neither / all / any / no**」後面的名詞所指為何，則可以直接省略名詞；但要特別注意，**no** 後面名詞省略時，要改為「**none**」。

例句 I met John and Jack. **Both (of them)** looked furious.
  ▶ 我見到約翰和傑克，兩人看起來都氣壞了。

例句 I offered to give her some coffee or tea, but she said she wanted **neither (coffee or tea)**.
  ▶ 我提議要給她咖啡或茶，但她兩個都不要。

2 **both / either / neither / all / any / none** 也可以在後面加「**of +** 指定名詞 **/** 代名詞」，例如 **none of us**（我們當中沒有人）、**either of my parents**（我父母其中之一）、**any of the customers** （這些顧客當中任何一個）……。

3 **not all**、**not both** 可表示「部份否定」。

例句 **Not all** students hate exams.
  = Some students hate exams, but some don't.
  ▶ 並非所有學生都討厭考試。（一些學生討厭考試，一些則否）

例句 **Not both** are correct.
  = One of the two is incorrect.
  ▶ 並非二者都對。（其中之一不正確）

一眼記表格

都 vs. 任一 vs. 都不，將三者比較如下表：

	都	任一	都不
兩者	both（兩者都）	either	neither
三者以上	all（全都）	any	none (代名詞) / no (形容詞)

13 each vs. every

專有名詞參照 不定代名詞（附錄 p.341）

文法深度解析

each（兩者以上）和 **every**（三者以上）都指「每一個」，但 **each** 後的名詞可以省略（此時 **each** 為不定代名詞）；**every** 後的名詞則不可省略。詳細說明如下：

1 **each** 後的名詞可以省略，也可寫成「**each of** + 指定的名詞 / 代名詞」：例如 **each of the books**（這些書當中的每一本）、**each of them**（他們每一個人）、**each of the ten buildings**（這十座建築物中的每一座）……。

2 **every** 後面的名詞不可省略，但可以換成 **one**：要注意的是，不要與 **everyone**（所有人）搞混了，**every one** 強調「個別成員」，經常用於「**every one of...**」的句型中。

例句 **Everyone** wants to attend that party.
▶ 人人都想參加那場派對。（指「所有人」）

例句 **Every one of you** is welcomed to join our dinner.
　▶你們每一位都歡迎加入我們的晚餐。（強調「你們當中的每一位」）

例句 **Every one of the members** can enter this museum for free.
　▶每一位會員都可以免費參觀這間博物館。

3 every 後面如果加複數、序數或 other，指「每隔…」：例如 **every two years = every other year = every second year**（每隔兩年）；**every three days = every other three days = every third day**（每隔三天）……。

4 not every + 名詞：**every** 前面加上 **not**，表示「部分否定」，但 **each** 無此用法。

例句 **Not everyone** needs a college degree.
　▶並非所有人都需要大學學位。

14 some vs. any

1分鐘重點公式

- ★ some 和 any 後面的名詞，若可由前後文推斷出來，便可省略，寫成「some/any of + 名詞」
- ★ some = a few + 複數名詞 / a little + 不可數名詞
- ★ 疑問詞一般搭配 any。若使用 some，則有「希望對方能答應」的預設立場
- ★ some 亦可解釋為「某個」，其後可接單數名詞
- ★ some / any 可搭配 -one / -body / -thing，形成代名詞

文法深度解析

一般而言，**some**（一些）用於「肯定句」或「表示邀請的疑問句」；**any**（任何一個）用於「否定句」、「疑問句」或「條件句」；但仍需依照文意來判斷要用 **some** 還是 **any**。兩者詳細用法如下：

1 若由前後文便可推斷所指對象為何，則 **some** 和 **any** 後面的名詞可以省略，寫成「**some/any of +** 指定的名詞 / 代名詞」。例如 **some of my classmates**（我同學當中的一些人）、**some of us**（我們當中一些人）、**any of these books**（這些書當中的任何一本）。

2 作為不定代名詞，**some** 可以用來取代「**a few +** 複數名詞」（一些）或是「**a little +** 不可數名詞」（一些）。

3 **some** 用於疑問句時，表示說話者「相當有把握」，或帶有「邀請」與「希望對方同意」的立場。

例句 Are there **some** apples on the table?
▶ 桌上還有幾顆蘋果嗎？（相當肯定桌上還有蘋果）

例句 Can you lend me **some** money?
▶ 可以借我一些錢嗎？（希望對方答應）

例句 Would you like **some** coffee?
▶ 你想要喝咖啡嗎？（表示邀請）

4 **some** 亦可解釋為「某個」，後面可接單數名詞。

例句 She always thinks **some** guy is going to come along and fix her life.
▶ 她總認為會有某個人來改善她的生活。

5 **some** 和 **any** 後面都可以加字尾 **-one**、**-body**、**-thing**，即：**someone**（某人）、**somebody**（某人）、**something**（某事物）、**anyone**（任何人）、**anybody**（任何人）、**anything**（任何東西）。用法基本上跟 **some** 和 **any** 的原則相同。另外，**someone / somebody** 也有「大人物」的意思。

例句 I am nobody now, but I will become **someone** in the future.

▶ 我現在是無名小卒，但我未來將會成為大人物。

15 all vs. some vs. most

1分鐘重點公式

- ★ all = 全部；some = 一些；most = 大部分
- ★ 常用句型 ❶：all / some / most（＋名詞）
- ★ 常用句型 ❷：all / some / most + of + 指定的名詞
- ★ 常用句型 ❸：all (of) + 指定的名詞（若名詞有搭配的限定詞，可省略 of）

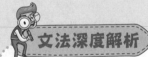

文法深度解析

前面的 **Key Point 14** 已學到 **some** 的用法，但若想表達「更多」的數量，就涉及 **most**（大部分）與 **all**（全部）的用法，以下將詳細說明：

1 若由前文已可推斷所指對象為何，則 **all**、**some**、**most** 後面的名詞可以省略。

例句 I have three sisters. **All (of my sisters)** are good at math.
> ▶ 我有三個姐妹，她們的數學都很厲害。

2 **all of / some of / most of + 指定的名詞或代名詞**：指「特定範圍的全部 / 其中一些 / 大部分的…」，例如 **all of my classmates**（我的所有同學）、**most of the students**（這些學生當中的大多數人）、**some of us**（我們當中一些人）等等。

例句 **Some of the students** were late this morning.
> ▶ 今天早上，有些學生遲到了。

例句 **Most of my friends** are from Japan.
> ▶ 我大部分的朋友都是日本人。

3 **all of + 指定的名詞**：若 **all of** 後面的名詞有限定詞（如 **the**、**our**、**your**、**this**、**those**、**his**、**her** 等）來指定名詞，則 **of** 可以省略。但是，如果 **all of** 後面是接受格（如 **us**、**you**、**them** 等）或是代名詞（如 **it**、**him** 等），就不能省略介係詞 **of**。

例句 **All (of) my classmates** are studying right now.
> ▶ 我所有的同學現在都在讀書。

例句 **All of them** should arrive at the airport at this time.
> ▶ 他們所有人在這個時間，都應該要抵達機場了才對。

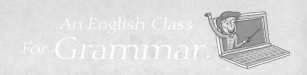

An English Class For Grammar.

Part 03

名詞到底可數？不可數？
——數詞量詞篇

名詞是可數還是不可數，都會影響
前面要加什麼冠詞，還會影響後
面的動詞型態，也要學會數
字怎麼搭名詞使用喔！

☑ **Unit 01 量詞搭名詞**
☑ **Unit 02 數詞的用法**

量詞搭名詞

Key Point 16 不定數量詞基本介紹

1分鐘重點公式

○ ★ 數量詞是用來修飾名詞，並表達「數量」的形容詞
○ ★ 包含「量詞」（不確定數量）與「數詞」（確定數量）
○ ★ 常見的量詞有以下幾種：many / much（許多的）、a lot
○　　of（許多的）、more（更多的）、some（一些的）、a
○　　little（一些的）、a few（一些的）、several（幾個的）、
○　　most（大部分的）

專有名詞參照 數量詞（附錄 p.341）；數詞（附錄 p.341）

文法深度解析

數詞（**Numerals**）與量詞（**Quantifiers**）皆能用來表示數量。
其中，量詞是「沒有指出明確數目」的類型，基本上分為：

1 **many / much**（許多的）：**many** 後面須接複數名詞；
much 後面則接不可數名詞。

例句 There are too **many mistakes** in this essay.
　▶這篇文章的錯誤太多。（mistake 為可數名詞）

例句 How **much money** have you earned from the stock
market?
　▶你在股市賺了多少錢？（money 為不可數名詞）

2 **a lot of**（許多的）：後面可接複數名詞或不可數名詞。

例句 He bought **a lot of books** yesterday.
▶他昨天買了很多書。

3 **more**（更多的）：為 **many** 和 **much** 的比較級，後面可加複數名詞，也可加不可數名詞。

例句 There are two **more students** absent today than yesterday.
▶今天比昨天多兩位學生缺席。（student 為可數名詞）

例句 Is there any **more money** in your pocket?
▶你的口袋裡還有錢嗎？（money 為不可數名詞）

4 **some**（一些的）：後面可接複數名詞和不可數名詞。

例句 **Some people** find this more difficult than others.
▶這件事有些人覺得難，有些人覺得不難。

5 **a little**（一些的）：後面必須接不可數名詞。要特別注意的是，當 **little** 單獨出現時，帶有否定之意，表示「幾乎沒有」。

例句 I have **a little** money to spend.
▶我還有一些錢可以花。

例句 There is **little** point in dissuading the lazybones from fooling around.
▶勸這個懶惰蟲不要鬼混是沒用的。

6 **a few**（一些的）：後面接複數名詞。但要特別注意，當 **few** 單獨出現時，帶有否定之意，表示「幾乎沒有」。

例句 There were **a few** cactuses in the desert.
▶沙漠裡有幾株仙人掌。

例句 Only **few** students will participate in the graduation trip.

▶ 只有少數學生會參加畢業旅行。

7 **several**（幾個的）：後面必須接複數名詞。

例句 **Several letters** which came from the audience were full of criticism.
▶ 這幾封聽眾寄來的信寫滿了批評。

8 **most**（大部分的）：**most** 後面可以接複數名詞，也可以接不可數名詞。

例句 When I toured Europe, I spent **most time** in France.
▶ 在歐洲旅遊時，我大部分的時間都待在法國。（time 為不可數名詞）

一眼記表格

常見的不定數量詞與各自搭配的名詞，整理如下表：

中文	不定數量詞	+ 複數名詞	+ 不可數名詞
很多	many	○	✕
	much	✕	○
	a lot of	○	○
一些	some	○	○
	a few	○	✕
	a little	✕	○
數個	several	○	✕
大部分	most	○	○

17 many vs. much vs. a lot of

1分鐘重點公式

- ★ many + 複數名詞
- ★ much + 不可數名詞
- ★ a lot of + 複數或不可數名詞（a lot of = lots of）
- ★ 詢問數量的疑問句：How many + 複數名詞；How much
  + 不可數名詞

文法深度解析

many、**much** 和 **a lot of** 都譯為「許多的」，但 **many** 後面只能加複數名詞，**much** 只接不可數名詞，而 **a lot of** 則無限制。

1 **many + 複數名詞**：常用於否定句與疑問句中；若遇到肯定句，一般更常使用 **a lot of**。

例句 Lucy has bought **many CD albums**, for she is going to hold a party.

= Lucy has bought **a lot of CD albums**, for she is going to hold a party.

▶露西為了她將舉辦的派對買了許多 CD。

2 **much + 不可數名詞**：較常用在否定句或疑問句；若用在肯定句時，則常用 **a lot of / a large amount of / a great deal of / plenty of** 來代替。

例句 She earned **much money** by selling her houses.

= She earned **a lot of money** by selling her houses.

▶她靠出售房子賺了許多錢。

3 **a lot of / lots of＋名詞（可數與不可數皆能用）：a lot of**
與 **lots of** 意思都是「許多的；大量的」，後面可加複數名
詞或不可數名詞；兩者都常用於口語，但 **a lot of** 又比 **lots
of** 更正式一點。

例句 He drank **a lot of** water every day.
▶ 他每天都喝很多水。（water 為不可數名詞）

補充小角落

根據上面學到的概念，來延伸學習「How many/much」詢
問數量的句型吧！記住「How many ＋ 複數名詞」、「How
much ＋ 不可數名詞」，而「How many/much...」可當疑問
句的主詞，此時助動詞直接置於主詞後即可。例如：
How many bicycles does Sarah have?
莎拉有幾輛腳踏車？（bicycle 為可數名詞）
How much money did you spend on this bike?
這輛腳踏車花了你多少錢？（money 為不可數名詞）

Key Point
18 **some vs. a few vs. a little**

1分鐘重點公式

○ ★ some（一些）＋ 複數或不可數名詞
○ ★ a few（一些）＋ 複數名詞
○ ★ a little（一些）＋ 不可數名詞
○ ★ few（幾乎沒有）＋ 複數名詞
○ ★ little（幾乎沒有）＋ 不可數名詞

文法深度解析

some、**a few**、**a little** 的字義雖然相同，但用法上有差異：

1 **some** 當「一些」解釋時，可接「複數名詞」與「不可數名詞」。

例句 **Some students** were asked to clean the lab.
▶有些學生被叫去打掃實驗室。

2 **a few** 後面須接「複數名詞」。

例句 I have **a few pencils** on my desk.
= I have **some pencils** on my desk.
▶我的書桌上有幾枝鉛筆。

3 **a little** 後面則要接「不可數名詞」。

例句 She just drank **a little** water.
= She just drank **some** water.
▶她剛剛喝了一些水。

補充小角落

要特別注意，當 few 與 little 單獨出現時，意思是「幾乎沒有」，具有「否定」意味，這個時候，few 後面一樣要加「複數名詞」，而 little 後面則接「不可數名詞」。例如：Jenny has few friends in school. 珍妮在學校沒什麼朋友。（friend 為可數名詞，故搭配 few）；There is little water in desert and it is always hot and dry there. 沙漠裡幾乎沒有水，天氣總是又熱又乾。（water 為不可數名詞，所以要搭配 little）。

19 amount vs. number

1分鐘重點公式

- ★ amount（量）+ 不可數名詞：例如 an amount of（一些）、a large amount of（大量的）、a small amount of（少量的）、the amount of（…的總量）
- ★ number（數）+ 複數名詞：例如 a number of（一些）、a great number of（許多）、a small number of（少數的）、the number of（…的數目）

文法深度解析

能表達數量的 **amount** 與 **number**，看起來雖然很類似，但後面所接的名詞類型卻不同，以下分別說明：

1 **amount** 後面接「不可數名詞」。

例句 The **amount of money** is two hundred dollars.
▶ 總金額為兩百元整。

例句 We found **a vast amount of data** stored in his computer.
▶ 我們在他的電腦裡找到一堆資料。

2 **number** 後面接「複數名詞」。

例句 I met **a great number of people** at the party.
▶ 我在派對中見到很多人。

例句 She bought **a number of houses** last year.
▶ 她去年買了幾棟房子。

一眼記表格

amount of 後面主要接「不可數名詞」，有以下幾種用法：

an amount of		一些
a large amount of	不可數名詞 + 單數動詞	大量的
a small amount of		少量的
the amount of		…的總量

number of 後面主要接「複數名詞」，特殊量詞有兩種結構：

a number of		一些
a great number of	複數名詞 + 複數動詞	許多
a small number of		少數的
the number of	複數名詞 + 單數動詞	…的數目

Key Point 20 特殊的量詞

1分鐘重點公式

- ★ a + 量詞 + of + 名詞
- ★ 數詞 + 量詞（複）+ of + 名詞
- ★ 量詞的四種用法：
- ★ ❶ 強調單一事物 ❷ 強調成雙成對 ❸ 表示「一群…」 ❹
- 動態和修辭含意

文法深度解析

藉由兩種文法結構，量詞同樣能表達明確的數量：「**a + 量詞 + of + 名詞**」與「**數詞 + 量詞（複）+ of + 名詞**」。以下將介紹這

種文法結構：

1 強調為「單一事物」：例如 **an article of furniture/ clothing**（一件傢俱 / 一件衣物）、**a piece of paper/ information**（一張紙 / 一則消息）、**a drop of water**（一滴水）、**a wisp of smile/smoke**（一抹微笑 / 一縷煙）、**a pane of glass**（一塊玻璃）……。

例句 Mary told us **a piece of bad news** when she came home.
▶ 瑪麗一進家門，就告訴我們一則壞消息。

例句 He scribbled his number on **a little scrap of paper**.
▶ 他把他的電話號碼草草地寫在一張紙片上。

2 強調事物「成雙成對」：此時量詞必須是具備「一雙、一對」等含意的單字，例如 **a pair of shoes/glasses/scissors**（一雙鞋 / 一副眼鏡 / 一把剪刀）……。

例句 She went to the department store and bought **a new pair of shoes**.
▶ 她去百貨公司買了雙新鞋。

例句 He bought **a pair of jeans** in a thrift shop.
▶ 他在一間二手商店買了一件牛仔褲。

3 說明事物為「一群」：因為語意包含群體，所以 **of** 後面必須為複數名詞（不可數名詞除外），例如 **a gang of bandits**（一幫匪徒）、**a herd of cattle**（一群牛）、**a flock of geese**（一群鵝）、**a cluster of stars**（群星）、**a pack of lies**（連篇謊言）……。

例句 There's **a crowd of people** gathering in the corner of the street.
▶ 街道轉角處聚集了一群人。

例句 There are **a flock of birds** in my yard.
　　▶ 我的庭院裡面有一群鳥。

4 強調動作的「動態感」或表示「修辭」的含意：

例句 Kate believes that she always has **a glimmer of hope** whenever she faces difficulty.
　　▶ 每當凱特遭遇困難時，她總相信會有一絲希望。

例句 The story has given occasion to **a burst of laughter**.
　　▶ 這個故事讓大家哄堂大笑。

例句 What he had told us was **a pack of lies**.
　　▶ 他告訴我們的只是連篇謊話罷了。

補充小角落

常見的特殊量詞還有：a loaf of toast（一條吐司）、a slice of bread（一片麵包）、a bar of chocolate（一塊巧克力）、a grain of salt（一粒鹽）、a nugget of gold（一塊黃金）、a round of applause（一片掌聲）、a carton of milk（一盒牛奶）、a box of rice（一箱米）、a box of soap（一塊肥皂）、a barrel of oil（一桶油）、a drop of blood（一滴血）、a bucket of water（一桶水）、a head of cattle（一頭牛）……。

Unit 02

數詞的用法

數詞的種類介紹

1分鐘重點公式

- ★ 數詞分為基數、序數詞、倍數詞
- ★ 基數：表示「數字」，例如 one（一）、two（二）、three（三）……
- ★ 序數詞：表示「順序（第…）」，例如 first（第一）、second（第二）……
- ★ 倍數詞：表示「倍數」，例如 half（一半）、twice（兩倍）、triple（三倍）……

專有名詞參照 數詞（附錄 p.341）；基數詞（附錄 p.342）；序數詞（附錄 p.342）；倍數詞（附錄 p.342）

文法深度解析

數詞可分為「基數」、「序數詞」、「倍數詞」三類。詳細用法整理如下：

1 **基數**：如 **one**、**two**、**ten**、**hundred**、**thousand** 等「數字」，可當名詞或形容詞。作為形容詞使用的例子有 **twelve months**（十二個月）、**four seasons**（四季）等等。

2 **序數詞**：表示「順序」，翻作「第…」。例如 **first**（第一）、**second**（第二）、**third**（第三）、**fifth**（第五）……。

要特別注意，若有特定指某物時，序數詞前面要加定冠詞
（**the**）或所有格，例如 **the second page**（第二頁）、
my third trip（我的第三個旅程）；若沒有特定指稱，前面
則加不定冠詞（**a / an**），例如 **a second lung**（第二個
肺）、**a third heart**（第三顆心臟）等等。

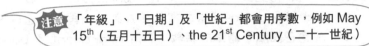

注意 「年級」、「日期」及「世紀」都會用序數，例如 May
15th（五月十五日）、the 21st Century（二十一世紀）

3 倍數詞：表「倍數關係」，除了 **half**（一半）、**twice /
double**（兩倍）、**triple**（三倍）之外，基本結構都是「基
數 + times」，例如 **five times**（五倍）。

例句 His house is **four times** bigger than mine.
= His house is **four times** as big as mine.
▶他家是我家的四倍大。

例句 The man reads **twice** more quickly than I do.
= The man reads **twice** as quickly as I do.
▶那個人的閱讀速度比我快兩倍。

一眼記表格

基數與相對應的序數整理如下：

	基數	序數		基數	序數		基數	序數
1	one	first	4	four	fourth	7	seven	seventh
2	two	second	5	five	fifth	8	eight	eighth
3	three	third	6	six	sixth	9	nine	ninth

※ 注意！若個位數為 4～9 和 0，以及 11、12、13 時，序數必須以 -th 結尾（例
如：11 → eleventh；12 → twelfth；13 → thirteenth）；而個位數字為 1、
2 或 3 的序數，除了 11、12、13 以外，都必須以 first / second / third 結尾（例
如：52 → fifty second）。

序數與基數之間，想要靈活替換，就要掌握這個秘訣：「the + 序數 + 名詞」=「名詞 + 基數」。例如：lesson one = the first lesson（第一課）、World War Two = the second World War（第二次世界大戰）。再來看看以下例句，先自己試試看轉換成基數：The apartment I bought is on the fifth floor. = The apartment I bought is on floor five.（我買的公寓在五樓。）記住上述的規則之後，要將序數與基數相互轉換時，是不是就順了許多呢？

Key Point 22 表達數量的名詞

1分鐘重點公式

- ★ 常見表達數量的名詞有：hundred（百）、thousand（千）、million（百萬）、billion（十億）、trillion（兆）、dozen（打）
- ★ 「數量名詞 s + of + 複數名詞」= 數以百／千／百萬…計
- ★ 數量名詞前面有基數時，不加 -s
- ★ 數量名詞後面接 of 時，要加 -s

文法深度解析

表示「數以百／千／百萬…計」時，數量名詞的字尾會加 **-s**，寫成「數量名詞 **s + of +** 複數名詞」。用法如下：

1 數量名詞前面有基數（如 **one**、**three**、**ten** 等數字）時，

不加 **-s**。例如 **two thousand dollars**（兩千元）、**four hundred cars**（四百輛車）⋯⋯。

例句 There are only **two hundred students** in this school.
▶ 這所學校只有兩百名學生。

2 數量名詞後面接 **of** 時，要加 **-s**。例如 **thousands of**（上千的）、**hundreds of**（上百的）⋯⋯。

例句 **Thousands of people** joined this trip.
▶ 有上千人參加旅行。

Key Point 23 分數的形式

1分鐘重點公式

- ★ 分數的讀、寫順序：分子（基數）+ 分母（序數）+ of + 指定的名詞
- ★ 如果分子 >1，分母需加 -s
- ★ 分子與分母中間可加連字號（分子 - 分母）
- ★ 不可數名詞的分數當主詞時，用單數動詞
- ★ 可數名詞的分數當主詞時，動詞型態視主詞數量而定

文法深度解析

英文中，分數不論讀、寫，順序都是「分子 **+** 分母 **+** of **+** 指定名詞」。注意事項如下：

1 **分子須為基數，而分母為序數：**要特別注意的是，當分子大於 **1** 時，分母就必須使用複數形，於字尾加 **-s**。

例句 We have **three fifths** of our books at home.
  ▶ 我們有五分之三的書放在家裡。

> **補充** 基數和序數：複習 p.050
> Key Point 21

2 分子和分母中間可加連字號（-）：例如 **one third** 也可寫成 **one-third**。

例句 **Two thirds** of my classmates failed the exam.
  = **Two-thirds** of my classmates failed the exam.
  ▶ 三分之二的同學在這場考試中都不及格。

3 不可數名詞的分數當主詞時，動詞要用單數動詞。

例句 Three fourths of the **money is** mine.
  ▶ 四分之三的錢是我的。

4 可數名詞的分數當主詞時，動詞則視名詞的單複數而定。

例句 Two thirds of the **members disagree** with him.
  ▶ 三分之二的成員都不同意他的看法。

 **一眼記表格**

下表為常用分數的讀法對照：

1/2 = one second / half	2/3 = two thirds
1/3 = one third	2/4 = two fourths / two quarters
1/4 = one fourth / a quarter	6/9 = six ninths

Key Point 24 用英文算數學

1分鐘重點公式

- ★ 數學常見字詞讀法：plus（加）、minus（減）、times / multiplied by（乘）、divided by（除）、point（小數點）、square root（平方根）、percent（百分比）
- ★ 比率：「數字 + to + 數字」或「ratio of + 數字 + to + 數字」
- ★ 四則運算的讀法：數字 + plus / minus / times / multiplied by / divided by + 數字 + is / equals + 數字

文法深度解析

數學運算常用字詞有 **plus**（加）、**minus**（減）、**times**（乘）、**divided by**（除）、**point**（小數點）、**square root**（平方根）等。詳細說明如下：

1 小數點（.）讀作「**point**」。

例句 Birth rate was up to **two point five (2.5)** times in the past five years.

▶過去五年間，出生率上升了二點五倍。

2 百分比（%）的讀法為「**percent**」。

例句 Success is **ten percent (10%)** inspiration and **ninety percent (90%)** perspiration.

▶成功靠的是百分之十的靈感加上百分之九十的努力。

3 比率的讀法可用數字表達（數字 **+ to +** 數字），例如 **fifty to fifty**（五成）；也可以用文字表達（**ratio of +** 數字 **+**

to + 數字），例如 **ratio of ten to three**（十比三），而
ratio 就是「比率」的意思。

例句 You have a **fifty to fifty** chance to win the game.
▶ 你贏得比賽的機率有五成。

例句 The **ratio of twenty to five** is four to one.
▶ 二十比五的比率是四比一。

4 四則運算的讀法：分別為 **plus**（加）、**minus**（減）、
times / multiplied by（乘）、**divided by**（除）。

例句 Four **plus** two is six.
▶ 四加二等於六。

例句 Fifteen **minus** six is nine.
▶ 十五減六等於九。

例句 Two **times** four is eight.
= Two **multiplied by** four is eight.
▶ 二乘以四等於八。

例句 One hundred **divided by** twenty five is four.
▶ 一百除以二十五等於四。

5 其他運算方式：還有 **square**（平方）、**cube**（立方）、
fourth power（四次方）、**square of / second root of**
（平方根）、**cube of / third root of**（立方根）……。

例句 The **square of five** is twenty five.
= **Five squared** is twenty five.
▶ 五的平方是二十五。

例句 The **cube of five** is one hundred and twenty five.
= **Five cubed** is one hundred and twenty five.
▶ 五的立方是一百二十五。

例句 Two to the **fourth power** is sixteen.
= Two to the **power of four** is sixteen.

▶二的四次方是十六。

例句 The **square of** eighty one is nine.
= The **second root of** eighty one is nine.

▶八十一的平方根是九。

例句 The **cube of** twenty seven is three.
= The **third root of** twenty seven is three.

▶二十七的立方根是三。

 **一眼記表格**

常用數學運算符號的讀法整理如下：

運算符號	英文讀法
加（＋）	plus
減（－）	minus
乘（×）	times / multiplied by
除（÷）	divided by
小數點（.）	point
百分比（％）	percent
平方根（√）	square / second root

An English Class
For Grammar

Part 04

修飾一下，二手貨立馬變古董
——形容詞篇

平淡無奇的名詞，只要加上貼切的
形容詞，就能擴充語言的表達！
但還有些難注意到的眉角，
你是否也知道？

☑ **Unit 01 形容詞自我介紹**
☑ **Unit 02 各大形容詞進階用法**

Unit 01

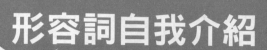

形容詞自我介紹

25 形容詞分為這幾款

1分鐘重點公式

- ★ 形容詞可用來修飾名詞、代名詞、動名詞
- ★ 依「位置」分為：❶ 限定用法（放名詞之前）❷ 敘述用法（放 be 動詞 / 連綴動詞 / 受詞之後）
- ★ 依「用法」分為：❶ 描述形容詞 ❷ 代名形容詞 ❸ 數量形容詞 ❹ 數詞形容詞

專有名詞參照 be 動詞（附錄 p.345）；連綴動詞（附錄 p.345）

文法深度解析

形容詞可用來修飾名詞、代名詞和動名詞。若拿掉形容詞，句子結構並不會受到影響，但有了形容詞，表達才能更加清楚。

一、若依形容詞的「位置」來分類，可分為以下兩種用法：

❶ 限定用法：形容詞置於名詞前面，用來形容並修飾名詞。

例句 The **black** dog is my **loyal** friend.
▶ 這隻黑狗是我忠誠的好朋友。

❷ 敘述用法：接在 **be** 動詞和連綴動詞之後，或在受詞後面作受詞補語。

補充 連綴動詞：預習 p.159
Key Point 71

例句 The computer is **red**.
> ▶那台電腦是紅色的。（red 放在 be 動詞 is 之後，修飾 the computer）

例句 My father became **old**.
> ▶我父親老了。（old 放連綴動詞 become 之後，修飾 my father）

例句 I painted my room **green**.
> ▶我將我的房間塗成了綠色。（green 接在受詞 my room 後面作為修飾，指房間被塗成了綠色）

二、若依「用法」區分形容詞，則分為以下四類：

1 **描述形容詞**：可用來表示性質、顏色、大小、狀態……，細分起來有四種類型。

1. 性質形容詞：形容「人、事、物具有的性質或特徵」。
例如 **kind**（仁慈的）、**cruel**（殘酷的）、**silly**（愚蠢的）、**intelligent**（聰明的）等等。

例句 They are very **kind** to me.
> ▶他們對我很好。

2. 物質形容詞：通常由「物質名詞」當作形容詞用。
例如 **silk**（絲的）、**iron**（鐵的）、**gold**（金的）、**wood**（木頭的），或由物質名詞轉換而成，例如 **wooden**（木造的）、**woody**（樹木茂密的）、**stony**（布滿石頭的）等。

例句 She has a precious **gold** watch.
> ▶她有一隻貴重的金錶。

3. 分詞形容詞：將現在分詞（V-ing）或過去分詞（V-p.p.）當形容詞用。
例如 **interesting**（有趣的）、**interested**（感興趣的）、**exciting**（刺激的）、**excited**（感到興奮的）、**satisfying**（令人滿足的）等等。

例句 It is an **interesting** book for children.
▶ 那是一本有趣的兒童讀物。

4. **專有形容詞**：由「專有名詞」轉變成形容詞使用，且第一個字母必須大寫。

例如 **Chinese**（中國的）、**Taiwanese**（台灣的）、**English**（英國的）、**German**（德國的）等等。

例句 I am a **Taiwanese** immigrant.
▶ 我是台灣移民。

2 **代名形容詞**：即把「代名詞」當形容詞使用。種類有：

1. **所有格代名詞 → 所有形容詞**：

例如 **my**（我的）、**your**（你的）、**his**（他的）、**her**（她的）、**our**（我們的）、**their**（他們的）。

例句 This is **our** teacher.
▶ 這位是我們的老師。

> **補充** 所有格：複習 p.020 Key Point 06

2. **指示代名詞 → 指示形容詞**：

例如 **this**（這個的）、**that**（那個的）、**these**（這些的）、**those**（那些的）。

例句 Someone left **this** bag on the bench.
▶ 有人掉了這個袋子在椅子上。

> **補充** 指示代名詞：複習 p.022 Key Point 07

3. **不定代名詞 → 不定形容詞**：

some（一些的）、**several**（幾個的）、**any**（任何的）、**many**（許多的）……。

例句 She didn't have **any** money in her pocket.
▶ 她口袋裡一點錢都沒有。

> **補充** 不定代名詞 p.030~038 Key Point 11~15

4. 疑問代名詞 → 疑問形容詞：
例如 **which**（哪一個的）、**what**（什麼的）、**whose**（誰的）……。

例句 **Which** friend did you go to the concert with?
▶ 你跟你的哪一位朋友去了演唱會？

5. 關係代名詞 → 關係形容詞：
例如 **which**（而該…）、**what**（所有…的）等等。

例句 **What time** should we start the meeting?
▶ 我們什麼時候要開始會議？

補充 關係代名詞：預習
p.328 Key Point 153

3 **數量形容詞**：即可「形容數量」的形容詞。

補充 數量形容詞：複習
p.050 Key Point 21

1. 定量形容詞：
例如 **both**（兩者的）、**either**（兩者任一的）等等。

2. 不定量形容詞：
例如 **many**（許多的）、**much**（許多的）、**few**（很少的）、**a few**（一些的）等等。

4 **數詞形容詞**：就是將「數詞」作形容詞來使用。

補充 數詞：複習 p.040
Part 3

1. 基數詞：
例如 **one**（一）、**hundred**（百）……。

2. 序數詞：
例如 **first**（第一的）、**second**（第二的）……。

3. 倍數詞：

例如 **double**（兩倍的）、**triple**（三倍的）、**tenfold**（十倍的）……。

一眼記表格

形容詞依其「位置」不同，分為以下兩種用法：

	型態	例句
限定用法	形容詞 + 名詞	- I like this new bicycle. 我喜歡這台新的腳踏車。
敘述用法	(a) 主詞 + be 動詞 / 連綴動詞 + 形容詞 (b) 主詞 + 動詞 + 受詞 + 形容詞	(a) The cake smells good. 蛋糕聞起來很美味。 (b) Tim made me angry. 提姆讓我很生氣。

形容詞依其「用法」不同，分為以下四大類：

四大分類		舉例
描述形容詞	性質形容詞	kind, cruel, silly,...
	物質形容詞	stone, wood, wooden,...
	分詞形容詞	interested, interesting,...
	專有形容詞	Taiwanese, Chinese,...
代名形容詞	所有形容詞	my, your, his, her,...
	指示形容詞	this, that, these, those
	不定形容詞	some, several, any, many
	疑問形容詞	which, what, whose,...
	關係形容詞	which, what,...
數量形容詞	定量形容詞	both, either, neither,...
	不定量形容詞	many, much, few, a few,...
數詞形容詞	基數形容詞	one, twenty, hundred,...
	序數形容詞	first, second, ninth,...
	倍數形容詞	double, triple, tenfold,...

26 形容詞長什麼樣

1分鐘重點公式

○ ★ 形容詞常以這些詞結尾：例如 -able、-ative、-ary、-
○ ible、-ic、-ical、-ior、-ious、-ive、-ous、-al、-ate、-
○ esque、-ful、-ish、-less、-like、-proof 等字尾
○ ★ 分詞（V-ing / V-p.p.）也可當形容詞用
○ ★ 複合形容詞結構：❶ 名詞 - 過去分詞 ❷ 名詞 - 現在分詞
○ ❸ 形容詞 - 過去分詞 ❹ 形容詞 - 現在分詞 ❺ 形容詞 - 名
○ 詞 ed ❻ 副詞 - 過去分詞 ❼ 數字 - 名詞 ed

文法深度解析

要分辨哪些字是形容詞，可從其字尾判斷；但要注意，動詞分詞也可作形容詞用，而且還有由兩個字組成的「複合形容詞」喔！

1 形容詞字尾常為 **-able、-ative、-ary、-ible、-ic、-ical、-ior、-ious、-ive、-ous**。例如 **eatable**（可食用的）、**dependable**（可靠的）、**sedative**（鎮靜的）、**talkative**（話多的）、**primary**（主要的）、**secondary**（次等的）、**edible**（可吃的）、**academic**（學術的）、**medical**（醫學的）、**serious**（嚴重的）、**passive**（被動的）、**hazardous**（危險的）……。

例句 Taiwan is a **scenic** island.
　▶ 臺灣是個風光明媚的海島。

例句 Beware of those **vicious** dogs.
　▶ 小心那些惡犬。

2 名詞後面字尾若是接 **-al**、**-ate**、**-esque**、**-ful**、**-ish**、**-less**、**-like**、**-proof**，也是形容詞。例如 **additional**（附加的）、**central**（中央的）、**passionate**（熱情的）、**picturesque**（如畫的）、**harmful**（有害的）、**thankful**（感激的）、**childish**（幼稚的）、**countless**（數不盡的）、**homeless**（無家可歸的）、**warlike**（好戰的）、**waterproof**（防水的）……。

例句 He bought a **waterproof** watch the other day.
▶ 他前幾天買了一隻防水表。

例句 Even in his 40s, he still remains **childlike**.
▶ 他就算四十歲了，還是很孩子氣。

3 分詞形容詞：將動詞的現在分詞（**V-ing**）或過去分詞（**V-p.p.**）作形容詞用，就叫做「分詞形容詞」。例如 **blessed**（有福的）、**crooked**（歪斜的；不正當的）、**gifted**（有天賦的）、**learned**（有學問的）、**ragged**（襤褸的）、**rugged**（崎嶇的）、**captivating**（迷人神魂的）、**running**（急急忙忙的）。

> 補充 動詞分詞：預習 p.264~277 Part 12

例句 The natural resources of that country were very **limited**.
▶ 那個國家的天然資源非常有限。

例句 She is always **painstaking** with her work.
▶ 她在工作上總是很用心。

4 複合形容詞：由兩種不同詞性的字組合而成的形容詞，且中間會以連字號（**-**）連接；包含以下組合方式：

1. 名詞 - 過去分詞：
例如 **heart-broken**（傷心的）、**hand-made**（手工做的）。

2. 名詞 - 現在分詞：
　　例如 **body-building**（強身的）、**fun-loving**（愛玩的）。

3. 形容詞 - 過去分詞：
　　例如 **plain-spoken**（坦白的）、**ready-made**（現成的）。

4. 形容詞 - 現在分詞：
　　例如 **easy-going**（隨和的）、**good-looking**（好看的）。

5. 形容詞 - 名詞 ed：
　　例如 **open-minded**（開明的）、**left-handed**（左撇子的）。

6. 副詞 - 過去分詞：
　　例如 **out-spoken**（直言的）、**well-known**（著名的）。

7. 數字 - 名詞 ed：
　　例如 **one-legged**（獨腳的）、**five-sided**（五個邊的）。

補充小角落

有些介係詞片語（介係詞＋名詞）也具形容詞作用，可描述主詞的性質、長相、情緒、顏色……，常見片語像是 of an age（同年紀的）、of importance（重要的）、of use（有用的）、of no use（沒有用的）、of value（有價值的）、of ability（能幹的）、of moment/of account（重要的）、at ease（安逸的）、at/in fault（有過失的）、all ears（聆聽的）、all eyes（注視的）、at work（在工作上的）、at table（在吃飯的）、in common（共通的）……。

27 動詞分詞作形容詞時

1分鐘重點公式

○ ★ 過去分詞（V-p.p.）當形容詞＝感到…的：修飾「人」或「以
○ 　人為主」的事情，表達「人的」情緒或觀感
○ ★ 現在分詞（V-ing）當形容詞＝令人…的：修飾「物」或「以
○ 　物為主」的事情，表達這些事物「令人感受到的」觀感
○ ★ 有些例外的 V-ing 也可修飾「物」或「以物為主的事」

專有名詞參照 情感動詞（附錄 p.345）

文法深度解析

若動詞的過去分詞（**V-p.p.**）與現在分詞（**V-ing**）可作形容詞用，
那這些動詞便通常都是「情感動詞」。要注意的是，兩種分詞分
別當形容詞時，意思不一定是相同的！以下將個別說明兩種分詞
當形容詞的用法：

1 **過去分詞形容詞**：以過去分詞（**V-p.p.**）作形容詞，修飾「人」
或「以人為主」的主詞或受詞補語，來表達人的情緒或觀感。
例如 **amazed**（感到驚訝的）、**appalled**（感到心驚的）、
astonished（感到驚訝的）、**bored**（感到無聊的）、
disappointed（感到失望的）、**embarrassed**（感到困
窘的）、**exhausted**（筋疲力盡的）、**excited**（感到興奮
的）、**fatigued**（感到疲倦的）、**frightened**（受到驚嚇
的）、**interested**（對…有興趣的）等等。

例句 Diabetes makes him quite **distressed** all along.
▶ 糖尿病使他一直都相當痛苦。（作受詞補語，修飾受詞 him）

> 例句 He became very **fascinated** with her unique way of life.
> ▶他對她獨特的生活方式感到神魂顛倒。（作主詞補語，修飾主詞 He）

2 **現在分詞形容詞**：以現在分詞（**V-ing**）作形容詞，修飾「物」或「以物為主」的主詞或受詞補語，有「讓人覺得…」之意。例如 **amazing**（令人驚訝的）、**amusing**（好笑的）、**appalling**（可怕的）、**astonishing**（令人驚訝的）、**boring**（令人厭煩的）、**disappointing**（令人失望的）、**embarrassing**（令人困窘的）、**exhausting**（令人疲乏的）、**exciting**（令人興奮的）等等。

> 例句 Insomnia is a **distressing** disorder.
> ▶失眠症是一種令人苦惱的疾病。（作限定形容詞，修飾 disorder）

補充 限定形容詞：複習
p.060 Key Point 25

> 例句 Halitosis is really very **disgusting**.
> ▶口臭的確令人非常厭惡。（作主詞補語，修飾主詞 Halitosis）

3 **例外**：雖然現在分詞（**V-ing**）主要用來修飾「物」或「以物為主」的主詞或受詞補語，有些現在分詞也可修飾人，例如 **charming**（迷人的）、**enchanting**（迷人的）、**endearing**（令人喜愛的）、**fascinating**（迷人的）、**calculating**（小心的）、**promising**（有前途的）。

> 例句 He is a **promising** young man.
> ▶他是一位有前途的年輕人。

> 例句 The slender model is very **charming** when coming down the runway.
> ▶這位苗條的模特兒走上伸展台時非常迷人。

28 描述形容詞的用法

1分鐘重點公式

- ★ 描述形容詞可用來描述名詞的外觀、體積或性質
- ★ 常放在「連綴動詞」、「be 動詞」或「不完全及物動詞的受詞」後面，作受詞補語
- ★ 句型：❶ S + be 動詞 / 連綴動詞 + adj. ❷ S + 不完全及物動詞 + O + adj.

專有名詞參照 描述形容詞（附錄 p.343）；be 動詞（附錄 p.345）；連綴動詞（附錄 p.345）

文法深度解析

描述形容詞通常放在「連綴動詞」、「be 動詞」的後面或「不完全及物動詞」的受詞後面，作為受詞補語。主要的句型有：

1 主詞 + **be** 動詞 / 連綴動詞 + 形容詞

補充 本句型可詳見 p.159 Key Point 71

例句 Mary **is brilliant**.
▶瑪麗很聰明。

例句 Jack **became angry** when he heard of the news.
▶傑克聽到這個消息時怒不可遏。

2 主詞 + 不完全及物動詞 + 受詞 + 形容詞

補充 本句型可詳見 p.151 Key Point 67

例句 Do you believe him **upright**?
▶你認為他正直嗎？

3 要特別注意，有些以 **a** 為首的形容詞，雖為描述形容詞，但卻不能放在名詞前面，通常會置於動詞後面作補語，補充說明主詞或受詞。例如 **afraid**（害怕的）、**alive**（活著的）、**asleep**（睡著的）、**astir**（騷動的）、**averse**（反對的）、**atilt**（傾斜的）、**awake**（醒著的）、**aware**（知道的）、**awry**（歪斜的）、**aloof**（離得遠的）等等。

例句 She felt **ashamed** of her bad schoolwork.
▶她對自己欠佳的課業成績感到很慚愧。

一眼記表格

若要用兩個以上的描述形容詞，則必須排列如下表：

順序（由左至右）					
主觀描述	體積大小	物理性質	時間	形狀	顏色
例wonderful, bad,...	例large, long,...	例light, wet,...	例recent, new,...	例round, rectangular,...	例red, white,...

補充小角落

「不完全及物動詞」常搭配形容詞的有 believe（認為）、cook（煮）、find（覺得）、get（使）、have（使）、judge（認為）、keep（使維持）、leave（使）、let（使）、like（喜歡）、make（使）、paint（粉刷）、push（推）、put（使成）、send（迫使）、set（使成為）、stretch（拉緊）、strike（打）、think（認為）、wish（希望）。

各大形容詞進階用法

Key Point 29 形容詞可放名詞後作後位修飾

1分鐘重點公式

○ ★ 形容詞放名詞之後（後位修飾）有八種情況：❶ anything
○ / something 等字 + 形容詞 ❷ 度量衡（長、寬、高）+ 形
○ 容詞 ❸ 作受詞補語（名詞 + 形容詞 + 介係詞） ❹ 作同
○ 位語 ❺ all / one / those + 形容詞 ❻ 最高級形容詞 + 名
○ 詞 + 字尾為 -able / -ible 的形容詞 ❼ 名詞 + here / there
○ / today ❽ with + 名詞 + 形容詞

專有名詞參照 同位語（附錄 p.340）

文法深度解析

大部分的情況下，形容詞會置於名詞之前；但遇到以下八種情況，
形容詞會放在名詞之後，作「後位修飾」：

1 若遇到 **anything**、**something**、**nothing**、**anyone**、
someone、**nobody** 等字，則形容詞須放這些字的後面。

例句 Do you have **anything delicious** to eat?
　　▶ 有什麼好吃的東西可以吃嗎？

例句 Did you visit the new bookstore? I think it's **nothing special**.
　　▶ 你拜訪過那間新開的書店了嗎？我覺得沒什麼特別的。

例句 There will be **nobody around** when it's midnight.
▶ 到了半夜，便沒有人會在附近。

2 數字 + 名詞 + **old / tall / deep / high / long / wide**：

例句 My father is **fifty years old**.
▶ 我的父親五十歲了。

例句 The pool is **183 cm deep**.
▶ 游泳池水深一百八十三公分。

3 名詞 + 形容詞 + 介係詞：以形容詞作為受詞補語。

例句 They found a **river abundant in** fish.
▶ 他們發現一條盛產魚的河流。

4 名詞 + 一長串的形容詞：形容詞作為「同位語」修飾主詞。

例句 Nowadays people, **young and old**, like to watch TV.
▶ 這年頭不論老少都喜歡看電視。

5 **all / one / those** + 形容詞：

例句 **All dead** were sent to the funeral parlor.
▶ 所有的死者都被送到殯儀館。

6 **all / every / 最高級形容詞** + 名詞 + 含 **-able / -ible** 字尾的形容詞：

例句 This is **the best chance possible**.
▶ 這可能是最好的機會了。

7 名詞 + **here / there / today**：

例句 Young **people today** are open in thought.
▶ 現在的年輕人思想都很開放。

8 with + 名詞 + 形容詞：

例句 He sat in the armchair **with his eyes closed**.
▶ 他閉著眼睛坐在扶手椅上。

Key Point 30 多個形容詞修飾同一個名詞

1分鐘重點公式

- ★ 多個形容詞修飾同一名詞時，順序為：冠詞 / 代名詞 → 數量形容詞 → 描述性質的形容詞
- ★ 冠詞、所有格或指示代名詞要放在 both / all / double / such / what / many 的後面
- ★ 兩個形容詞並列：中間用逗號或 and 隔開
- ★ 三個以上的形容詞並列：用逗號隔開，最後兩個形容詞之間用 and 連接

文法深度解析

兩個以上的形容詞修飾同一名詞時，要注意以下重點；其中，需特別注意各個詞類擺放的順序，還有標點符號的擺法：

1 **擺放順序**：冠詞或代名詞 **+** 數量形容詞 **+** 性質形容詞。

2 **遇到 both、all、double、such、what、many 時**：冠詞、所有格或指示代名詞要置於其後。

例句 **Such a** beautiful girl!
▶ 真是個漂亮的女孩！（冠詞 a 固定放在 such 後面）

例句 **All my** students are in the playground.

▶我的所有學生都在操場上。（所有格 my 置於 all 後面）

3　標點符號：兩個形容詞並列時，中間用逗號或連接詞 **and** 分開；若有三個以上的形容詞，則各個形容詞之間用逗號隔開，並在最後兩個形容詞之間以 **and** 連接。

例句 It's an **exciting and amazing** novel.
= It's an **exciting, amazing** novel.
▶這是一本刺激又有趣的書。

例句 She is a **smart, friendly and industrious** student.
▶她是一個聰明、友善又努力的學生。

　一眼記表格

形容詞位置的安排可參考下表：

順序（由左至右）							
冠詞 所有格	數量詞		描述			名詞 I	名詞 II
	序數	基數	材質與特徵	大小 形狀	顏色		
The	third		new				student
A				small	green		ball
This			interesting			picture	dictionary
These		seven			brown		rats
Those			expensive	long	black		belt
Our	first	twenty					days

1分鐘重點公式

○ ★ the + 形容詞 = 名詞（指特定族群的人；意思是「…的人」；
○ 　 視為複數名詞）
○ ★ the + 分詞形容詞 = 複數普通名詞
○ ★ the + 抽象形容詞 / 抽象分詞 = 抽象名詞
○ ★ 現在分詞形容詞（V-ing）作副詞用 = very / extremely
○ ★ 形容詞轉介係詞：後面接受詞（e.g. near, next,...）

文法深度解析

形容詞也可以當作「名詞」、「副詞」或「介係詞」來使用。

1 **形容詞轉名詞**：定冠詞 **the** 加上形容詞便等於名詞。有以下
幾種用法：

> **補充** 定冠詞：複習 p.013
> Key Point 04

1. **the + 形容詞 = the people who are（…的人）**，為「複
數普通名詞」，表示某一特定族群的人。
例如 **the rich**（富人）、**the sick**（病人）……。

例句 **The old** are supposed to be respected by **the young**.
▶ 老年人應該受到年輕人尊敬。

2. **the + 分詞形容詞 = the people who are（…的人）**，為「複
數普通名詞」，也是指某一特定族群的人。
例如 **the accused**（被告）、**the injured**（傷者）、**the
deceased**（死者）……。

例句 **The injured** was sent to hospital.

▶傷者被送至醫院。

3. the + 抽象形容詞 / 抽象分詞 = 抽象名詞。
例如 **the true**（事實）、**a pleasure**（一件樂事）……。

2 **形容詞轉副詞**：現在分詞（**V-ing**）的形容詞常可作「副詞」，作 **very** 或 **extremely**（非常地）解釋。

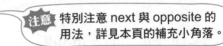
補充 分詞詞性運用：預習
p.264 Key Point 124

例句 It's **freezing/biting/piercing** cold in the Poles.
▶極地裡是非常寒冷的。

3 **形容詞轉介係詞**：有些形容詞可轉換成「介係詞」來使用，一般後面要接受詞，常見的字有 **near**（接近）、**next**（次於）、**opposite**（在…對面）、**worth**（值得）等字。

注意 特別注意 next 與 opposite 的
用法，詳見本頁的補充小角落。

例句 Both of them went **near** being drowned.
▶他們兩人差一點就被淹死。

補充小角落

要特別注意 next（次於）和 opposite（在…對面），它們後面接「to」時當作「形容詞」，例如：My friend's antique shop is opposite to my home.（我朋友的古董商店在我家對面。）；沒有 to 時便作「介係詞」用，例如：I sat opposite my boss during the conference.（開會的時候，我坐在老闆對面。）

由形容詞組合而成的片語

● ★ 介係詞與形容詞可形成片語，而介係詞與名詞形成的片語
● 也可作形容詞用
● ★「介係詞 + 形容詞」的組合可修飾名詞或整個句子
● ★「介係詞 + 名詞」（介係詞片語當形容詞用）可用來描述
● 性質、長相、情緒、顏色……

文法深度解析

1 「介係詞 + 形容詞」組合而成的的片語：可置於名詞後面，
作「形容詞」來修飾名詞，或置於句子最後，當「副詞」修
飾全句。

例句 Sign your name **in full**.
▶ 簽下你的全名。（in full 修飾 name）

例句 You and I have nothing **in common**.
▶ 我們沒有任何共通點。（in common 修飾 nothing）

2 「介係詞 + 名詞」（介係詞片語當形容詞用）：可以用來描
述主詞的性質、長相、情緒、顏色等等。例如 **out of the
question**（不可能的）、**of use**（有用的）、**at ease**（安
逸的）、**at/in fault**（有過失的）、**all ears**（聆聽的）、
in common（共通的）。

例句 We are **of an age**.
▶ 我們同年。

An English Class
For Grammar

互相較量一決雌雄
——比較級與最高級

人比人，氣死人；而在英文中，比較級和最高級不是加一個「比」或「最」就好，一旦用錯了，還真的會氣死人！

☑ **Unit 01** 形容詞升等之路

☑ **Unit 02** 比較級句型指南

☑ **Unit 03** 最高級使用方法

Unit 01

形容詞升等之路

Key Point 33　形容詞的等級之分

1分鐘重點公式

○ ★ 形容詞有原級、比較級、最高級
○ ★ 原級：即形容詞本身
○ ★ 比較級：同類事物兩者之間的比較
○ ★ 最高級：三者或三者以上的比較
○ ★「同類事物」才能相比

專有名詞參照 原級（附錄 p.344）；比較級（附錄 p.344）；最高級（附錄 p.344）

文法深度解析

形容詞有三種形式，即原級、比較級與最高級。

1 原級：單獨表示性質或數量，而形容詞本身就是原級。

例句 This garment is so **pretty**.
　　▶ 這件衣服真漂亮。

2 比較級：表示「兩者」之間的比較。同類事物才能相比，即比較時須「人和人」比或「物和物」比。

例句 She is **more intelligent** than her teacher.
　　▶ 她比她老師還要聰明。

3 最高級：表示「三者或三者以上」之間的比較。

例句 English is **the most common** language in the world.
▶ 英文是世界上最普遍的語言。

34 形容詞如何升級變身

1分鐘重點公式

○ 形容詞變比較級 / 最高級：
○ ★ 單音節 + -er / -est（字尾若為 -y，則去 -y 加 -ier / -iest）
○ ★ more / most + 兩個（以上）音節的形容詞
○ ★ 不 規 則 變 化：good → better → best；bad → worse →
○　　worst；many → more → most

文法深度解析

形容詞變化成比較級與最高級時，可分成「規則變化」及「不規則變化」兩類。兩種變化方式整理如下：

1 規則變化：大部分的形容詞都可依照以下規則來變化。

1. 若為「單音節」的形容詞，須遵守下表規則：

規則	原級	比較級	最高級
單音節 → + -er / -est	tall high short	taller higher shorter	tallest highest shortest
短母音 + 子音字尾重覆 字尾子音 → + -er / -est	hot big thin	hotter bigger thinner	hottest biggest thinnest

字尾 -e 不發音→ + -r / -st	wise large nice	wiser larger nicer	wisest largest nicest
子音 + -y → 去 -y + -ier / -iest	dry	drier	driest

2. 若為「雙音節以上」的形容詞，則遵守下表規則：

	原級	比較級	最高級
大部分會在前面加上 more 成為比較級，加 most 則變為最高級	expensive famous difficult	more expensive more famous more difficult	most expensive most famous most difficult
若字尾是 -y → 去 -y + -ier / -iest	easy happy	easier happier	easiest happiest
有些字可在字尾加 -er / -est，也可在前面加 more / most	quiet	quieter / more quiet	quietest / most quiet

2 **不規則變化：** 因無固定的變化規則可循，必須特別記住這些變化；下表列舉較常用的形容詞為例。

原形	比較級	最高級
good well	better（較好的）	best（最好的）
bad / wrong	worse（較差的）	worst（最差的）
many much	more（更多的；更加）	most（最多的；最大程度的）
little	less（較少的）	least（最少的）
far	farther（較遠的）→ 指距離 further（較遠的）→ 指程度	farthest（最遠的）→ 指距離 furthest（最遠的）→ 指程度
late	later（稍後的） latter（後者的）	latest（最新的）→ 表時間 last（最後的）→ 表順序

Unit 02

比較級句型指南

1分鐘重點公式

○ ★ (be) 動詞 + 比較級 + than...：比…更…
○ ★ (be) 動詞 + less + 原級 + than...：比…較不…
○ ★ (be) 動詞 + the + 比較級 + of the two：二者之中較…的
○ ★ 比較級 and 比較級 / more and more + 原級：愈來愈…
○ ★ The + 比較級 ..., the + 比較級 ...：愈…，就愈…

文法深度解析

比較級除了用於優等比較（比…更加…）與劣等比較（比…更不…），還有許多常用句型，統一整理如下：

1 **A + (be) 動詞 + 形容詞比較級 + than + B（A 比 B 較 / 更…）**：表優等比較；且比較級之前還可加 **much**、**a little**、**even** 或 **a lot** 等表示程度的副詞，來修飾比較級。

例句 An elephant **is bigger than** a goat.
▶ 大象比山羊大。

2 **A + (be) 動詞 + less + 原級 + than + B（A 比 B 較不 / 更不…）**：表劣等比較。

例句 Edison **is less tall than** you.
▶ 愛迪生比你矮。

③ **S + (be) 動詞 + the + 比較級 + of the two +（複數名詞）**
（**主詞是兩者之中較…的**）：比較級之前本來不必加 **the**，
但因為句型中有「**of the two**」限定範圍，所以還是必須加
上 **the**。

例句 Cindy is **the more beautiful of the two (people)**.
　　▶辛蒂是二人中比較美的那個。

例句 The overcoat is **the more expensive of the two**.
　　▶這件大衣是這兩件之中比較貴的。

④ 「**比較級 + and + 比較級**」與「**more and more + 原級**」
（**愈來愈…**）：兩句型意思相同，都能表達「愈來愈…」的
意思。

> 補充 more and more 後面也可加上
> 名詞，表示「有愈來愈多的…」。

例句 It is getting **colder and colder**.
　　▶天氣愈來愈冷了。

例句 Pauline becomes **more and more intelligent**.
　　▶寶琳變得愈來愈聰明了。

⑤ **The + 比較級 + S + V, the + 比較級 + S + V**（**愈…，
愈…**）：為雙重比較級，常針對「原因」或「影響」加以描述。

例句 **The more** books you read, **the smarter** you'll be.
　　▶書讀得愈多，你就會變得愈聰明。

例句 **The longer** we stayed, **the more satisfied** we felt.
　　▶我們待了愈久，就愈覺得滿意。

36 比較級句型 & 修飾比較級

1分鐘重點公式

- ★ 常用句型：❶ more + 形容詞 A + than + 形容詞 B（與其說 B 不如說 A）❷ less + 形容詞 A + than + 形容詞 B（與其說 A 不如說 B）❸ 比較級 + than + that/those/anyone's...（比任何…好）
- ★ 表程度差異：「數詞 + 單位名詞（+ 比較級 + than…）」或「by + 數詞 + 單位名詞」
- ★ 副詞 + 比較級：以副詞或副詞片語修飾比較級

文法深度解析

了解完上一個 **Key Point** 的比較級常用句型後，也要知道下面這些句型和修飾比較級程度的字詞：

❷ 「**more + 原級形容詞 A + than + 原級形容詞 B**」與「**less + 原級形容詞 B + than 原級形容詞 A**」（**與其說 B 不如說 A**）：表同一人事物有兩種不同性質；此時，形容詞可以是「單音節」、「兩個音節」或「多音節」。

例句 He is **less** introvert **than** conservative.
　　 = He is **more** conservative **than** introvert.
　　 ▶ 與其說他內向，不如說他保守。

❸ 「**比較級 + than that...**」、「**比較級 + than those...**」、「**比較級 + than anyone else's**」、「**比較級 + than + 所有代名詞**」（**比…都要…**）：必須注意，前、後比較的對象要「一致」或「相當」。

例句 His schoolwork is **better than anyone else's** in the class.
  ▶他的學業成績比班上任何人還好。

例句 Her dancing is **better than those** on stage.
  ▶她跳舞跳得比台上的人都好。

4 副詞 + 比較級：有些副詞或副詞片語可以放在比較級之前，用來修飾比較級，常見的有 **even**（更加）、**far**（遠為）、**greatly / much / a lot**（大大地；非常）、**still**（仍然）、**a little**（稍微）、**by far**（遠超過）、**by far and away**（非常地）。

例句 The construction of the human brain is **by far more complicated than** that of the computer.
  ▶人腦的結構遠比電腦複雜。

5 「**(no) other...than...**」（除此之外沒有其他的⋯）、「**rather than...**」（而不是⋯）：

例句 I have **no other** pager **than** this.
  = I have **no** pager **but** this.
  ▶我除了這個呼叫器以外，沒有其他的。

例句 He is a poet **rather than** a writer.
  = He is **rather** a poet **than** a writer.
  ▶他是個詩人，而不是作家。

6 「**數詞 + 單位名詞（+ 比較級 + than...）**」或「**by + 數詞 + 單位名詞**」：可用來表示程度上的差異。

例句 He is **two inches taller than** you.
  = He is **taller than** you **by two inches**.
  ▶他比你高兩吋。

7 **比較對象的省略**：前後句意明確時，可省略比較對象。

例句 I have never heard a more interesting story (than this one).

= I have never heard so interesting a story (as this one).

▶ 我從來沒有聽過這麼有趣的故事。

Key Point 37 同等比較 as...as...

1分鐘重點公式

- ★ as...as...（同等比較）：表示比較的兩個人事物性質相等
- ★ 同等比較句型：**❶** as... as B（與 B 一樣…）**❷** as many/ much...as B（有與 B 一樣多的…）**❸** as...as one can/ possible（盡可能）**❹** as...as ever（依舊）
- ★ 慣用語句型：**❶** as...as ever/any（最…）**❷** as...as (one) can be（非常…）**❸** as...as one used to be（和從前一樣…）

文法深度解析

表示同等比較除了「**as + 原級形容詞（+ 名詞）+ as...**」之外，還有各種實用句型，句型及其詳細用法列舉如下：

❶ 使用同等比較句型（**as…as…**）時，須注意以下事項：

1. 「**as...as...**」表示兩比較對象的某性質是相同的。

2. 第一個 **as** 為副詞，譯成「一樣地」，修飾其後方所加的形容詞或副詞。

3. 第二個 **as** 為連接詞，譯成「像…」，連接後面的另一個主詞（主詞可為名詞、代名詞或子句）。

2 表示「同等比較」的常用句型有：

1. A + be 動詞 + as + 形容詞 + as + B（A 和 B 一樣…）

例句 This girl is **as** tall **as** he.
▶ 這個女孩和他一樣高。

例句 This table is not **as/so** long **as** that desk.
▶ 這張桌子不像那張書桌那麼長。

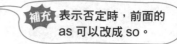

補充 表示否定時，前面的 as 可以改成 so。

2. as + many/much + 複數或不可數名詞 + as...（與…有一樣多的…）

例句 I have **as many pens as** Mary.
▶ 我和瑪麗有一樣多的筆。

3. (a) as + 形容詞 + as + one can / possible（盡可能）
　　(b) as + 形容詞 + as ever（依舊）

例句 Miss Lu is **as humor as ever**.
▶ 呂老師跟以前一樣幽默。

3 其他也有用到「**as...as...**」的慣用語句型：

1. as + 形容詞 + as ever/any（最…）

例句 The fatty is **as heavy as any** man alive.
= The fatty is the heaviest of all men alive.
▶ 這位胖子是現在所有人當中最重的。

2. as + 形容詞 + as (one) can be（非常…）

例句 Jamie is **as slim as she can be**.
▶ 潔咪非常瘦。

3. as + 形容詞 + as possible（盡量…）

例句 We treated the guests **as friendly as possible**.
▶ 我們盡量友好地對待賓客們。

4. as + 形容詞 + as one used to be（和從前一樣…）

例句 Linda is **as smart as she used to be**.
▶ 琳達跟以前一樣聰明。

補充小角落

「as + 形容詞 + as...」還有許多作為比喻的慣用語，例如 as dead as a doornail（完全死了的）、as hungry as a wolf（非常飢餓的）、as proud as a peacock（非常驕傲的）、as brave as a lion（非常勇猛的）、as busy as a bee（非常忙碌的）、as sly as a fox（非常狡猾的）、as free as a bird（自由自在的）……。

Key Point 38 表達倍數的各種句型

1分鐘重點公式

- ★ 強調「…倍」時，倍數要放比較級前面
- ★ 常用句型 ❶：主詞 + 動詞 + 數量詞 + 形容詞比較級（+ 名詞）/ 副詞比較級 + than...
- ★ 常用句型 ❷：主詞 + 動詞 + 數量詞 + as + 形容詞（+ 名詞）/ 副詞 + as...

文法深度解析

倍數（如 **half/twice/three times** 等）必須放在比較級前面。可分為以下兩種句型：

1 S + V + 數量詞 + 形容詞比較級（+ 名詞）/ 副詞比較級 + **than...**

> **例句** This house is **three times larger than** that one.
> ▶ 這棟房子是那棟的三倍大。

2 S + V + 數量詞 + **as** + 形容詞（+ 名詞）/ 副詞 + **as...**

> **例句** This house is **three times as large as** that one.
> ▶ 這棟房子是那棟的三倍大。

39 比較級例外一覽

1分鐘重點公式

○ ★ 「以 –er 或 –or 結尾的限定形容詞」與「描述性質的形容
○ 詞」不宜用比較級
○ ★ 比較級句子不加 than 的時機：形容詞若原本就含「比較…」
○ 之意，則不加 than，而是加 to（例：A is "senior to" B；
○ A "is preferable to" B 等等）

專有名詞參照 限定形容詞（附錄 p.343）

文法深度解析

1 一般而言，文意上不會加 **very** 或 **quite** 的形容詞，就不宜
用比較級。因此，以下兩種類型的形容詞無法做比較：

1. 以 -er 或 -or 結尾的「限定形容詞」：
例如 **former**（以前的）、**hinder**（後面的）、**inner**（內部的）、
latter（後面的）、**major**（主要的）等字。

2. 屬於完整、完全性質的形容詞：

例如 **empty**（空的）、**entire**（全部的）、**everlasting**（永久的）、**utter**（完全的）、**round**（圓的）、**square**（正方的）、**unique**（獨一無二的）。

2 比較級句型原為「**A + be + 比較級 + than B**」，但不需在字尾加 **-er** 或在前面加 **more**、就含有「比較…」之意的形容詞，便不能在句子中加 **than**。這些形容詞有：

1. 以字尾 -ior 結尾的形容詞：若形容詞字尾為 –ior，則後面會先加介係詞 to，再接所要比較的對象；若比較對象為代名詞，必須用受格，與一般形容詞比較級（形容詞 + than + 比較對象（主格））不同。常見有下列三組形容詞：

① **senior / older**（較年長的）↔ **junior / younger**（較年幼的）

例句 He is **senior to** me by three years.
= He is older than I by three years.
▶ 他比我大三歲。

② **superior / better**（較優的）↔ **inferior / worse**（較劣的）

例句 I'm **superior to** him in English.
= I'm better than he in English.
▶ 我英文比他好。

③ **prior / earlier**（較早的）↔ **posterior / later**（較遲的）

例句 His success is **prior to** yours.
= His success is earlier than yours.
▶ 他比你早成功。

2. 也有其他不是 –ior 結尾的字，但固定先接 to 再加比較對象的字，像是 be preferable to（比…好）、be comparable to（比得上）等等。

例句 Poverty **is preferable to** ill health.
▶ 貧窮勝過健康不佳。

例句 I **prefer** tea **to** coffee.
= I like tea **better than** coffee.
▶ 我喜歡茶勝過咖啡。

Key Point 40 容易混淆的比較級句型一覽

1分鐘重點公式

- ★ no more A than B（和 B 一樣不是 A）vs. not more A than B（與其說是 A，不如說是 B）
- ★ no more than（僅僅；不過）vs. not more than（頂多）
- ★ no less than（有；和一樣）vs. not less than（至少）
- ★ no better than（簡直是）vs. not better than（最多不過）
- ★ no more（不再；表抽象）vs. no longer（不再；表時間）
- ★ no farther（不能更遠）vs. no further（不能更進一步）

文法深度解析

前面學了各種比較級句型，也要注意下面列出的十二組易混淆句型，這些句型雖然非常相似，但差了一個字，意思也會變得不同，必須要特別注意喔！

1 no more A than B（和 B 一樣不是 A）**vs. not more A than B**（與其說是 A，不如說是 B）

例句 He is **no more** sensible **than** you.
▶ 他和你一樣不明理。

例句 He is **not more** stupid **than** stubborn.

▶與其說他愚蠢，不如說他頑固。

2 **no more than**（僅僅；不過）**vs. not more than**（頂多）

例句 I'm **no more than** a common person.
▶我不過是個普通人。(no more...than = only)

例句 She is **not more than** twenty years old.
▶她頂多二十歲。(not more...than = at most)

3 **no less A than B**（和 **B** 一樣是 **A**） **vs. not less A than B**（與其說是 **B**，不如說是 **A**）

例句 You are **no less** conservative **than** I.
▶你和我一樣保守。(no less...than = as...as)

例句 She is **not less** shrewd **than** clever.
▶與其說她聰明，不如說她精明。

4 **no less than**（和⋯一樣） **vs. not less than**（至少）

例句 There are **no less than** five thousand people in the gymnasium.
▶體育館內有五千人。(no less than... = as many as)

例句 I've been studying English for **not less than** thirty years.
▶我學英文至少有三十年。(not less than... = at least)

5 **no better than**（簡直是）**vs. not better than**（最多不過）

例句 Judging from his conduct, he is **no better than** a fool.
▶從行為來判斷，他簡直是個傻瓜。(no better than = simply)

例句 She will become **not better than** an assistant secretary, if she is promoted.
▶如果要升遷的話，她最多不過當個助理秘書而已。

6 **much/still more**（更加）**vs. much/still less**（何況）

例句 She can afford to buy a car, **much/still more** a bicycle.
　　▶她有能力買得起汽車，腳踏車自不在話下。（用在肯定句）

例句 She cannot afford to buy a bicycle, **much/still less** a car.
　　▶她連腳踏車都買不起，更別提汽車了。（用在否定句）

7 **what's more**（此外）**vs. what's worse**（更糟的是）

例句 I like reading, and **what's more**, I often buy books.
　　▶我喜歡讀書，此外，我也常常買書。

例句 The old man was very ill, and **what's worse**, nobody cared for him.
　　▶那位老人病的很重，更糟的是，沒人去照顧他。

8 **no more**（不再；表「抽象」）**vs. no longer** （不再；表「時間」）

例句 If you won't go shopping, **no more** will I.
　　▶如果你不去購物，那我也不去了。

例句 We are **no longer** living in this neighborhood.
　　▶我們已不住在這一區了。

9 **no farther**（不能…更遠；表「距離」）**vs. no further**（不能…更進一步；表「距離」或「程度」）

例句 I can run **no farther**.
　　▶我跑不動了。

例句 There is **no further** information about the incident.
　　▶該事件沒有進一步的報導。

10 **more or less**（多少；有點）**vs. sooner or later**（遲早）

例句 She was **more or less** hysterical then.

▶她那時候多少有一些歇斯底里。

例句 You'll ask for trouble **sooner or later**.
　　▶你遲早會自討苦吃。

11 **for better or worse**（不管好壞都…） **vs. from bad to worse**（每況愈下）

例句 **For better or worse**, you have to try it.
　　▶不管好壞，你都得試試看。

例句 His health went **from bad to worse** before long.
　　▶不久後他的健康狀況每況愈下。

12 **little more than**（不超過；同樣） **vs. little less than**（將近）

例句 She weights **little more than** 100 pounds.
　　▶她的體重不超過一百磅。

例句 Having done such a mean thing, he was **little less than** a beast.
　　▶做了如此卑鄙的事，他簡直就是個畜牲。

Key Point 41 **掌握常見的比較級慣用語**

1分鐘重點公式

○ ★ 必備慣用語：get the better of 勝過、be better off 際遇更
○ 好、know better than 知道不該、had better 最好、more
○ often than not 常常、more and more 越發、more than
○ all 尤其、and no more 僅只、none the less 絲毫不減、
○ nothing less than 簡直、would sooner...than... 寧願…也
○ 不願…、had no sooner...than 一…就、all the + 比較級
○ + for / because of…（正因為…，才更加…）

 **文法深度解析**

常見的比較級慣用語列舉如下：

1 **get the better of**（勝過）：

例句 Temptation **got the better of** her.
▶她無法抗拒誘惑。

2 **be better off**（際遇更好）：

例句 Jane will **be better off** without him.
▶如果沒有他，珍會過得更好。

例句 He is getting **better off**.
▶他的境遇漸漸好轉。

3 **change for the better**（好轉）：

例句 The economic situation has **changed for the better**.
▶經濟情況已經好轉了。

4 **know better than**（不至於笨到）：

例句 I **know better than** to commit such a folly.
▶我不致於笨到做這種事。

5 **had better + VR**（最好）：

例句 You **had better go** home right now.
▶你最好現在就回家。

注意 VR = 原形動詞；有關動詞詳見
p.144~169 Part 08

6 **more often than not**（常常）：

例句 I sit up writing **more often than not**.
▶ 我常常熬夜寫作。

7 **more and more**（越發）：

例句 The moon shone **more and more** brightly.
▶ 月亮越來越亮。

8 **more than all**（尤其）：

例句 He likes to eat fruits, apples **more than all (else)**.
= He likes to eat fruits, especially apples.
▶ 他喜歡吃水果，尤其是蘋果。

9 **and no more**（僅此而已）：

例句 I just finished the task **and no more**.
▶ 我只有完成這一份工作而已。

10 **none the less**（絲毫不減）：

例句 We love him **none the less** for his failure.
▶ 儘管他失敗了，我們還是愛他。

11 **nothing less than**（簡直）：

例句 What you have done is **nothing less than** fraud.
▶ 你的所作所為簡直就是詐欺。

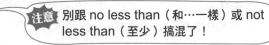

注意 別跟 no less than（和…一樣）或 not less than（至少）搞混了！

12 **all the +** 比較級 **+ for / because of +** 名詞（正因為…，才更加…）：

例句 It's **all the better because of** you.

▶ 正因為是你，所以更好。

補充 形容詞如何升級：複習 p.081 Key Point 34

13 **would sooner + VR 1 + than + VR 2**（寧願 **V1** 也不願 **V2**）：

例句 We **would sooner** stay here **than** go out.

▶ 我們寧願待在這，也不要外出。

例句 I**'d sooner** leave this room **than** put up with his temper.

▶ 我寧願離開這裡，也不想忍受他的脾氣。

例句 I don't want to visit Japan again this year. I**'d sooner** go to Thailand.

▶ 今年，我不想再去日本旅遊了，我寧願去泰國。

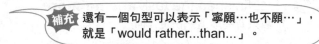
補充 還有一個句型可以表示「寧願…也不願…」，就是「would rather...than...」。

14 **had no sooner + V-p.p. + than**（一…就…）：

注意 V-p.p. = 過去分詞；有關分詞請見 p.264~277 Part 12

例句 I **had no sooner** arrived home **than** my brother went out for a date.

▶ 我剛到家，我弟就跑出門約會了。

例句 **No sooner had** he got his salary **than** he spent it like water.

▶ 他一拿到薪水，就馬上花光了。

Unit 03

最高級使用方法

Key Point 42 最高級的基本句型集合

1分鐘重點公式

○ ★ 必備最高級句型：**❶** the + 最高級 + of/among/in... **❷** of/
○ among all (the)..., S + V + 最高級 **❸** one of the + 最高
○ 級（+ 複數名詞）= among/of the + 最高級 + 複數名詞
○ **❹** the + second 以上的序數詞 + 最高級 = the + 最高級 +
○ but + 基數詞 **❺** the + 最高級 + 名詞 + that sb. have V-p.
○ p. **❻** at (the) + 最高級 **❼** do one's best/utmost to V

文法深度解析

常用的最高級句型有以下七組：

❶ **the + 最高級 + of/among + 同類的比較對象**
= the + 最高級 + in + 場所或地方（in + 一定範圍）
（在…之中最…）

> 補充 形容詞如何升級：複習
> p.081 Key Point 34

例句 I like tangerines **the best among** all fruits.
▶ 在所有水果中，我最喜歡橘子。

例句 I'm the earliest riser but **the latest** sleeper **in** my family.
▶ 我在家中是最早起的，卻也是最晚睡的。

2 of/among all (the) + 複數名詞 **, S + V +** 最高級（所有…
當中最…的）

例句 **Among all** (the) opponents, Bill is **the toughest**.
▶比爾是所有對手當中最厲害的。

3 one of the + 最高級（+ 複數名詞）

= **among/of the +** 最高級 **+** 複數名詞（最…的）

例句 Du-Fu is **one of the greatest** poets in China.
▶杜甫是中國最偉大的詩人之一。

4 the + second 以上的序數詞 + 最高級

= **the +** 最高級 **+ but +** 基數詞（第…重要的）

補充 基數詞與序數詞：複習
p.050 Key Point 21

例句 A good book is **the second best** thing to a true friend.
▶好書是僅次於摯友的最佳事物。

例句 India is **the most populous** country **but one** in the
world.
▶印度是世界上人口第二多的國家。

5 the + 最高級 + 名詞 + **that + S + have V-p.p.** （經歷過
最…的）

例句 It's **the toughest situation that we have
experienced** for the past thirty years.
▶這是三十年以來，我們所經歷過最艱難的處境。

6 at (the) **+** 最高級（只不過是…）

例句 She is **at best** a second-rate singer.
▶她充其量只是個二流歌手。

7 **do one's best/utmost + to + VR**（盡力…）

例句 You must **do your best/utmost to** solve the problem.
▶你必須盡力去解決這個問題。

Key Point **43** 副詞與副詞片語修飾最高級

1分鐘重點公式

- 常用來修飾最高級的「副詞」或「副詞片語」有：
- ★ 「更加…」：any, even, still,...
- ★ 「更…；非常…」：much, a lot, (by) far, considerably,...
- ★ 「有點…」：slightly, a little, a bit, somewhat,...
- ★ 其他還有：very（真正的）、quite（相當）、by far and away（無疑地）等

文法深度解析

常用來修飾最高級的「副詞」或「副詞片語」有 **much**（非常）、**by far**（顯然地）、**very**（真正的）、**by far and away**（無疑地）、**quite**（相當）；若在最高級前面加上表示程度的副詞，可強調或描述「最高級」的程度，例如 **"much" the best**、**"by far" the best**、**the "very" best** 等等。

例句 My father is **by far the tallest** person in my family.
▶我的父親顯然是我們家裡最高的人。

例句 The steak is **the very most delicious** one that I told you before.
▶這就是我之前跟你說過，真正最好吃的牛排。

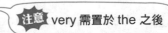
注意 very 需置於 the 之後

44 能代表最高級的句型一覽

1 分鐘重點公式

○ 可代表最高級的句型有：
○ ★ as + 原級 + as ever... = the + 最高級 + that 子句
○ ★ not / never... such a + 原級 + N + as / so + 原級 + a +
○   N... = the + 最高級 + N + that 子句
○ ★ Nothing / No other... + be 動詞 + as / so + 原級 + as...+
○   the + 最高級
○ ★ Nothing / No other... + be 動詞 + 比較級 + than...

文法深度解析

用前面學到的「優等 **/** 劣等比較」（**Key Point 35**）與「同等比較」（**Key Point 37**），也可以用來表達最高級；以下為幾種常用的句型：

> **補充** 比較級常用句型：複習
> p.083 Key Point 35

1 **as + 原級 + as ever... = the + 最高級 + that...**

例句 Queen Elizabeth II is **as powerful a ruler as** has ever ruled England.

= Elizabeth II is **the most powerful ruler that** has ever ruled England.

▶伊麗莎白二世是有史以來治理英國最有權利的統治者。

2 **not / never... such a + 原級 + 名詞 + as / so + 原級 + a + 名詞 = the + 最高級 + 名詞 + that...**

例句 I have **never** encountered **such a troublesome**

problem as this.
= This is **the most troublesome** problem that I have ever encountered.
▶ 這是我遭遇過最麻煩的問題。

3 Nothing / No other... + be + so / as + 原級 + as...
= S + be + the + 最高級

例句 **Nothing is so precious as** health.
= Health **is the most precious** thing.
▶ 健康是最寶貴的東西。

例句 **No other** boy in the class **is as tall as** him.
= He **is the tallest** boy in the class.
▶ 他是班上最高的男孩。

4 Nothing / No other... + be + 比較級 + than...
= S + be + the + 最高級

例句 **No other** mountain **is higher than** Mount Everest in the world.
= Mount Everest **is the highest** mountain in the world.
▶ 聖母峰是世界最高峰。

5 比較級 + than any other + 單數名詞 / 比較級 + than all the other + 複數名詞（比…還要…）：可表最高級。

例句 Taipei is **larger than any other city** in Taiwan.
= Taipei is **larger than all other cities** in Taiwan.
= Taipei is **the largest city** in Taiwan.
▶ 台北是台灣最大的城市。

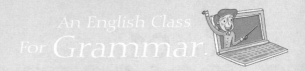

Part
06

雙面交際花
——萬用副詞篇

除了形容詞以外，能用來修飾的選
擇還有**「副詞」**，它可修飾動詞、
形容詞與其他副詞，並表示
時間、地點、程度、方式…
等各種概念喔！

☑ **Unit 01 副詞概念補強**

☑ **Unit 02 常見副詞成員詳解**

☑ **Unit 03 副詞擺放的黃金地段**

Unit 01

副詞概念補強

Key Point 45 副詞分為這幾種

1分鐘重點公式

★ 副詞有十類：❶ 時間副詞（表發生時間、持續多久、頻率）❷ 地方副詞（表發生的地點）❸ 狀態副詞（動作發生時的情形）❹ 頻率副詞（表發生的頻率）❺ 程度副詞（形容程度）❻ 肯定／否定副詞（表肯定／否定語氣）❼ 順序副詞（表順序）❽ 原因／理由（表原因或理由）❾ 讓步副詞（表前後語意相反）❿ 倍數副詞（表倍數關係）

專有名詞參照 時間副詞（附錄 p.342）；地方副詞（附錄 p.342）；狀態副詞（附錄 p.342）；頻率副詞（附錄 p.342）；程度副詞（附錄 p.342）；肯定／否定副詞（附錄 p.343）；原因／理由副詞（附錄 p.343）；讓步副詞（附錄 p.343）；倍數副詞（附錄 p.343）

文法深度解析

副詞分為時間副詞、地方副詞、狀態副詞、頻率副詞、程度副詞、肯定／否定副詞、順序副詞、原因／理由副詞、讓步副詞、倍數副詞，共十類副詞。各類副詞詳細說明如下：

1 **時間副詞**：可描述動作發生的時間、持續多久，以及頻率；例如 **today**（今天）、**yesterday**（昨天）、**tomorrow**（明天）、**then**（那時）、**now**（現在）、**when**（何時）。

補充 時間副詞：預習 p.114 Key Point 49

例句 We are leaving for the States **tomorrow**.
> ▶ 我們明天將前往美國。

2 **地方副詞**：說明動詞發生的地點；例如 **here**（這裡）、
there（那裡）、**indoors**（室內）、**outdoors**（室外）、
abroad（在國外）等。

> **補充** 地方副詞：預習 p.113
> Key Point 48

例句 He went **overseas** on business last week.
> ▶ 他上星期因公事出國。

3 **狀態副詞**：說明動作發生時的「情形或狀態」；例如 **hard**（困難地）、**well**（好地）、**fast**（快地）、**slowly**（慢地）、
happily（快樂地）、**how**（如何）。

例句 The kids are playing the ball **happily**.
> ▶ 孩子們正快樂地玩球。

4 **頻率副詞**：表示動作發生的頻率，常用來說明一段時間內，
某動作或狀態發生的「次數」。

1. 常見的頻率副詞有：**always**（總是）、**often**（時常）、
frequently（時常）、**usually**（通常）、**sometimes**（有時候）、**seldom**（很少）、**occasionally**（有時候）、
once（曾經；一次）、**never**（從不）、**hardly**（幾乎不）、
rarely（很少）。

2. 頻率副詞代換：**always = all the time**；**sometimes =
occasionally = at times = now and then = from
time to time sometimes = not always**。

例句 He **often** goes shopping with his wife.
> ▶ 他常常和他太太去購物。

5 程度副詞：可表示程度；例如 **very**（非常）、**much**（非常）、**extremely**（非常地）、**shockingly**（非常地）。

例句 It was **freezing** cold yesterday.
▶ 昨天非常冷。

6 肯定／否定副詞：用來表示肯定或否定語氣；例如 **yes**（是的）、**no**（不）、**never**（從不）、**hardly**（幾乎不）、**precisely**（正確地）。

例句 A: Will you join us? B: **Certainly**.
▶ A: 你要加入我們嗎？ B: 當然會。

7 順序副詞：表示順序；例如 **first**（第一）、**second**（第二）、**third**（第三）、**fifth**（第五）、**last**（最後）。

例句 He finished **fifth** in the sprint.
▶ 他在短距離賽跑名列第五。

8 原因／理由副詞：表示原因和理由；例如 **hence**（因此）、**therefore**（因此）、**so**（因此）、**thus**（因此）、**consequently / accordingly**（因此）、**why**（為何）。

例句 He is very arrogant. **Accordingly**, he has very few friends.
▶ 他很自大，因此朋友非常少。

9 讓步副詞：表示前後語意相反；例如 **however / nevertheless / notwithstanding**（然而）、**yet**（卻）。

例句 He tried hard to please the girl, **yet** she turned her back on him.
▶ 雖然他努力試著取悅那個女孩，但她卻都不理他。

10 **倍數副詞**：表示倍數關係；例如 **twice**（兩倍）、**double**（加倍地）、**trebly**（三倍地）、**twofold**（兩倍地）。

例句 Her bedroom is **twice** the size of mine.
▶ 她的臥房是我的兩倍大。

Key Point 46 怎麼形成副詞

1分鐘重點公式

○ ★ 本身就是副詞的字：here（此地）、there（那裡）、now（此時）、then（那時）、quite（十分）、very（非常）
○ ★ 現在分詞（V-ing）作副詞：常譯為「非常地」、「極」
○ ★ 副詞 = 形容詞 + -ly（注意字尾：去 -y 加 -ily；-ll 結尾，加 -y；-le 結尾，去 -e 加 -y）

文法深度解析

除了本身就只有副詞功能的字，現在分詞（**V-ing**）或是在形容詞字尾加上 **-ly** 也能形成副詞。整理如下：

1 **本身就是副詞的字**：例如 **here**（此地）、**there**（那裡）、**now**（此時）、**then**（那時）、**quite**（十分）、**very**（非常）……。

例句 We live **here** in winter.
▶ 我們冬天住在這裡。

2 現在分詞（**V-ing**）當副詞時，一般譯為「非常地」或「極」。像是：

1. 形容「非常熱的」：blazing / boiling / burning / scorching / steaming + hot
2. 形容「非常冷的」：biting / freezing / piercing + cold
3. 形容「溼透的」：dripping / soaking + wet

2 從形容詞變化而來的副詞，則有以下幾種類型：

1. 形容詞 + -ly：
例如 **apparently**（明顯地）、**eagerly**（熱切地）、**intensively**（集中地）、**slowly**（緩慢地）。

2. 形容詞若以 -y 結尾，去 -y 加 -ily：
例如 **easily**（簡單地）、**happily**（開心地）、**lazily**（懶惰地）、**noisily**（吵雜地）、**busily**（忙碌地）、**luckily**（幸運地）。

3. 形容詞若以 -ll 結尾，加 -y：
例如 **fully**（完全地）、**finally**（終於）。

4. 形容詞若以 -le 結尾，去 -e 加 -y：
例如 **terribly**（可怕地）、**comfortably**（舒適地）。

補充小角落

少數形容詞不屬於上面的變化規則：

❶ 下列單音節形容詞可以直接加 -ly，或去 -y 加 -ily 成副詞：dryly / drily（乾燥地）、gayly / gaily（愉快地）、slyly / slily（狡猾地）。

❷ 單字以 -ic 結尾的形容詞，須在其後加 -ally 形成副詞：例如 automatically（自動地）、basically（基本地）、energetically（精力充沛地）、frantically（瘋狂地）、ironically（諷刺地）、realistically（現實地）……。

47 副詞可用來修飾這些字詞

1分鐘重點公式

○ ★ 修飾形容詞：副詞放形容詞之前
○ ★ 修飾副詞：副詞放在被修飾的副詞之前
○ ★ 修飾動詞：放動詞之前修飾動詞
○ ★ 也可修飾動狀詞（即動名詞、分詞、不定詞）
○ ★ 修飾片語：有些副詞可放片語之前，修飾片語
○ ★ 修飾子句：有些副詞可放在子句前，修飾子句
○ ★ 修飾句子：通常放句首，但也可放句中或句尾

專有名詞參照 動狀詞（附錄 p.349）；子句（附錄 p.349）

文法深度解析

副詞可修飾動詞、形容詞、副詞或是整個句子。

 補充 副詞修飾各類詞性要放的位置：
詳見 p.124 Key Point 53

1 **修飾形容詞**：通常副詞會放在被修飾的形容詞之前，此類常
見的副詞有 **as**（一樣地）、**enough**（足夠地）、
extremely（非常地）、**fairly**（相當地）、**just**（真正地）、
much（非常）、**pretty**（十分；很）、**quite**（相當）、
rather（頗；有幾分）、**really**（實在）、**so**（如此；那麼）、
somewhat（有一點）、**too**（太；過於）等等。

例句 Being wealthy, she is **rather** arrogant.
▶ 她很富有，所以頗為自負。

2 **修飾副詞**：修飾副詞時，須放在想要修飾的副詞之前，此類

常見的副詞有 **so**（如此）、**surprisingly**（驚人地）、**fairly**（相當）、**very**（非常）。

例句 The sprinter runs **as** fast as a leopard.
▶ 這名短跑健將跑得如豹一般飛快。

3 **修飾動詞**：修飾動詞的副詞種類很多，如時間副詞、場所副詞、狀態副詞、頻率副詞、程度副詞、順序副詞、倍數副詞……，都可以用來修飾動詞。

例句 We **occasionally** go mountaineering.
▶ 我們偶爾會去爬山。

4 **修飾動狀詞**：一般而言，動狀詞（即動名詞、分詞和不定詞）可以用副詞來修飾。

例句 His family objected to his going **abroad**.
▶ 他的家人反對他出國。（abroad 修飾動名詞 going）

5 **修飾片語**：有些副詞可以放在片語之前，以修飾片語。

例句 The project went wrong **right** at the beginning.
▶ 這項計畫一開始就失敗了。

6 **修飾子句**：有些副詞可以放在子句前，修飾子句。

例句 **Only** when one loses health does he know its value.
▶ 人只有在失去健康時，才知道健康的價值。（only 修飾子句 when one loses health）

7 **修飾句子**：通常修飾句子的副詞會放在句首，但也可放在句中或句尾。

例句 **Incidentally**, I'll drop in on you during my stay in Taipei.
▶ 順便一提，我停留在台北的這段期間會順道拜訪你。

Unit 02

常見副詞成員詳解

Key Point 48 地方副詞有這些

1分鐘重點公式

- ★ 地方副詞：表示「地方」和「方向性」
- ★ 地方副詞前面不加介係詞
- ★ 型態可以是 ❶ 單字（e.g. there, here, near, up,...）❷ 片語（介係詞 + 名詞；e.g. in the park, on the left,...）❸ 子句（where、wherever、anywhere 等字引導的子句）

文法深度解析

地方副詞常用來表示「地方」和「方向性」。且地方副詞可以是單字（前面一般不可加介係詞），也可以是片語（介係詞 + 名詞）或子句。

❶ **單字**：例如 **there**（那裡）、**here**（這裡）、**near**（近）、**far**（遠）、**up**（上）、**down**（下）、**off**（拿掉；關）、**away**（離去）、**back**（來；後）、**out**（在外面）、**abroad**（在國外；往國外）、**everywhere**（每個地方）、**forward**（往前）、**backward**（往後）、**east / west / south / north**（東 / 西 / 南 / 北）、**upstairs**（往樓上）、**downstairs**（往樓下）等字。

> **補充** 以 -ward(s) 結尾的字表示「朝…方向移動」，例如 backward(s)（向後退）、southwards（向南）、upwards（向上）……。

2 「介係詞 + 名詞」的片語：例如 **in the park**（在公園內）、**in hotel**（在飯店裡）、**on the left**（在左邊）、**from Taipei**（來自台北）等等。

3 子句：常由 **where**、**wherever**、**anywhere** 等字引導。

例句 Put it back (to) **where you took it**.
▶ 把那個放回你原來拿的地方。

例句 **Where there is a will**, there is a way.
▶ 有志者事竟成。

1分鐘重點公式

○ 時間副詞包含：
○ ★ 不加介係詞的單字或片語（如 tomorrow, early, late,...）
○ ★ 「介係詞 + 名詞」的片語（如 in the morning, at 5 o'clock,...）
○ ★ 表示時間的副詞子句：以表示時間的字詞引導的子句

文法深度解析

時間副詞包含「不加介係詞的單字或片語」、「介係詞 + 名詞」的片語，還有「表示時間的副詞子句」。詳細說明如下：

1 **不需加介係詞的時間副詞**：例如 **now**（現在）、**today**（今天）、**tonight**（今晚）、**tomorrow**（明天）、**next week**（下星期）、**this morning**（今天早上）、**last night**（昨晚）、**early**（早地）、**late**（晚地）……。

例句 I will attend a party **tomorrow night**.
▶ 我明天晚上會出席一場派對。

例句 I'll change my job **next year**.
▶ 我明年會換工作。

2 含介係詞的時間副詞：例如 **at six o'clock**（六點鐘）、**in the morning**（早上）、**on the weekend**（週末）、**after school**（放學後）……。

3 表示時間的副詞子句：以 **when**、**before**、**after**、**until**、**by the time**、**as soon as** 等字引導的子句。

例句 **By the time** I went home, my brother has already left.
▶ 當我回到家時，我哥哥早已離開了。

一眼記表格

下表舉例幾種常搭配的介係詞：

介係詞	使用時機	用法舉例
at	明確時間／短時間（幾點）	at noon, at 5 o'clock, at two-thirty
during	在某段時間內	during winter vacation
on	特定的日子（日期／節日／星期幾）	on Tuesday, on Sunday morning, on Mother's day, on September 9
in	長時間（季節／年／月份／早上…）	in 2005, in summer, in October, in the morning
by	在某時間點之前	by 5 o'clock, by next Monday
before	在某時間點之前	before work, before 2 p.m.
after	在某時間點之後	after 1 o'clock, after school
for	一段時間	for two years, for 3 hours, for 2 minutes
since	從某時間點開始	since 2016, since 4 years ago

疑問副詞有這些

1分鐘重點公式

- ★ 疑問副詞：問地點（where）、時間（where）、原因（why）、方法或是事物程度（how）
- ★ how 的用法：❶ How often 多常 ❷ How old 幾歲 ❸ How long 多久 ❹ How soon 多快 ❺ How many 多少（問可數名詞的數量）❻ How much 多少（問不可數名詞的數量或金錢）❼ How far 多遠 ❽ How tall 多高 ❾ How fast 多快 ❿ How about/what about 表建議或邀請

文法深度解析

疑問副詞是用來詢問「地點」（**where**）、「時間」（**where**）、「原因」（**why**）及「方法或是事物程度」（**how**），其中又以 **how** 的用法最為常見。詳細說明如下：

1 when（在⋯時間 / 時候）：用來詢問「時間」。

例句 **When** will you go to the school?
▶ 你什麼時候要去學校？

例句 **When** did you have dinner?
▶ 你什麼時候吃晚餐的？

2 why（為什麼）：用來詢問「原因」。

例句 **Why** did he sign the contract?
▶ 他為什麼簽了合約？

例句 **Why** don't you have dinner with us?
▶ 你為何不和我們一起吃晚餐呢？

例句 **Why** not take a break after a game?
▶ 遊戲結束後為什麼不休息一下呢？

3 where（在…地方）：用來詢問「地點」。

例句 **Where** is the park?
▶ 公園在哪裡？

例句 **Where** did they play tennis?
▶ 他們在哪裡打網球？

4 how（如何）：可詢問「方法」或「程度」。

例句 **How** is your brother?
▶ 你的哥哥最近還好嗎？

例句 **How** did your mother make pizza?
▶ 你媽媽是怎麼做披薩的？

若在 **how** 後面加上不同的「形容詞」或「副詞」，還可以用來詢問各種問題，有以下十種常見的用法：

1 **How often**（多常）：用來詢問「頻率」；回答時，可直接回答事情的頻率，例如 **Very often.**（很常。）、**Not often.**（不常。）、**Seldom.**（很少。）、**Never.**（從不。）、**Once a week.**（一週一次。）、**Twice a week.**（一週兩次。）、**Three times a week.**（一週三次。）等等。

例句 A：**How often** do you play basketball?
B：Once a week.
▶ A：你多久打一次籃球？
▶ B：一週兩次。

2 **How old**（幾歲）：用來詢問「年紀」。

例句 **How old** is your son?
▶ 你兒子幾歲？

3 **How long**（多久）：用來詢問「時間長短」。

例句 **How long** does it take to go to the hospital?
▶去醫院要花多久時間？

4 **How soon**（多快）：用來詢問「多久之後」。

例句 **How soon** will you visit her next time?
▶你最快什麼時候會再去拜訪她？

5 **How many**（多少）：用來詢問「可數名詞的數量」。

例句 **How many** children are there in your family?
▶你們家有幾個小孩？

6 **How much**（多少）：用來詢問「不可數名詞的數量」或是詢問「金錢」。

例句 **How much** water do you need?
▶你需要多少水？

例句 **How much** is this watch?
▶這只手錶多少錢？

7 **How far**（多遠）：用來詢問「距離」。

例句 **How far** is it from the park to your school?
▶從公園到你學校距離多遠？

8 **How tall**（多高）：用來詢問「身高」。

例句 **How tall** is your sister?
▶你姐姐身高多高？

9 **How fast**（多快）：用來詢問「速度」。

例句 **How fast** can you run?

▶你可以跑多快？

10 How about / what about（去做某事如何）：表示「建議」或「邀約」對方，後面須接名詞或動名詞（**V-ing**）。

例句 What about taking a shower before dinner?
▶晚餐前要不要洗個澡？

補充小角落

用 what 或 how 問「天氣」時，要特別注意，這兩者的用法是不同的，可別搞混了喔！例如：What is the weather like in Taichung? = How is the weather in Taichung?（台中天氣如何？）

Key Point **51** 進階認識介副詞

1分鐘重點公式

○ ★ 介副詞：介係詞後面沒有加受詞時，稱為「介副詞」
○ ★ 可放動詞之後，也可當主詞補語，表達「方向」、「位置」、
○ 「狀態」等等
○ ★ 可當介係詞也可當介副詞：about, above, across, after,...
○ ★ 只能當介係詞用：against, at, beside, despite, during,...
○ ★ 只能當介副詞用：away, back, backward(s), out,...

專有名詞參照 介副詞（附錄 p.349）；動詞片語（附錄 p.350）；介係詞（附錄 p.348）

文法深度解析

介係詞後面通常會加受詞（名詞或 **V-ing**），但如果後面不需受詞，則稱之為「介副詞」。介副詞的性質與副詞很像，可加在動詞後面修飾動詞、形成動詞片語，或置於 **be** 動詞後面當主詞補語，用來表達方向、位置、狀態等等。

1 **介係詞單字**：例如 **there**（那裡）、**here**（這裡）、**near**（近）、**far**（遠）、**up**（上）、**down**（下）、**off**（拿掉；關）、**away**（離去）、**back**（來；後）、**out**（在外面）、**abroad**（在國外；往國外）、**everywhere**（每個地方）、**east / west / south / north**（東 / 西 / 南 / 北）等等。

2 **可當介係詞也可當介副詞用**：例如 **about**（關於）、**above**（在…之上）、**across**（跨越）、**after**（…之後）、**along**（沿著）、**around**（周圍）、**before**（…之前）、**behind**（在…後面）、**below**（在…下面）、**beneath**（在…之下）、**beyond**（再往後）、**by**（經過；旁邊）、**down**（向下）、**in**（在…裡面）、**inside**（在…裡面）、**near**（接近）、**off**（離開）、**on**（繼續）、**opposite**（在對面）、**outside**（在外面）、**over**（在上方）、**past**（經過）、**round**（環繞）、**through**（穿過）、**under**（在下面）、**underneath**（在下面）、**up**（往上）、**without**（沒有）……。

例句 The war is finally **over**.
▶ 戰爭終於結束了。

補充 「及物動詞 + 介副詞」的用法：
預習 p.155 Key Point 69

3 **只能當介係詞用，而不能作介副詞用的字**：後面一定要加受

詞，例如 **against**（反對）、**at**（在）、**beside**（在旁邊）、**despite**（儘管）、**during**（在…其間）、**except**（除了）、**for**（在…時間）、**from**（從…開始）、**into**（進入）、**of**（屬於；之中）、**onto**（到…上面）、**per**（每一）、**since**（此後）、**till/until**（直到）、**to**（向）、**toward(s)**（朝向）、**upon**（在…之上）、**via**（經由）、**with**（帶有；一起）等等。

> 補充 介係詞：預習 p.132~142 Part 07

④ **只能當介副詞用，不能當介係詞用的字：後面不能加受詞，**例如 **away**（離去）、**back**（來；後）、**backward(s)**（往後）、**downward(s)**（往下）、**forward(s)**（往前）、**out**（在外面）、**upward(s)**（往上）……。

> 例句 He reached **out** his hand for the newspaper.
> ▶ 他伸手去拿報紙。

> 注意 out 當介副詞，修飾動詞 reached，其後的 his hand 是動詞 reached 的受詞，而非 out 的受詞。

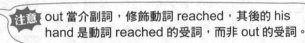

Key Point **52** 認識副詞比較級

1分鐘重點公式

- ★ 副詞有原級、比較級和最高級
- ★ 比較級變化：❶ more + 副詞 ❷ 字尾非 -ly 則同形容詞比較級變化 ❸ 不規則變化
- ★ 最高級變化：❶ most + 副詞 ❷ 字尾非 -ly 則同形容詞比較級變化 ❸ 不規則變化
- ★ 比較級句型可複習 Part 05 Unit 02（p.083~098）

文法深度解析

副詞和形容詞一樣，也有分原級、比較級和最高級。變化的規則以及常用句型整理如下：

1 副詞的比較級和最高級變化方式，可參考下表：

比較級	規則變化	more + 字尾為 -ly 的副詞	busily → more busily
		若字尾不是 -ly，則變化方式與形容詞相同	late → later hard → harder
	不規則變化	無規則可循，請熟記	well → better much → more far → farther / further
最高級	規則變化	most + 字尾為 -ly 的副詞	loudly → most loudly slowly → most slowly
		若字尾不是 -ly，則變化方式與形容詞相同	high → highest hard → hardest
	不規則變化	無規則可循，請熟記	well → best bad → worst

2 有用到副詞原級以及同等比較（**as…as…**）的句型有：

1. as + 副詞 + as + 名詞（如同…一樣）

例句 The cute girl smiles **as charmingly as** the stars in television commercials.
　　▶那位可愛女孩的微笑，就像電視廣告裡的明星一樣迷人。

2. as + 副詞 + as one can / as possible（盡可能）

例句 Please come here **as soon as possible**.
　　= Please come here **as soon as you can**.
　　▶請儘快到這裡來。

3. as + 副詞 + as ever（依舊）

例句 He works **as hard as ever**.

▶他與往常一樣努力地工作。

4. 倍數 + as + 副詞 + as（…的…倍）

例句 James ran **twice as quickly as** Tom.
　▶詹姆士跑步的速度是湯姆的兩倍快。

例句 I read **three times as fast as** my sister.
　▶我閱讀的速度比我妹妹快了三倍。

2 **比較級句型：A +** 動詞 **+** 副詞比較級 **+ than + B（A 比 B 還…）**

例句 Kevin **studied harder than** Peter.
　▶凱文比彼得還用功唸書。

例句 Ellen **drives more carefully than** I.
　▶愛倫開車比我還小心。

例句 Shelly **sings less beautifully than** Michelle.
　▶雪莉唱歌沒有像蜜雪兒那麼好聽。

3 **最高級句型：**主詞 **+** 動詞 **+ (the) +** 副詞最高級 **+** 介係詞片語（…是最…的）

注意 在副詞最高級中，best 和 most 之前通常都不會加上 the。

例句 Andy **plays basketball (the) best** in his class.
　▶在安迪班上，他籃球打得最好。

補充 此例句中的介係詞片語為「in + 範圍」。

例句 Rick **runs (the) most slowly** of the four students.
　▶瑞克是四位學生中跑得最慢的。

補充 介係詞片語「of + 複數名詞」= 在…之中最…的。

副詞擺放的黃金地段

1分鐘重點公式

- ★ 副詞要放形容詞、副詞、片語或子句前面
- ★ 副詞修飾動詞：❶ 頻率副詞放 be 動詞之後 / 一般動詞前 / 助動詞與一般動詞之間 ❷ 不同程度副詞放句中不同位置 ❸ 狀態副詞與時間副詞可放句首 / 句中 / 句尾
- ★ 兩個（或以上）副詞修飾同一動詞：從單位小寫到單位大
- ★ 及物動詞 + 介副詞：根據不同受詞放不同位置
- ★ 副詞修飾不定詞（to + 原形動詞）：注意分裂不定詞

專有名詞參照　介副詞（附錄 p.349）；分裂不定詞（附錄 p.346）

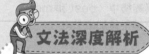

文法深度解析

當副詞用來修飾不同詞性時，必須遵照以下規則：

1 副詞修飾「形容詞、副詞、片語、子句」時，通常放在這些修飾對象的「前面」。

例句 The cake is **so** delicious that we all love it.
▶ 這個蛋糕很好吃我們都很喜歡。（副詞 so 修飾形容詞 delicious）

例句 My parents can play tennis **very** well.
▶ 我的父母很會打網球。（副詞 very 修飾副詞 well）

例句 We can play computer games **only** on the weekends.

▶我們只有在周末才可以玩電腦遊戲。（副詞 only 修飾片語 on the weekends）

例句 I will help you **only** if you tell the truth.
▶你說出實情我才會幫你。（副詞 only 修飾子句 if you tell the truth）

例句 My brother is tall **enough** to reach the top of the bookshelf.
▶我哥身高夠高，伸手可以碰到書架的最頂端。（enough 修飾 tall）

注意 enough 修飾形容詞或副詞時，要放在它們後面。

2 副詞修飾「動詞」時，必須注意下列事項：

補充 頻率副詞：複習 p.106 Key Point 45

1.「頻率副詞」的位置可放：

① **be** 動詞之後

例句 Peter is never **late** for school.
▶彼得上學從不遲到。

② 一般動詞前面

例句 Jack **usually** goes to school by bicycle.
▶傑克經常騎單車上學。

③ 助動詞與一般動詞之間

例句 Mary doesn't **often** watch TV.
▶瑪麗不常看電視。

④ 簡答中，頻率副詞不可放在 **be** 動詞或助動詞之後

例句 A：Is Rick usually early to library?
B：No, he **never is**.
▶A：瑞克經常很早到圖書館嗎？
▶B：不，他從來不曾。（常見錯誤回答：No, he is never.）

例句 A：Do you usually read magazines?

B：Yes, I **usually do**.

▶A：你經常看雜誌嗎？

▶B：是啊，我常看。（常見錯誤回答：Yes, I do usually.）

2.「程度副詞」的位置可放：

> **補充** 程度副詞：複習 p.106 Key Point 45

① 句中或句尾：此類副詞常見的有 **badly**（非常地）、**completely**（完全地）、**entirely**（完全地）、**greatly**（非常地）、**keenly**（嚴厲地）、**somewhat**（有幾分）等等。

② 句尾：此類副詞常見的有 **a lot**（非常）、**a great deal**（非常）、**a little**（一點）、**heavily**（沉重地）、**slightly**（輕微地）、**much**（非常）。

③ 句首或句中：此類副詞常見的有 **almost**（幾乎）、**barely**（幾乎不）、**hardly**（幾乎不）、**just**（只）、**mostly**（大部份）、**narrowly**（勉強地）。

3.「狀態副詞」和「時間副詞」一般皆可放句首、句中或句尾。

> **補充** 狀態副詞與時間副詞：複習 p.106 Key Point 45

3 **兩個（或以上）副詞修飾同一動詞**：此時，必須注意擺放的先後順序。

1.「不同類的副詞」修飾同一動詞時，常有以下幾種排列方式：

① 地方副詞 **+** 時間副詞

例句 Mr. White wrote an editorial **at home last week**.

▶上禮拜懷特先生在家寫了一篇社論。

② 地方副詞（單字）**+** 狀態副詞 **+** 時間副詞

例句 They went **abroad hastily yesterday**.
　　▶他們昨天匆忙地趕出國了。

③ 狀態副詞 + 地方副詞（片語）+ 時間副詞

例句 May laughed **crazily at home last night**.
　　▶昨晚梅在家瘋狂大笑。

2.「同類的副詞」修飾同一動詞時：要由單位小的副詞開始，寫到單位大的副詞。

例句 There are three apples **on the table in the room**.
　　▶房間內的桌子上有三個蘋果。

4 及物動詞 + 介副詞：

補充 「動詞 + 介副詞」即形成「片語動詞」（詳見 p.155 Key Point 69）

1. 受詞若為「名詞」時，放在介副詞前、後皆可；但若為「名詞片語」，則放在介副詞後較佳。

例句 You really need to help James **out**.
　　= You really need to help **out** James.
　　▶你必須幫幫詹姆士。

例句 The detective is looking **into** this brutal murder case.
　　▶那位偵探正在調查這起殘忍的謀殺案。

2. 受詞若為「人稱代名詞」時，則要放在介副詞之前。

例句 He called me **up** yesterday.
　　▶他昨天打電話給我。（介副詞 up 必須放在人稱代名詞 me 後面）

5 副詞修飾不定詞（to V）：

補充 不定詞：預習 p.294 ~316 Part 14

1. 否定副詞（never、not）、always 和 only 須放不定詞之前。
2. 上述副詞之外的其餘副詞，可以放在不定詞前或後。
3. 副詞若放在不定詞的 to 與原形動詞中間（變為「to + 副詞 +

原形動詞」），就叫做「分裂不定詞」。

補充 分裂不定詞：詳見 p. 315 Key Point 147

Key Point 54 否定副詞放在句首的句型

1分鐘重點公式

- ★ 否定副詞放句首，後面的句子要倒裝 → be 動詞或助動詞移到主詞之前
- ★ 記住常見的「否定副詞」和「否定副詞片語」：hardly 幾乎不、little 幾乎不、neither 也不、nor 也不、rarely 很少、scarcely 幾乎不、seldom 很少、never 從不、nowhere 無處、no sooner...than 一…就、on no account 絕不、under no circumstances 無論如何絕不

 文法深度解析

1 否定副詞（單字／片語／子句）放在句首時，整個句子必須倒裝，要將助動詞或 **be** 動詞移到主詞前面。

2 常見的「否定副詞」和「否定副詞片語」有 **hardly**（幾乎不）、**little**（幾乎不）、**neither**（也不）、**nor**（也不）、**rarely**（很少）、**scarcely**（幾乎不）、**seldom**（很少）、**never**（從不）、**nowhere**（無處）、**no sooner...than**（一…就…）、**on no account**（絕不）、**under no circumstances**（無論如何都絕不）。

例句 **Seldom** is she late for school.

= She is **seldom** late for school.

▶她很少上學遲到。

例句 **Under no circumstances** should you tell a lie to your family.

= You should **under no circumstances** tell a lie to your family.

▶無論如何，你都不可以對你的家人說謊。

例句 **Hardly** did Angela play basketball when she was a student.

= Angela **hardly** played basketball when she was a student.

▶安琪拉當學生的時候很少打籃球。

③ 若句子以「否定的副詞子句」開頭，也需要將句子倒裝：

例句 **Not until I went home** did she show up.

▶一直到我回家時，她才出現。（否定的副詞子句放句首，須將助動詞 did 移到主詞 she 前面，形成倒裝句。）

55 地方副詞放句首的句型

1分鐘重點公式

- ★ 地方副詞放句首，動詞或 be 動詞要移到主詞之前
- ★ 主詞是代名詞時不用倒裝
- ★ 地方副詞放句首的句型：**❶** 地方副詞 + 動詞 + 一般名詞 **❷** 地方副詞 + 人稱代名詞 + 動詞 **❸** 地方副詞片語 + 動詞 + 一般名詞
- ★ 地方副詞放句首時機：**❶** 強調懸疑效果 **❷** 主詞過長

文法深度解析

代表場所或位置的「地方副詞」放句首時，要將 **be** 動詞或動詞移到主詞前，形成倒裝句，但主詞是代名詞時則不倒裝。常見的地方副詞有 **in**、**out**、**away**、**down**、**off**、**there**、**here** 等字。

1 地方副詞放句首，一般有三種形式：

1. 地方副詞 + V + 一般名詞

例句 **There** went those new students.
　　▶那些新生來了。

2. 地方副詞 + 人稱代名詞 + V

例句 **Here** you go.
　　▶給你。

3. 地方副詞片語 + V + 一般名詞

例句 **Along the street** walked many people.
　　▶許多人沿著街道散步。

2 會將地方副詞放句首，通常有兩種原因：

1. 有「製造懸疑效果」的作用。

例句 **Under the pillow** is a blood-stained knife.
　　▶枕頭下藏了一把沾有血跡的刀。

2. 因主詞太長，所以把較短的地方副詞移到前面，以避免句子頭重腳輕。

例句 **Along the road** walked many people who had come to join the carnival and were having a great time.
　　▶許多前來參加嘉年華會並玩得很愉快的人正走在路上。

Part 07

從連接橋梁見真章
──介係詞篇

想要將名詞或代名詞連接到其他詞，
就需要「**介係詞**」，它可透露出
句中表示的位置、方向、移
動或時間…等資訊呢！

☑ **Unit 01** 表示不同意義的介係詞

Unit 01

表示不同意義的介係詞

表示比較的介係詞

1分鐘重點公式

- ★ 表示比較的介係詞：to、with、by
- ★ to + 比較對象
- ★ with + 比較對象：常與 compare（與…相比）、contrast（形成對比）搭配使用
- ★ by + 比較的差距

文法深度解析

表示比較的介係詞有 **to**、**with** 和 **by**。其中 **to** 和 **with** 加「比較的對象」，**by** 則加「比較的差距」。用法如下：

1 **to** + 「比較的對象」：

> **補充** to 除了加比較對象，也有可以表示「到」或「向」。

例句 I prefer coffee **to tea**.
> ▶ 我喜歡咖啡勝過茶。

例句 My sadness is nothing **to what they have experienced**.
> ▶ 跟他們經歷過的比起來，我的悲傷不算什麼。

例句 I beat him by 5 games **to 3**.
> ▶ 我以五比三打敗了他。

2 **with** + 「比較的對象」：常搭配 **contrast**（與…形成對比）

或 **compare**（與…相比）等，有「比較」之意的單字。

例句 **Compared with the old product**, the new one is lighter and less expensive.
▶ 跟舊產品比起來，新產品較輕也較便宜。

3 **by** +「**與比較對象的差距**」：

例句 He increased his height **by 2 inches**.
▶ 他長高了 2 英吋。

例句 The runner broke the record **by less than one second**.
▶ 這名跑者以不到一秒之差打破紀錄。

Key Point 57 表示單位或價格的介係詞

1分鐘重點公式

- ★ 表示單位或價格的介係詞：at、by、for
- ★ at + 價格／溫度／速度／比率：譯為「以…」（e.g. sell/ buy it at a high price 以高價賣／買）
- ★ by + the + 計算單位：譯為「以…為單位」
- ★ for + 代價：譯為「以…為交換」或「為了…」

文法深度解析

常與單位或價格搭配的介係詞有 **at**、**by** 與 **for**。其中，**at** 後面常加價格、溫度、速度或比率，**by** 之後則常接計算單位，而 **for** 加代價。詳細說明如下：

1 **at** +「**價格／溫度／速度／比率**」：可譯為「以…」。例如

sell/buy it at a high price（以高價賣／買）、**drive at high speed**（以高速開車）……。

例句 Youth unemployment in that country is running **at the rate of 2%**。
▶ 該國青年失業率是百分之二。

2 **by + the +**「計算的單位」：可譯為「以⋯為單位」。例如 **get paid by the hour**（以小時為單位領薪水）。

例句 They sell the pencils **by the dozen**.
▶ 他們以「打」為單位賣鉛筆。

3 **for +**「代價」：可譯為「為了⋯」或「以⋯為交換」。

例句 She sold the car **for a large sum of money**.
▶ 她賣了車子而得到一大筆錢。

58 表示分離或奪取的介係詞

1 分鐘重點公式

- ★ 表示分離或奪取的介係詞：from、of
- ★ from + 差異／保護／遠離的對象：譯為「與⋯不同」或「免於⋯」
- ★ of + 被取走的事物：此時要搭配特定動詞使用（e.g. rob sb. of sth., deprive sb. of sth.,...）

文法深度解析

介係詞 **from** 與 **of** 可表示分離或取走之意，詳細說明如下：

1 from +「差異、保護、遠離」的對象：可譯為「與…不同」或「免於…」。例如 **be different from...**（與…不同）、**tell/distinguish A from B**（區分 **A** 和 **B**）、**protect A from B**（保護 **A** 免於 **B**）、**save A from B**（將 **A** 從 **B** 之中救起）、**prevent A from B**（使 **A** 免於 **B**）等等。

例句 He tried to keep it **from** happening.
▶他試著不讓那件事發生。

2 of +「被取走的事物」：不需譯出 of，但要搭配特定動詞。例如 **rob sb. of sth.**（搶奪某人的物品）、**deprive sb. of sth.**（剝奪某人的權力或機會）、**cure sb. of +** 疾病（治療某人的病）、**relieve ab. of sth.**（減輕／消除某人的負擔）、**drain +** 容器 **+ of +** 液體（流乾容器中的液體）、**empty +** 容器 **+ of +** 內容物（清空容器的內容物）等等。

Key Point 59　表示關聯性的介係詞

1 分鐘重點公式

- ★ 表示關於的介係詞：of、about、on、in
- ★ of + 相關的事物：與 about 用法相通
- ★ about + 相關的事物
- ★ on + 談話或書寫的主題
- ★ in + 方面

文法深度解析

介係詞 **of**、**about**、**on** 和 **in** 可表達「相關」或「關於」，各個

介係詞的用法說明如下：

1 **of** ＋「相關的事物」：經常搭配 **speak**（說）、**know**（知道）、**what**（關於）等字；且多可用 **about** 替代 **of**。

例句 Oh, speak **of** the devil!
▶ 說曹操，曹操到！

例句 They know little **of/about** the technology.
▶ 他們對這項科技所知不多。

例句 What **of** your son?
▶ 談談關於你兒子的事吧。

2 **about** ＋「相關的事物」：常見組合有 **talk about...**（談論關於…）、**be worried about...**（擔心）、**care about...**（關心）、**complain about...**（抱怨…）等等。

例句 We watched a movie **about** the war yesterday.
▶ 我們昨天看了關於這場戰爭的電影。

3 **on** ＋「談話或書寫的主題」：也可譯為「主題是…」。

例句 She wrote a book **on** ancient Greece.
▶ 她寫了一本有關古希臘的書。

例句 I conducted an essay **on** verbal abuse.
▶ 我以言語暴力為題，寫了一篇論文。

4 **in** ＋「方面」。例如 **a degree in law**（法律方面的學位）、**advances in technology**（科技方面的進步）……。

例句 He has a promising career **in** business.
▶ 他在商業方面的事業很看有前途。

 60 表示附帶狀況的介係詞

1分鐘重點公式

○ ★ with + 名詞（+ V-ing / V-p.p. / 形容詞片語 / 介係詞片語
○ 　等）：功能為附帶描述，譯為「有著 / 帶著…」
○ ★ 現在分詞（V-ing）表「主動」的動作
○ ★ 過去分詞（V-p.p.）表「被動」的動作
○ ★ 形容詞片語和介係詞片語皆可修飾前面的名詞

專有名詞參照 分詞（詳見 p.264-277 Part 12）

文法深度解析

with + 名詞（**+ V-ing / V-p.p. /** 形容詞片語 **/** 介係詞片語等），
功能是「附帶描述」，可譯為「有著…」或「帶著…」。用法有：

1 **with + 名詞**：且名詞前面還可加上形容詞。例如 **a girl with long hair**（有著長髮的女孩）、**a dragon with three heads**（有三個頭的龍）。

2 **with + 名詞 + V-ing**：現在分詞（**V-ing**）表「主動」動作。

例句 He looked at me **with tears rolling** down his cheeks.
　　▶ 他看著我，眼淚滾落臉頰。

例句 He held the letter **with his hands trembling**.
　　▶ 他拿著那封信，雙手顫抖著。

3 **with + 名詞 + V-p.p.**：過去分詞（**V-p.p.**）表示「被動」動作。

例句 The prisoner stood there, **with his hands tied** behind

his back.
▶囚犯站在那裡，雙手被綁在身後。

例句 She returned **with the medal held** high.
▶她回來了，獎牌被拿得高高的。

4 **with + 名詞 + 形容詞片語**：形容詞片語主要用來修飾前面的名詞。

例句 Don't talk **with your mouth full of food**.
▶嘴裡裝滿食物時別說話。

例句 The patient lay there, **with his hands too weak to lift himself up**.
▶那病人躺著，雙手虛弱得無法撐起自己。

5 **with + 名詞 + 介係詞片語**：介係詞片語修飾前面的名詞。

例句 She looked at me **with tears in her eyes**.
▶她看著我，淚水在眼中轉呀轉。

例句 He stood there, **with a smile on his face**.
▶他站在那兒，臉上帶著微笑。

Key Point 61 表示反對或除外的介係詞

1分鐘重點公式

○ ★ 表示反對或除外的介係詞：against、but、except (for)
○ ★ against 表示「反對」：與 for（支持…）相反（e.g. vote
○   against 投票反對）
○ ★ but 與 except (for) 表示「除…之外」：常與 all、none、
○   everyone / everything、no one / nothing、anyone /
○   anything 一起出現

文法深度解析

against 表示「反對…」，而 **but** 和 **except (for)** 則表示「除了…之外」。詳細說明如下：

1 **against** 表示「反對…」：相對於 **for...**（支持…）。常見的組合有 **speak against**（發言反對…）、**vote against**（投票反對…）、**protest against**（抗議…）等等。

例句 Are you for or **against** death penalty?
　　　▶ 你是支持還是反對死刑？

2 **but** 與 **except** 表示「除了…之外」：經常搭配 **all**、**none**、**everyone**、**everything**、**no one**、**nothing**、**anyone**、**anything** 等字使用。

例句 I can answer **all but** this question.
　　　▶ 我可以回答除了這題以外的全部問題。

例句 I didn't see **anyone except** Tom.
　　　▶ 除了湯姆以外，我沒見到任何人。

Key Point 62　表示所屬的介係詞

1分鐘重點公式

- ★ 表示所屬的介係詞：of
- ★ 名詞 + of + 人 / 物：譯為「某人 / 物的…」
- ★ 名詞 + of + 人：可用人稱所有格（one's）替代
- ★ 名詞 + of + 物：當「所有者」無生命時，可用來替代所有格（'s）

「名詞 + of + 人 / 物」表示「…屬於某人或某物」，可譯為「某人 / 物的…」。詳細說明如下：

1 名詞 + of + 人：可作「人稱所有格」的替代。例如 **the love of a mother = a mother's love**（媽媽的愛）；**the role of the manager = the manager's role**（經理的角色）。

> 補充 所有格：複習 p.020 Key Point 06

2 名詞 + of + 物：不宜用所有格（**'s**）來替代；當「所有者」無生命時，便會以此替代所有格。

例句 I like **the color of his hair**.
▶ 我喜歡他的髮色。（不宜寫成 his hair's color）

例句 The photographer admired **the beauty of the world**.
▶ 那位攝影師讚嘆著世界之美。（不宜寫成 the world's beauty）

補充小角落

介係詞 of 除了表達「所屬」，還能表達：同格關係（例：the city of Taipei 臺北市）、部分關係（例：one of the best... 其中最好的…）、性質或狀態（例：of no use 無用的）、動作者（例：It is kind of him to do so. 他這樣做是很善良的。）、材料（例：be made of... 由…製作而成）、原因（例：die of... 因…而死亡）。

63 可分開與不可分開動詞與介係詞的關係

1分鐘重點公式

○ ★ 不可分開動詞：結構為「V + 介係詞 + 受詞」；受詞一律
○ 放在介係詞之後
○ ★ 可分開動詞：結構為「V + 介副詞 + 受詞」或「V + 受詞
○ + 介係詞」→ 受詞為一般名詞時，可放介係詞前或後；受
○ 詞為代名詞時，則將受詞放介係詞之前

專有名詞參照 介副詞（附錄 p.349）

文法深度解析

不可分開動詞為「**V +** 介係詞 **+** 受詞」的結構；可分開動詞則可
寫成「**V +** 介副詞 **+** 受詞」或是「**V +** 受詞 **+** 介係詞」。詳細說
明如下：

1 可分開動詞 + 一般名詞：若是一般名詞當受詞時，受詞可放
在介副詞前或後。

例句 **Fill out the form** first, please.
= **Fill the form out** first, please.
▶ 請先填好這份表格。

例句 Mom **threw away the boxes** yesterday.
= Mom **threw the boxes away** yesterday.
▶ 媽媽昨天就把那些箱子丟掉了。

2 可分開動詞 + 代名詞：代名詞當受詞時，受詞僅可放在介副
詞之前。

例句 Your alarm is ringing forever. **Turn it off**!

▶你的鬧鐘一直響個不停，把它關掉！（不可寫成 Turn off it!）

例句 **Wake me up** when it's five.
▶五點的時候叫我起來。（不可寫成 Wake up me）

例句 No matter how deep the secret is, I'll eventually **find it out**.
▶不管秘密被藏得多深，我終究都會知道。（不可寫成 find out it）

3 **不可分開動詞 + 介係詞 + 受詞**：無論受詞是一般名詞還是代名詞，一律都要放在介係詞之後。例如 **believe in...**（信仰…；信任…）、**run into...**（偶遇…；撞到…）、**concentrate on**…（專注於…）、**depend on...**（依賴…）、**look for...**（尋找…）、**listen to...**（聆聽…）……。

例句 Why is the boy **looking at the man**?
= Why is the boy **looking at him**?
▶那個小男孩為什麼一直看著那個男人？／那個小男孩為什麼一直看著他？

例句 We should all **think about the question**.
= We should all **think about it**.
▶我們應該要想想這個問題。

例句 You have to really **look into the details**.
= You have to really **look into it**.
▶你必須仔細去看這些細節。

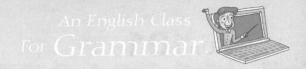

An English Class
For *Grammar*.

讓英文活起來
——動詞與五大句型

想要提升英文程度，就要認識動詞
與五大句型！為什麼？因為沒有
動詞就無法傳達句意，而英
文句子就是由這五大基本
句型延伸而來的！

☑ **Unit 01** 動詞與五大基本句型

☑ **Unit 02** 及物動詞句型講解

☑ **Unit 03** 不及物動詞句型分析

☑ **Unit 04** 受詞與補語身分解密

Unit 01

動詞與五大基本句型

64 先認識 be 動詞變化

1分鐘重點公式

- ★ 須按主詞的人稱、單複數、時態做變化
- ★ be 動詞變化：原形 = be；現在式 = is / am / are；過去式 = was / were；過去分詞 = been；現在分詞 = being
- ★ 第一人稱（I）+ am；第二人稱 & 第三人稱複數（you / they）+ are；第三人稱單數（he / she / it）+ is

文法深度解析

be 動詞的變化可參考下表：

原形	現在式	過去式	過去分詞	現在分詞
be	is / am / are	was / were	been	being

且按主詞的人稱、單複數、時態不同，主要有六種形式：

1 現在簡單式：**I + am；you / we / they + are；he / she / it + is**

例句 It **is** my fault.
▶ 那是我的錯。

> 補充 動詞時式與時態：預習 p.144~169 Part 08

2 過去簡單式：**I / he / she / it + was；you / we / they + were**

例句 He **was** my student.
▶他過去是我的學生。

3 未來簡單式：I / we / you / they / he / she / it + will be

例句 You **will be** a remarkable writer.
▶你會成為一個了不起的作家。

4 現在完成式：I / we / you / they + have been；he / she / it + has been

例句 I **have been** an English teacher for seventeen years.
▶我已經當英文老師十七年了。

5 過去完成式：I / we / you / they / he / she / it + had been

例句 I **had been** to American before I was ten.
▶我十歲以前曾去過美國。

6 未來完成式：I / we / you / they / he / she / it + will have been

例句 I **will have been** a teacher by the time I turn 30.
▶我三十歲之前將會成為一名老師。

補充小角落

使用 be 動詞時，還要視文法做變化：
(1) 動名詞的變化形態 = being; having been
(2) 不定詞的變化形態 = to be; to have been
(3) 助動詞後面則搭配原形 be（助動詞用法可預習 p.236 Part 11）：can / may / must / ought to / used to / would / should / could / might / needn't + be

Key Point 65 一般動詞與五大句型

1分鐘重點公式

- ★ 一般動詞：be 動詞與助動詞以外的動詞
- ★ 依其後有無受詞（O），分為及物（Vt）與不及物動詞（Vi）
- ★ 及物動詞（Vt）須接受詞；不及物動詞（Vi）無受詞
- ★ 及物動詞句型：❶ S + Vt + O ❷ S + Vt + O + O.C. ❸ S + Vt + O1 + O2
- ★ 不及物動詞句型：❶ S + Vi ❷ S + Vi + S.C.

專有名詞參照 主詞（附錄 p.350）；受詞（附錄 p.350）；補語（附錄 p.350）；及物動詞（附錄 p.344）；不及物動詞（附錄 p.344）

文法深度解析

使用動詞時，要掌握三大重點：「及物動詞（**Vt**）有受詞」、「不及物動詞（**Vi**）無受詞」、「不及物動詞（**Vi**）加介係詞後，才可加受詞」。

> **注意** 不及物動詞必須先接介係詞，後面才能加受詞。

以下為與及物與不及物動詞搭配的基本「五大句型」：

1 **及物動詞（Vt）句型**：及物動詞無法單獨表達意思，所以後面必須加受詞。依文意不同，在受詞後面可能會再接「受詞補語（**O.C.**）」或「另一個受詞」。以下為三種基本句型：

1.「S + V + O」（主詞 + 及物動詞 + 受詞）

例句 Sam **closed** the door.
▶ 山姆關上了門。

> **補充** SVO 句型：預習 p.150 Key Point 66

2.「S + V + O + O.C.」（主詞 + 及物動詞 + 受詞 + 受詞補

語）：此時，受詞補語主要用來說明受詞的狀況。

例句 I **heard** someone screaming.
　　▶我聽到有人在尖叫。

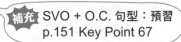

補充 SVO + O.C. 句型：預習 p.151 Key Point 67

3. 「S + V + O1 + O2」（主詞 + 及物動詞 + 受詞 + 另外一個受詞）：受詞（O1）為動作的「對象」，另外一個受詞（O2）則是「前面受詞（O1）所接受的物品」。

例句 She **told** me the secret.
　　▶她告訴了我那個秘密。

補充 此類動詞為「授與動詞」：預習 p.153 Key Point 68

2 　**不及物動詞（Vi）句型**：不及物動詞後面不可直接加受詞，必須先接介係詞，才能加上受詞。以下為兩種基本句型：

1. 「S + V」（主詞 + 不及物動詞）：因動詞單獨存在即可表達意思，故後面不用接受詞。

例句 Money **talks**.
　　▶有錢能使鬼推磨。

補充 SV 句型：預習 p.158 Key Point 70

2. 「S + V + S.C.」（主詞 + 不及物動詞 + 主詞補語）：主詞加上動詞以後，仍無法完整表達句意，故之後必須加上「主詞補語」來補充說明主詞，才能讓句意完整。

補充 此類動詞為「連綴動詞」：預習 p.159 Key Point 71

例句 He **is** a teacher.
　　▶他是位老師。（若只有主詞 He 和動詞 is 時，句意不完整，加上主詞補語 a doctor 補充說明主詞後，句意才顯完整）

例句 The cake **looks** delicious.
　　▶那塊蛋糕看起來很好吃。（若只有主詞 The cake 和動詞 looks，句意不完整，所以須加上 delicious 來補充說明主詞）

3. 有些不及物動詞（Vi）加上介係詞後，便可以接受詞。

例句 They are **talking about** the news.
▶他們正在談論那則新聞。

例句 I'm **listening to** rock music.
▶我正在聽搖滾樂。

例句 We all **agreed with** him.
▶我們全都同意他。

4. 同一個不及物動詞（Vi）若搭配不同的介係詞，就會有不同的含義。

例句 She didn't **look at** him.
▶她沒有看他。

例句 I'm **looking for** my handbag.
▶我正在尋找我的手提袋。

例句 You should **look into** the issues.
▶你應該研究一下這些議題。

例句 I asked a friend to **look after** my dog.
▶我請了一位朋友幫我照顧一下我的狗。

3 也有同時可以當及物動詞（**Vt**）和不及物動詞（**Vi**）的字。例如 **stop**（停；停下）、**care**（關心；介意）、**hit**（打）、**jump**（跳；跳過）等等。

例句 The train **stopped**.
▶火車停了下來。（stop 為不及物動詞，後面無受詞）

例句 The police **stopped** the train.
▶警察停下了那輛火車。（stop 為及物動詞，後方須有受詞）

例句 Does she **care** if I go with you?
▶如果我跟你們去的話，她不會介意吧？（care 為不及物動詞，後方不需要受詞）

例句 He didn't **care** what they think.
▶他不在乎他們想什麼。（care 為及物動詞，且通常不用進行式）

 一眼記表格

配合及物動詞（Vt）的三大句型統整如下表：

S（主詞）	Vt （及物動詞）	O （受詞）	O.C. （受詞補語）	另一個受詞
I	met like	Tom. him.	✕	✕
	saw made	Tom him	smile. happy.	✕
	gave told	Tom him	✕	a book. a story.

配合不及物動詞（Vi）的兩大句型整理如下表：

S（主詞）	Vi（不及物動詞）	S.C.（主詞補語）
Birds People I	fly. talk. am working.	✕
He She	seems is	happy. a student.

動詞依照後面需不需要接受詞以及補語，還可分成以下幾種類型：

動詞	有無受詞	有受詞 → 及物動詞
		無受詞 → 不及物動詞
	有無補語	有補語 → 不完全動詞
		無補語 → 完全動詞

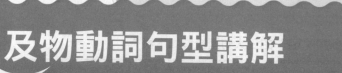

及物動詞句型講解

Key Point 66 「SVO」句型深解

1分鐘重點公式

- ★ 「S + Vt + O」中的 Vt 為「完全及物動詞」
- ★ 「完全」及物動詞：後面不需補語，但必須有受詞
- ★ 受詞可為名詞、代名詞或名詞相等語（即名詞片語、不定詞、動名詞、名詞子句）
- ★ 動詞依有無補語，分為「完全」動詞（不需補語）與「不完全」動詞（需補語）

專有名詞參照 完全及物動詞（附錄 p.344）

文法深度解析

1 句型「**S + V + O**」中的動詞為「完全及物動詞」，後面要接受詞，但不需要補語，句意便顯完整。

例句 I have solved the problem now.
▶ 我已經解決這個問題了。（名詞 the problem 作受詞）

例句 You should just ignore him.
▶ 你大可不要理會他。（代名詞 him 作受詞）

例句 She pretended not to see us.
▶ 她假裝沒見到我們。（不定詞 not to see 作受詞）

例句 My father has quit smoking.

▶我爸爸戒煙了。（動名詞 smoking 作受詞）

2 受詞可以是名詞、代名詞或名詞相等語（即名詞片語、不定詞、動名詞或名詞子句）。

 補充 名詞相等語即「在句中扮演的角色與名詞相同的單字／片語／子句」。

 補充小角落

在此句型中常見的動詞有 abandon（放棄）、abuse（濫用）、accept（接受）、bear（忍受）、bite（咬）、blame（罵）、bring（帶來）、carry（攜帶）、choose（選擇）、claim（主張）、collect（收集）、destroy（摧毀）、declare（宣佈）、discharge（放出）、divide（分開）、dig（挖）、estimate（評估）、exhibit（展示）、fancy（空想）、fear（恐懼）、fix（修理）、form（形成）、fulfill（履行）、get（得到）、have（有；吃）等字。

Key Point 67 「SVO + adj.」句型深解

1分鐘重點公式

○ ★ 「S + Vt + O + adj. (O.C.)」句型中的 Vt 為「不完全及物動詞」
○ ★ 「不完全」及物動詞：動詞後面除了受詞以外，還需要受詞補語，才能傳達完整意思
○ ★ 句型中的形容詞作受詞補語（O.C.），說明受詞狀態

文法深度解析

1 句型「**S + V + O + adj.**」中的動詞為「不完全及物動詞」，後面須接受詞，然後接受詞補語；而本句型中的形容詞則作「受詞補語」（**O.C.**）來補充說明受詞。

> **補充** 形容詞作受詞補語：複習 p.073
> Key Point 29 重點 3

例句 You should keep quiet during the movie.
▶ 電影放映時，必須保持安靜。

2 使用此句型的時機：需要說明受詞的「狀態」時，就用此句型；常用於「**keep**（保持）」、「**find**（覺得）」或「**make**（使得）」之類的動詞。

例句 I **find** the book interesting after reading a few pages.
▶ 讀了幾頁之後，我發現這本書很有趣。

3 常用在此句型的動詞有：**make**（使得）、**find**（覺得）、**leave**（使處於某種狀態）、**keep**（保持）、**think**（認為）、**consider**（認為）、**want**（想要）、**dye**（染色）、**paint**（塗色）等字。

例句 I **found** the box empty.
▶ 我發現那個盒子是空的。

例句 I **dyed** my hair red.
▶ 我把頭髮染紅。

補充小角落

> 「V + O + 形容詞」常形成慣用語，常見的有：boil...hard
> （把…煮熟）、beat...black and blue（把…打成黑一塊紫
> 一塊）、find...interesting（發現…很有趣）、keep...tidy
> （保持…整潔）、let...loose（釋放…）、make...possible
> （使…有可能）、paint...white（把…漆成白色）、
> push...open（把…推開）、strike...dumb（使…啞口無言）、
> wipe...clean（把…抹乾淨）、leave...cool（使…不感興趣）、
> leave...open（把…開著）等等。

68 「SVO + O」與授與動詞

1分鐘重點公式

- ★ 「S + Vt + O1 + O2」的 Vt 為「授與動詞」
- ★ O1 為「間接受詞」（I.O.）：一般為「人」或「動物」
- ★ O2 為「直接受詞」（D.O.）：一般為「事物」
- ★ 基本句型：S + Vt + I.O. + D.O. = S + Vt + D.O. + 介係
  詞 + I.O.

專有名詞參照 授與動詞（附錄 p.345）

文法深度解析

「**S + Vt +** 間接受詞 + 直接受詞」句型中的動詞為「授與動詞」，
有「對象（間接受詞）」和「事物（直接受詞）」兩個受詞。詳

細說明如下：

1 授與動詞後面先接「間接受詞」（**I.O.**），表示動作的「對象」，再接「直接受詞」（**D.O.**）；而直接受詞一般由「事物」擔任，可為名詞、疑問詞 **+ to V**，或是名詞子句。

例句 Tell me **what just happened**.
　　▶告訴我剛剛發生了什麼事。

2 常見的授與動詞與搭配句型有：

1. give / lend / send / write / bring / show / teach + 物 + to + 對象

例句 I **write** letters to my pen pal every day.
　　▶我每天都會寫信給我的筆友。

2. buy / get / sing / cook + 物 + for + 對象

例句 He **cooked** a traditional Russian meal for his friends.
　　▶他煮了傳統的俄羅斯餐給他朋友吃。

3.「S + Vt + D.O. + 介係詞 + I.O.」句型：若直接受詞（D.O.；表事物）先出現，則要加「介係詞」之後，才可再接間接受詞（I.O.；表對象）。

> 注意 必須視動詞來使用相對應的介係詞！

例句 Her father **bought her** a puppy.
　　= Her father **bought** a puppy **for** her.
　　▶她的父親買了隻小狗給她。

3 使用授與動詞句型時，要注意以下兩點：

1. 間接受詞短而直接受詞較長時，使用「I.O. + D.O.」；反之則用含介係詞的「D.O. + 介係詞 + I.O.」句型。

例句 He **gave her** a beautiful watch made in Swiss.（佳）
　　He **gave** a beautiful watch made in Swiss **to her**.（劣）

▶ 他送她一隻瑞士製的美麗手錶。

2. 直接受詞（D.O.）是「代名詞」時，便只能用「含介係詞的句型」：

含 / 不含介係詞皆可	直接受詞（物品）為一般名詞時 - My father gave the watch to me. = My father gave me the watch. 我爸爸給了我一支手錶。
只能用含介係詞的句型	直接受詞（物品）為代名詞時 - My father gave it to me. 　那個是我爸爸給我的。
	complain（抱怨）/ explain（解釋）/ say（說）/ suggest（建議）+ to + 人 + that 子句 - She suggests to us that the meeting (should) be 　called off. 　她建議我們取消這場會議。

69 「**SVO**」搭配介副詞與片語動詞

1 分鐘重點公式

○ ★ 動詞配合介副詞的句型：「S + Vt + 介副詞 + N」與「S +
○ 　 V + 代名詞 + 介副詞」
○ ★ 動詞 + 介副詞 → 形成「片語動詞」
○ ★ 受詞為「名詞」時：介副詞可置於名詞「前方」或「後方」
○ ★ 受詞為「代名詞」時：介副詞放受詞「後方」
○ ★ 「介副詞」定義：通常為介係詞，但其後無受詞；常與後
○ 　 面的動詞一同形成片語動詞

專有名詞參照 片語動詞（附錄 p.346）；介副詞（附錄 p.359）

文法深度解析

① 動詞加上「介副詞」，便形成「片語動詞」，而受詞可放在動詞與介副詞「之間」或「之後」；但要注意，當受詞是代名詞時，只能放在動詞與介副詞「之間」。詳細說明如下：

1. 受詞是「名詞」時：介副詞可放受詞「前方」或「後方」。

例句 I **called** Mr. Johnson **up** yesterday.
= I **called up** Mr. Johnson yesterday.
▶我昨天打電話給強森先生。

例句 She **put on** a sweater because of the cold.
= She **put** a sweater **on** because of the cold.
▶她因為感冒，所以穿上了一件毛衣。

2. 受詞是「代名詞」時：介副詞必須放在受詞「後方」。

例句 I **wake him up** at 6 a.m. in the morning.
▶我早上六點叫他起床。

例句 He **turned me down** with a firm attitude.
▶他堅決回絕了我。

② 動詞後面除了接介係詞或介副詞之外，還有結構為「動詞 + 副詞 + 介係詞」三個字的片語動詞，但受詞無論是名詞或代名詞，一律放在介係詞「之後」。例如：**catch up with**（追上）、**look up to**（尊敬）、**drop in on**（順道拜訪）等等。

例句 I can't believe he just **got away with** murder.
▶我不敢相信他竟然就這樣逃過謀殺的刑責。

例句 The air here is awful. How could you **put up with** it?
▶這裡的空氣實在太差了，你是怎麼忍受的呀？

 一眼記表格

動詞後面加上介係詞或副詞，就形成了「片語動詞」，意義會與原來動詞不同，可視為多字動詞，並具有「及物動詞」的功能。有以下三種形態：

片語動詞結構	使用重點	舉例
動詞 + 介係詞	後面必須要有受詞	run into（偶遇）、look after（照顧）、call off（取消）
動詞 + 介副詞	受詞若是名詞，可放介副詞之後，也可放動詞與介副詞之間；但受詞若為代名詞，則須放動詞與介副詞之間	go away（離開）、give up（放棄）、take away（拿走）、run away（逃走）
動詞 + 副詞 + 介係詞	受詞必須放介係詞之後	add up to（總計）、get rid of（擺脫）、look forward to（期待）

※ 有關「介係詞」的說明，可複習 p.132~142（Part 7）；「副詞」請見 p.106~130（Part 6）；而「介副詞」則可參考 p.119（Key Point 51）的說明。

補充小角落

常見片語動詞有 bring up（養育）、build up（增加）、call down（責備）、call off（取消）、carry out（實現）、cheer up（鼓舞）、cross out（刪掉）、drop off（離開）、give up（放棄）、hand in（交出）、hold off（延遲）、keep up（維持）、leave out（省略）、look over（檢查）、look up（查閱）、put out（撲滅）、take off（脫掉）、talk over（討論）、throw up（吐出）、try out（試用）、turn down（拒絕）、turn off/on（關掉／打開）等等。

不及物動詞句型分析

Key Point 70 「SV（＋副詞）」句型深解

1分鐘重點公式

- ★ 「S＋Vi（＋副詞）」的 Vi 為「完全不及物動詞」
- ★ 「完全」不及物動詞：後面不接受詞也不用補語
- ★ 可接副詞（單字／片語／子句）來修飾動詞
- ★ 「主詞＋完全不及物動詞」即可成為完整意思的句子
- ★ 完全不及物動詞也可稱為「獨立動詞」

文法深度解析

1 「**S＋Vi**」中的動詞為「完全不及物動詞」，後面不需受詞或補語，就能獨立成為意思完整的句子。

2 動詞後面可再接副詞、副詞片語或副詞子句，來修飾動詞。

例句 Barking dogs seldom bite.
　　 ▶會叫的狗不咬人。（副詞 seldom 修飾動詞 bite）

3 使用上要注意：「完全不及物動詞」後面不需要受詞，但若要加受詞，則必須先加介係詞，才能接受詞。

注意 動詞＋介係詞＝片語動詞；片語動詞：複習 p.155 Key Point 69

71 「SV + adj.」與連綴動詞

○ ★ 「S + Vi + adj.(S.C.)」＝「是…；變成…；保持…」
○ ★ 句型中的 Vi 為「連綴動詞」：包含 be 動詞、助動詞 + be
○　　動詞、感官動詞、有「看起來 / 變得」意思的動詞
○ ★ 形容詞修飾主詞（而非加副詞來修飾動詞）
○ ★ 句型不用被動語態
○ ★ 「動詞 + 形容詞」部分，可以「慣用語」來記憶，於動詞
○　　前面加上主詞即可形成完整句子

文法深度解析

1 「**S + Vi + adj.**」句型中的動詞為「連綴動詞」，文意為「是…」、「變成…」或「保持…」；要注意的是，此句型不用被動語態，且動詞後面是加形容詞（用以修飾主詞），而不是加副詞來修飾動詞。

2 「連綴動詞」屬於不完全不及物動詞，常見的有：

補充 不完全不及物動詞：不需要受詞，但需要補語才能表達完整意思。

1. be 動詞：is、am、are、was、were、be、being、been

例句 The dog **is** cute.
　　▶ 那隻狗很可愛

注意 be 動詞是連綴動詞中的一種喔！

2. 「助動詞 + be 動詞」：should be、have been、may be…等。

例句 That **may be** possible.

▶那是有可能的。

3. **感官動詞：look（看起）、feel（感覺起來）、sound（聽起來）、smell（聞起來）、taste（嚐起來）。**

例句 The cake **tastes** sweet.
▶蛋糕吃起來很甜。

4. **具有「看起來…」或「變得…」意思的動詞：**
例如 **appear**（似乎）、**become**（變成）、**fall**（變成）、**get**（變成）、**grow**（變成）、**keep**（保持）、**lie**（維持）、**prove**（證實是）、**remain**（依然是）、**run**（變得）、**seem**（似乎）、**stay**（繼續）、**turn**（變成）等等。

> 注意 只用在特定情況的有：hold true/good（依然為真）、come true（成真）、fall ill/sick/asleep（生病／生病／睡著）。

例句 She **remains** silent.
▶她依然沈默。（形容詞 silent 作補語，修飾主詞 She）

例句 She **remained** a spinster.
▶她依然小姑獨處。（名詞 a spinster 作補語，修飾主詞 She）

③ 本句型「動詞＋形容詞」的部分，可形成慣用語，只要在前面加主詞即可形成句子，例如 **come true**（實現）、**fall asleep**（睡著）、**feel sleepy**（想睡）、**fall sick**（生病）、**get angry**（生氣）、**get better**（病情好轉）、**keep silent**（保持沈默）、**go mad**（發瘋）、**go bad**（壞掉）、**stay healthy**（保持健康）、**stay beautiful**（保持美麗）、**feel blue**（感到憂鬱）、**stand/lie/sit still**（站／躺／坐著不動）、**run dry**（乾涸）、**run short**（短缺）、**run wild**（到處蔓延）、**sound awkward**（聽起來很奇怪）、**hold good/true**（仍是有效／仍是真確的）、**sit heavy**（重壓）、**wear thin**（磨薄）等等。

補充小角落

> 連綴動詞的延伸用法還有「主詞 + Vi + 分詞」，後面的分詞作「主詞補語」，用來描述主詞的狀況（現在分詞 V-ing 表主動，過去分詞 V-p.p. 表被動）。常見的動詞有 go（去）、lie（躺）、sit（坐）、stand（站）、get（開始）、keep（繼續）、remain（繼續）等字。例如：She lay on the sofa watching TV.（她正躺在沙發上看電視。watching 表示「正在看」）；He lay on the floor whipped.（他躺在地板上挨鞭子。whipped 表示「被鞭抽打」）

Key Point 72 「S + Vi + 介係詞 + O」句型認識

1分鐘重點公式

- ★ 「S + Vi + 介係詞 + O」：不及物動詞加上「介係詞」之後，才能加受詞
- ★ 動詞和介係詞不可拆開使用
- ★ 受詞一律放介係詞後面
- ★ 「V + 介係詞」可形成片語

文法深度解析

「不及物動詞」需要加「介係詞」形成片語動詞之後，才可以接受詞。詳細說明如下：

補充 片語動詞：複習 p.155 Key Point 69

1 此類動詞和介係詞不可拆開使用：無論受詞是名詞或代名詞，一律放介係詞後面。

> 補充 可分與不可分動詞：複習 p.141
> Key Point 63

例句 Water **consists of** hydrogen and oxygen.
▶ 水是由氫和氧組成。（動詞 consist 與介係詞 of 不可拆開）

例句 Some people find unemployment very difficult to **cope with**.
▶ 有些人覺得失業的情況難以處理。（動詞 cope 與介係詞 with 不可拆開使用）

2 常見「動詞 + 介係詞」的片語有：**add to**（增加）、**call for**（需要）、**get on**（搭乘）、**get through**（完成）、**go through**（經歷）、**go with**（與…相配）、**keep on**（繼續）、**lead to**（通往）、**look after**（照顧）、**look at**（注視）、**look into**（調查）、**look for**（尋找）、**get over**（恢復）、**show off**（炫耀）、**worry about**（擔心）、**listen to**（傾聽）、**contribute to**（促成）、**die of**（死於某疾病）等等。

3 受詞無論是名詞或代名詞，一律放在「介係詞之後」的，還有三字的片語動詞（即「動詞 + 副詞 + 介係詞」）：例如 **catch up with**（追上）、**look up to**（尊敬）、**drop in on**（順道拜訪）、**hold on to**（抓住）、**put up with**（容忍）、**come up with**（趕上）、**get along with**（與…和睦相處）、**look down upon**（鄙視）、**run out of**（耗盡）、**go through with**（堅持到底）等等。

例句 Our professor is very wise and we all **look up to** him.
▶ 我們的教授很有智慧，我們都很尊敬他。

受詞與補語身分解密

73 需要說明受詞身分時

1分鐘重點公式

○ ★「S + Vt + O + (as) + 名詞」：需要說明受詞的「身分」（名
○ 詞）時，使用此句型
○ ★ 常見動詞：有「選派」、「稱為」、「認為」等意思的動
○ 詞（e.g. appoint, call, consider,...）
○ ★ 句型：choose / designate / elect / nominate / regard +
○ O +「as + 某身分」

文法深度解析

需要說明受詞的「身分」時，便可用「**S + Vt + O + (as) +** 名詞」
的句型；用在此句型中的動詞通常是有「選派」、「稱」或「認為」
之意的動詞。詳細說明如下：

1 本句型的動詞為「不完全及物動詞」，後面必接受詞，再接
「受詞補語」，因此本句型的名詞是作為受詞補語。

2 在受詞後直接加名詞（表身分），而不在名詞前加冠詞的動
詞有 **appoint**（指派）、**christen**（為…施洗）、**crown**（加
冕）、**name**（命名）、**nominate**（提名）等字。

例句 We **elected** him chairman of the committee.

▶ 我們選他當委員會的主席。

例句 He was **named** winner of the award.
　▶ 他被提名為此獎項的獲獎者。

3 **S + V + O + as + 名詞**：須搭配「**as +** 名詞」的動詞有 **choose**（選擇）、**designate**（指派）、**elect**（選擇）、 **nominate**（提名）、**regard**（認為）等字。

例句 They **chose** him **as** captain of the team.
　▶ 他們選他當本隊的隊長。

Key Point 74 以動名詞或不定詞當受詞

1分鐘重點公式

- ★「S + Vt + V-ing / to V」：完全及物動詞之後，除了接名 詞，也可接動名詞（V-ing）或不定詞（to V）當受詞
- ★ 此時 to V 與 V-ing 具「名詞」作用
- ★ 需視不同動詞，接 to V 或 V-ing 當受詞
- ★ 接 to V 的動詞：avoid、enjoy、quit…等字
- ★ 接 V-ing 的動詞：decide、need、want…等字

文法深度解析

「**主詞 + Vt + V-ing / to V**」句型中的及物動詞（**Vt**）為「完全 及物動詞」，其後以動名詞（**V-ing**）或不定詞（**to V**）當受詞。 用法說明如下：

注意 動詞基本五大句型：複習
p.146 Key Point 65

1 常見及物動詞（**Vt**）後接動名詞（**V-ing**）的有：**admit**（承認）、**appreciate**（感激）、**avoid**（避免）、**consider**（考慮）、**cancel**（取消）、**deny**（否認）、**enjoy**（喜歡）、**escape**（逃避）、**finish**（完成）、**imagine**（想像）、**mind**（介意）、**postpone**（延誤）、**practice**（練習）、**quit**（停止）、**risk**（冒險）等字。

> **例句** He **escaped** being arrested by the police.
> ▶他逃避警方的追捕。

2 常見及物動詞（**Vt**）後接不定詞（**to V**）的有：**afford**（足以負擔）、**agree**（同意）、**cease**（停止）、**dare**（敢）、**decide**（決定）、**determine**（決心）、**expect**（期望）、**hope**（希望）、**intend**（打算）、**manage**（設法）、**have**（必須）、**need**（需要）、**plan**（計畫）、**pretend**（假裝）、**want**（想要）、**wish**（希望）等字。

> **例句** Angel **hoped** to take part in the trip to Hong Kong.
> ▶安琪希望可以參與香港行。

Key Point 75　「**SVO**」句型搭配不定詞或原形動詞

*1*分鐘重點公式

- ★ 「S + Vt + O + to V / VR」句型中的 Vt 為不完全及物動詞
- ★ 不定詞（to V）具「形容詞」作用，當受詞補語
- ★ 接原形動詞（VR）當補語的動詞有「使役動詞」和「感官動詞」
- ★ 「S + Vt + O + VR」被動 = 「O + be V-p.p. + to V + by + S」

 **文法深度解析**

「**S + Vt + O + to V / VR**」句型中的動詞為「不完全及物動詞」，後面必須接受詞以及補語，而句型中的不定詞（**to V**）與原形動詞（**VR**）就是受詞補語。詳細用法說明如下：

補充 不完全及物動詞句型：複習 p.151 Key Point 67

1 **S + Vt + O + to V**：不定詞（**to V**）在此作「形容詞」，用來補充說明受詞。

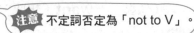
補充 不定詞作形容詞用：預習 p.295 Key Point 137

例句 He **advised** me **not to break** up with her.
▶ 他勸我不要和她分手。

注意 不定詞否定為「not to V」。

例句 He **urges** his son **to become** a doctor.
▶ 他鼓勵他兒子成為醫生。

補充 常用於此句型的動詞還有 allow（允許）、wish（希望）、force（逼迫）、forbid（禁止）等字。

2 **S + Vt + O + VR**：在此句型中常出現的「不完全及物動詞」包含「使役動詞」（**make**、**have**、**let**）與「感官動詞」（像是 **see**、**hear**、**feel** 等字）。

例句 He **made** all of us **believe** what he said.
▶ 他讓我們全部的人都相信他所說的話。

補充 常用於此句型的動詞還有 bid（吩咐）、help（幫助）、observe（觀察到）、look at（注視）等字。

3 要特別注意的是，當「**Vt + O + VR**」變成被動式時，動詞

部分需改成「**be V-p.p. + to V**」。

> **例句** I **saw** her leave the house.
> = She **was seen to** leave the house by me.
> ▶ 我看見她離開那房子。

Key Point **76** 「**SVO**」句型搭配分詞

1分鐘重點公式

○ ★ 「S + Vt + O + 分詞」句型中的 Vt 為「不完全及物動詞」
○ ★ 「不完全及物動詞」後面要接受詞,再接受詞補語;而句
　　型中的分詞便作受詞補語,補充說明受詞
○ ★ 常見以現在分詞(V-ing)或過去分詞(V-p.p.)作補語的
　　動詞:如 catch、feel、find…等字

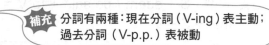

文法深度解析

「**S + Vt + O +** 分詞」句型中的動詞為「不完全及物動詞」,後
面須加受詞與補語,而句型中的分詞便是受詞補語。

1 「分詞」也具備「形容詞」功能,句型中的分詞便是如此,
用來補充說明受詞。

> **補充** 分詞有兩種:現在分詞(V-ing)表主動;
> 過去分詞(V-p.p.)表被動

2 **S + Vt + O + V-ing**:以現在分詞(**V-ing**)當補語。

> **例句** He **caught** a boy **stealing** a bike.
> ▶ 他抓到一個正在偷腳踏車的小男孩。

3 **S + Vt + O + V-p.p.**：以過去分詞（**V-p.p.**）作補語。

例句 He just **found** his motorcycle **stolen**.
▶他剛剛才發現他的摩托車被偷了。

4 用於此句型的常見動詞有 **ask**（要求）、**feel**（覺得）、**find**（發現）、**get**（使得）、**have**（使得）、**hear**（聽見）、**keep**（使繼續）、**leave**（使得）、**need**（需要）、**notice**（注意）、**observe**（觀察）、**perceive**（看見）、**see**（看見）、**want**（想要）、**watch**（觀看）、**wish**（希望）、**listen to**（傾聽）、**look at**（注視）等字。

例句 The policeman **found** a terrorist hiding in the group.
= A terrorist **was found** hiding in the group by the policeman.
▶那位警察發現一位恐怖分子藏匿在人群中。

Key Point 77 表達據說或據信之句型

1分鐘重點公式

○ ★ 句型：S + seem / be V-p.p. + to V（似乎；據說 / 信 / …）
○ ★「be V-p.p.」常為 be said、be believed、be rumored 等
○ ★ 動詞後面須接不定詞（to V）作主詞補語
○ ★ 句型：S + seem / be said + to V = It seems / is said + that + S + V

文法深度解析

「似乎」、「據說」、「據信」、「據謠傳」的句型為「**S +**

seem(s) / be V-p.p. + to V」。詳細說明如下：

1 句型中的 **seem(s)**（似乎）和 **be said**（據說），後面須接不定詞（**to V**）作主詞補語。具同樣用法的動詞還有 **appear**（似乎）、**chance**（碰巧）、**happen**（碰巧）、**be believed**（被認為）、**be expected**（被期望）、**be rumored**（謠傳）、**be supposed**（應該；據信）、**be thought**（被認為）、**be wished**（被希望）、**be reported**（據報導）等字。

例句 Fifteen **were reported to be** dead in the car accident.
▶ 據報導，那場車禍中有十五人喪生。

2 本句型也可替換成「**It seems that + S + V**」或「**It is said that + S + V**」。

例句 You **seem to** be ill.
= It **seems that** you are ill.
▶ 你似乎生病了。

例句 He **appeared to** misunderstand your kindness.
= It **appeared that** he misunderstood your kindness.
▶ 他似乎誤會了你的好意。

3 若要指「據說以前…」或「似乎以前…」，可用以下兩種句型：

1. S + be said + to have + V-p.p.（據說以前…）
例句 She **was said to have been** brutally murdered.
▶ 據說她是被人殘忍地謀殺的。

2. S + seem + to have + V-p.p.（似乎以前…）
例句 She **seems to have been** ill yesterday.
▶ 她昨天看起來好像生病了。

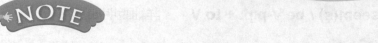

Part
09

抓住動詞真意
——主動與被動語態

英文中，動詞必須視人稱、主被動、
時式時態來作變換，而提升英文
的第一步，不妨先從動詞的
主動與被動開始，加深動
詞的使用能力吧！

- ☑ **Unit 01 英文的主被動語態**
- ☑ **Unit 02 主被動轉換訣竅**
- ☑ **Unit 03 被動式與句型**

Unit 01

英文的主被動語態

1分鐘重點公式

- ★ 英文語態分為「主動」和「被動」
- ★ 大部份及物動詞（Vt）有主動和被動的區別
- ★ 主動句型：動作者 + Vt + 接受者
- ★ 被動句型：接受者 + be V-p.p.（+ 介係詞）+ 動作者
- ★ 不及物動詞（Vi）無被動式
- ★ 例外：有些及物動詞無被動式（e.g. have）
- ★ 注意：有些字慣用主動來表達被動（e.g. write, sell,...）

專有名詞參照 主動語態（附錄 p.348）；被動語態（附錄 p.348）

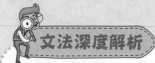

文法深度解析

「語態」可表示主詞與動詞之間的關係，分「主動」以及「被動」。
詳細說明如下：

補充 主被動轉換訣竅：預習 p.177
Key Point 81

1 主動 vs. 被動：

1. 主動語態的主詞為動詞的「動作者」，被動語態的主詞則為動作的「接受者」。

2. 主動語態句型 ＝「動作者 + Vt + 接受者」；被動語態句型 ＝「接受者 + be V-p.p.（+ 介係詞）+ 動作者」

172

要把主動語態中的接受者改為主詞時，須將 Vt 改為 be V-p.p. ！

2 **及物動詞（Vt）主動可改被動**：一般而言，有受詞的動詞（及物動詞）可改為被動式。

例句 I **ate** the apple on the table.
▶ 我吃掉了桌上的蘋果。

 及物動詞：複習 p.146 Key Point 65

例句 The apple on the table **was eaten** by me.
▶ 桌上的蘋果被我吃掉了。

3 **及物動詞（Vt）不改被動式的特例**：要特別注意，**have** 作「有」解釋時，為「及物動詞」，後面要接受詞，因此其後的名詞在此句型中是擔任「受詞」的角色。

例句 I **have** a house.（○）
A house is had by me.（×）
▶ 我有一間房子。

 沒有被動式的及物動詞：預習 p.174 Key Point 79

4 **不及物動詞（Vi）無被動式**：不及物動詞因本來就不加受詞，故無被動式，例如 **sit**（坐）、**stand**（站）、**stay**（停留）、**travel**（旅行）、**wait**（等候）、**walk**（走路）等字。

 不及物動詞：複習 p.146 Key Point 65

5 **慣用主動來表達被動的字**：例如 **write**（寫下）、**wash**（耐洗）、**translate**（被翻譯）、**sell**（以…價格售出）等。

 被動式的主動態：p.176 Key Point 80

例句 The pen doesn't **write** well.
  ▶這枝筆寫不太出來。

例句 The cloth doesn't **wash** well
  ▶這種布料不耐洗。

例句 Names of Taiwanese snacks do not **translate** well into English.
  ▶台灣小吃的名稱很難被翻成英文。

補充小角落

被動式有什麼意義呢？一般被動式可以表示「動態」或「狀態」。表「狀態」時，較強調其「形容詞」的意思，表「動態」時則強調「動作」。例如：The store is closed at 6 p.m. 這家商店六點打烊。（is closed 表動態，強調「打烊」的動作）；The store is closed already. 這家商店已經打烊了。（is closed 則表狀態，強調「已經關門」的狀態）

Key Point 79 沒有被動式的及物動詞

1分鐘重點公式

○ 雖是及物動詞，但卻不可改為被動式的動詞有：
○ ★ 靜態動詞（e.g. have, resemble, suit,...）
○ ★ 與「測量」有關的動詞（e.g. weigh, measure, cost, total, read, take,...）
○ ★ 接 V-ing 當受詞的字（e.g. need, deserve,...）

文法深度解析

1 及物動詞通常都可改成被動式，但也有一些例外；其中，不可改被動式的有：

1. 靜態動詞：

例如 **have**（有）、**resemble**（像）、**suit**（適合）、**belong to**（屬於）、**consist of**（由…組成）、**run out of**（用盡…）等等。

> **補充** 片語動詞與其句型：複習 p.155 Key Point 69

例句 She **resembles** her mother.
▶ 她長得像她的母親。

例句 This necklace **belongs to** my mother.
▶ 這條項鍊屬於我母親。

2. 與「測量」相關的動詞：

例如 **weigh**（重達）、**read**（讀數是…）、**measure**（量起來是…；長／寬／高達）、**cost**（花費）、**take**（花費）、**total**（共計…）、**last**（持續）等字。

例句 The deepest part of the lake **measures** 15 meters.
▶ 這個湖的最深處量起來是十五公尺。

3. 後面接 V-ing 當受詞的字：need / deserve / bear / require / want + V-ing

例句 My car **needs washing**.
▶ 我得洗一下我的車了。

例句 These questions **require answering** immediately.
▶ 這些問題必須立即解答出來。

Key Point 80 被動式的主動態

1分鐘重點公式

○ ★ 被動式的主動態：不需 V-p.p.，也可表示「被動」的動詞
○ ★ 有「主動可表被動」和「主、被動相同用法」兩種動詞
○ ★ 常見「主動表被動」的動詞：❶ 連綴動詞（e.g. be, feel,
  smell, get,...）❷ 常與器物一起使用的動詞（e.g. drive,
  wear, dye,...）❸ 烹飪相關動詞（e.g. bake, cook,...）

文法深度解析

1 「被動式的主動態」定義：

1. 在英文裡，有些動詞本身就可表達被動式的意思。

2. 有些動詞主動式和被動式意思一樣，且用法可以相通。

> **例句** These regulations **apply** in some cases.
> = These regulations **are applied** in some cases.
> ▶這些規定適用於某些情形。

2 常見主動表被動的動詞有：

1. 連綴動詞：為不及物動詞，所以沒有被動的用法。
例如 **feel**（摸起來）、**look**（看起來）、**get**（變得）等。

2. 常跟器物一起使用的動詞：
例如 **drive**（開起來）、**dye**（染色）、**tear**（撕）、**wear**（耐穿；耐磨）、**write**（寫）、**sell**（賣）等等。

3. 跟烹飪有關的動詞：
如 **bake**（烤）、**cook**（煮）、**cut**（切）、**fry**（煎）等字。

Unit 02

主被動轉換訣竅

Key Point 81 掌握主動與被動的變換秘訣

1分鐘重點公式

- ★ 被動式句型通常為：接受者（主格）+ be V-p.p. + by + 動作者（受格）
- ★ 步驟：❶ 原受詞調到句首 ❷ 動詞改成「be + V-p.p.」❸ 原主詞調到句尾，變成「介係詞 + 受詞」
- ★ 若主動句的主詞為「人們、未知身分者、不想指名身分或不重要」時，被動式可省略「by + 動作者」

文法深度解析

主動式的基本句型為：「主詞（**S**）**+** 及物動詞（**Vt**）**+** 受詞（**O**）」，要轉換成被動語態，則必須依照以下步驟：

Step 1. 把原本的受詞調到「句首」

Step 2. 把動詞改成「**be** 動詞」加「過去分詞（**V-p.p.**）」（有時 **be** 動詞也可用 **get / become** 代替）

Step 3. 再把「原主詞」調到「句尾」，變成「介係詞 **+** 受詞」；其中，介係詞一般用 **by**，但依動詞用法不同，也可用 **to / with / in / at** 等介係詞。

被動式若再搭配不同時式，則有以下變化：

1 簡單現式：V → **am / are / is** + **V-p.p.**

例句 She **knows** me.
　　= I **am known** to her.
　　▶ 她認識我。

2 簡單過去式：**V-pt → was / were + V-p.p.**

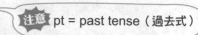
注意 pt = past tense（過去式）

例句 The product **interested** me.
　　= I **was interested** in the product.
　　▶ 我對這項產品很感興趣。

3 簡單未來式：**will / shall + VR → will / shall + be + V-p.p.**

例句 He **will receive** us at the airport.
　　= We **will be received** by him at the airport.
　　▶ 他會到機場來接我們。

4 現在完成式：**have / has + V-p.p. → have / has + been + V-p.p.**

例句 We **have read** these books.
　　= These books **have been read** by us.
　　▶ 我們已經讀過這些書了。

5 過去完成式：**had + V-p.p. → had + been + V-p.p.**

例句 She **had finished** the work when I came in.
　　= The work **had been finished** by her when I came in.
　　▶ 我進來的時候，她已經完成這項工作了。

6 未來完成式：**shall/will have + V-p.p. → shall/will have + been + V-p.p.**

例句 I **shall have taught** English for eighteen years next year.
= English **will have been taught** by me for eighteen years next year.
▶ 明年我的英文教學職涯將邁入第十八年。

7 現在進行式：**am / are / is + V-ing → am / are / is + being + V-p.p.**

例句 We **are writing** the reports.
= The reports **are being written** by us.
▶ 我們正在寫報告。

8 過去進行式：**was / were + V-ing → was / were + being + V-p.p.**

例句 I **was reading** the novel when the doorbell rang.
= The novel **was being read** by me when the doorbell rang.
▶ 門鈴響的時候，我正在看小說。

9 含有助動詞（**may / can / must / should / might / could / ought to / needn't**）的被動式：助動詞 **+ VR →** 助動詞 **+ be + V-p.p.**

> **補充** 助動詞：預習 p.236 Key Point 111

例句 You **had better return** the book right away.
= The book **had better be returned** by you right away.
▶ 你最好趕快歸還那本書。

例句 You **needn't protect** him like that.
= He **needn't be protected** like that by you.
▶ 他不需要你這麼地保護他。

當主動句的主詞為「人們、未知身分者、不想指名身分或不重要」時，被動式便可省略「by + 受詞（原本主詞的受格）」。這種主詞有：someone（某人）、people（人們）、a man（某個男人）、everybody（每個人）、you（你；你們）、they（他們）等等。例如：Someone broke the vase yesterday. = The vase was broken (by someone) yesterday. 昨天有人打破了這只花瓶。（因為不知道是誰打破花瓶，故 by someone 可省略）

Key Point 82　被動語態中的「介係詞 + 受詞」

1分鐘重點公式

- ★ V-p.p. 搭配其他介係詞（at / in / of / to / with...）：此時，V-p.p. 多具形容詞功能
- ★ 常考組合：be covered with/in 物（為…覆蓋）、be killed with 工具 by 人（被某人以某工具殺死）；be equipped with 物（配備有）；be filled with...（充滿…）

文法深度解析

1 在被動式當中，介係詞除了可用 **by** 之外，還可用 **at**、**in**、**of**、**to**、**with**…等字，而前面「**be + V-p.p.**」的過去分詞（**V-p.p.**）大都具「形容詞」的功能。

例句 Hydrogen and oxygen **compose** water.

= Water **is composed of** hydrogen and oxygen.
▶ 水由氫和氧組成。

2 常見與 **by** 之外的介係詞搭配的組合有：**be interested in**（對…有興趣）、**be excited about**（感到興奮）、**be surprised at/by**（感到吃驚）、**be satisfied with**（對…感到滿意）、**be frightened of**（感到害怕）、**be tired of**（厭煩）、**be bored with**（厭倦）、**be fed up with**（厭煩）、**be known to**（為人所知）、**be made up of**（由…組成）等等。

3 常見「被動式 **+ with +** 器物 **/** 工具」的搭配有：

1. **be covered with/in sth.**（被某物覆蓋）

2. **be killed with** 工具 **by sb.**（被某人以某工具殺死）

3. **be equipped/furnished/decorated with**（配備有 / 配備有 / 以…裝飾）

4. **be filled with**（充滿…）

83 將授與動詞變成被動式

1分鐘重點公式

○ ★ 授與動詞句型可複習 p.153 Key Point 68
○ ★ 被動式中，間接受詞（對象）作主詞：對象（改主格）+
○   be + V-p.p. + 事物 + by + 原主詞（改受格）
○ ★ 被動式中，直接受詞（事物）作主詞：事物（改主格）+
○   be + V-p.p.（+ 介係詞）+ 對象 + by + 原主詞（改受格）

文法深度解析

授與動詞的受詞有兩個，因此有兩種被動式：

補充 授與動詞句型：p.153
Key Point 68

1 **間接受詞（對象）作被動式的主詞**：須將直接受詞（事物）放在「**be + V-p.p.**」的後面，而直接受詞（事物）則保留在原位，句型為「對象（改主格）**+ be + V-p.p. +** 事物 **+ by + S**（改受格）」。

例句 He **gave** me an umbrella.
= I **was given** an umbrella **by** him.
▶ 他給了我一把雨傘。

2 **直接受詞（事物）作被動式的主詞**：將間接受詞（對象）放「**be + V-p.p.**（**+** 介係詞）」的後面。被動句型為「事物 **+ be + V-p.p.**（**+** 介係詞）**+** 對象 **+ by + S**（改受格）」。

例句 I **sent** her a pearl.
= A pearl **was sent** (to) her **by** me.
▶ 我送了她一顆珍珠。

3 使用上要注意以下兩要點：

1. 少數的授與動詞不適合用間接受詞（對象）作主詞，而是以直接受詞（事物）作主詞。
例如 **do**（做）、**make**（製造）、**buy**（買）、**order**（點菜）、**build**（興建）、**prescribe**（開處方）等字。

2. 直接受詞改為被動式主詞時，「be + V-p.p.」後面可加介係詞 to / for，也可以省略介係詞之後，再接間接受詞。

84 使役動詞和感官動詞的被動式

1分鐘重點公式

- ★ 使役動詞和感官動詞「主動式」：以 ❶ 動詞原形 ❷ 現在分詞 或 ❸ 過去分詞 當受詞補語
- ★ ❶ 被動式改法：將 VR 改為 to V → be + V-p.p. + 「to V」
- ★ ❷ 被動式改法：V-ing 不變 → be + V-p.p. + 「V-ing」
- ★ ❸ 被動式改法：V-p.p. 不變 → be + V-p.p. + 「V-p.p.」

專有名詞參照 使役動詞（附錄 p.345）；感官動詞（附錄 p.345）

文法深度解析

先來看看使役動詞和感官動詞「主動式」的用法：

1 使役動詞和感官動詞的受詞補語有：

1.「動詞原形」（VR）當受詞補語：

例句 I made him **fix** my car.
▶ 我叫他修理我的車。

2.「現在分詞」（V-ing）當受詞補語：

例句 She saw the boy **stealing** her bicycle.
▶ 她看到那個男孩偷她的腳踏車。

3.「過去分詞」（V-p.p.）當受詞補語：

例句 They made the naughty boy **punished**.
▶ 他們使那個男孩被處罰。

使役動詞和感官動詞的「被動語態」則為：

1 原本的 **VR** 改為 **to V**：動詞部分改「**be + V-p.p. + to V**」

例句 They **saw** us **go out**.
　　= We **were seen to go out** by them.
　　▶他們看見我們外出。

例句 She **made** her brother **do** all the dishes.
　　= Her brother **was made to do** all the dishes by her.
　　▶她讓她弟弟洗所有的碗盤。

2 原本的 **V-ing** 不變：動詞部分為「**be + V-p.p. + V-ing**」

例句 He set the engine **going**.
　　= The engine **was set going** by him.
　　▶他發動引擎。

3 原本的 **V-p.p.** 不變：動詞部分為「**be + V-p.p. + V-p.p.**」

例句 We heard the song **sung** twice.
　　= The song **was heard sung** twice by us.
　　▶我們聽過別人唱那首歌二次。

一眼記表格

使役動詞和感官動詞的主、被動轉換，以 make 和 see 舉例如下表：

	主動	被動
使役動詞	make +O + V	O + be made + to V
感官動詞	see + O + V see + O + V-ing	O + be seen + to V O + be seen + V-ing

Key Point 85 片語動詞的被動式

1分鐘重點公式

- ★ 片語動詞改被動式：將原本的動詞改為 be V-p.p.，保留原本介係詞或介副詞
- ★ 改被動式步驟：❶ 把受詞調至句首（代名詞要改成主格）❷ 將動詞變為「be + V-p.p.」，介係詞或介副詞放 V-p.p. 後面 ❸ 原主詞調至句尾，前面加上介係詞（若原主詞為人稱代名詞，則變為受格）

文法深度解析

片語動詞結構為「**V** + 介係詞」或「**V** + 介副詞」，若有受詞，則改被動式時必須依照以下步驟：

> 補充 片語動詞：複習 p.155
> Key Point 69

Step 1. 把受詞調至句首當被動式的主詞；若受詞為代名詞，則必須改成主格。

Step 2. 再把動詞變為「**be + V-p.p.**」，並將介係詞或介副詞放 **V-p.p.** 之後。

Step 3. 最後原主詞調至句尾，前面要加上介係詞；若原主詞為「人稱代名詞」時，則要變為「受格」。

例句 They **deal with** the problem carefully.
= The problem **is dealt with** carefully by them.
▶ 他們細心地處理這個問題。

例句 I **wake up** my husband every morning.
= My husband **is waken up** by me every morning.
▶ 我每天早上都會把我老公叫醒。

Key Point 86 將三字片語動詞改為被動式

1分鐘重點公式

- ★ 三字片語動詞改被動：原本的動詞改為 be + V-p.p.，介係詞和介副詞都必須保留
- ★ 改被動式步驟：**❶** 把受詞調至句首（代名詞改成主格）**❷** 將三字動詞變成「be + V-p.p. + 副詞 + 介係詞」 **❸** 把原主詞變「by + 受格」，放介係詞後面

文法深度解析

1 三字片語動詞的結構為「**V + 副詞 + 介係詞**」，若要改被動式，步驟為：

> 補充 片語動詞：複習 p.155 Key Point 69

Step 1. 先把受詞調至句首（代名詞改成主格），當被動式的主詞。

Step 2. 再把三字動詞變成「**be + V-p.p. + 副詞 + 介係詞**」。

Step 3. 最後把原主詞變成「**by + 受格**」的形式，放在介係詞後面。

例句 The dry weather **gave rise to** the fire.
= The fire **was given rise to** by the dry weather.
▶ 乾燥的天氣引起火災。

例句 He **is looking forward to** a holiday.
= A holiday **is being looked forward to** by him.
▶ 他正盼望能有個假日。

2 另有一些習慣上不改被動的三字片語動詞：例如 **run out of**（用盡）、**feel up to**（覺得能夠應付…）、**put up with**（忍受）、**stand up for**（支持）等等。

186

Key Point 87 情感動詞常用被動式

1分鐘重點公式

○ ★ 情感動詞一般都用被動式
○ ★ 在「be + V-p.p.」後面常接 at / in / of / on / to / with 再加
○ 受詞
○ ★ 「be + V-p.p. + 介係詞」組成的片語：be disappointed
○ with、be involved in、be interested in 等等

文法深度解析

1 「情感動詞」可表驚訝、興奮、失望、悲哀、愉快、滿意、沈迷、困惑、興趣……，一般會用「被動式」，且在被動式的「**be + V-p.p.**」後面，常接 **at / in / of / on / to / with** 等介係詞，之後再加上受詞。

例句 We **are convinced of** your honesty and integrity.
▶ 我們深信你的誠實和正直。

例句 I **am disappointed at** your performance.
▶ 我對你的表現很失望。

例句 My little cousin **is addicted to** playing video games.
▶ 我的小表弟沈迷打電動。

2 **常見的情感動詞**：例如 **bore**（令人厭倦）、**excite**（令人感到興奮）、**interest**（使感興趣）、**surprise**（使驚訝）、**tire**（使疲倦）、**touch**（使感動）、**confuse**（使困惑）、**embarrass**（使感到尷尬）、**frighten**（使害怕）等等。

由「be + V-p.p. + 介係詞」所組成的片語還有 be classified as 被區分為、be disappointed with 對…感到失望、be involved in 捲入、be engaged in 從事、be divided into 被分成、be composed of 由…組成、be devoted to 致力於、be connected with 與…有關、be named after 按…命名、be excited about 對…感到興奮、be addicted to 沉迷於、be charged with 被控告、be occupied in/with 忙著、be satisfied with 對…感到滿意。

Key Point 88 V-ing 或 to V 也可以表示被動

1分鐘重點公式

○ V-ing 與 to V 表「被動」的用法：
○ ★ need / require / want / deserve + V-ing / to be
○　V-p.p.（需要）
○ ★ be worth + V-ing = be worthy of + being V-p.p. = be
○　worthy to be V-p.p.（值得）

文法深度解析

現在分詞（**V-ing**）與不定詞（**to V**）表被動的用法有：

1 **need / require / want / deserve + V-ing = need / require / want / deserve + to be V-p.p.**（需要）。

例句 Your shoes **need shining**.

= Your shoes **need to be shined**.

▶ 你的鞋子需要擦一擦。

 補充 此時的不定詞稱為「被動不定詞」。

例句 He needs it **doing**.

= He needs it **to be done**.

▶ 他必須做好那件事。

2 **be worth + V-ing = be worthy of + being V-p.p.**
= be worthy to be V-p.p.（值得）。

例句 This book **is worth reading**.

= This book **is worthy of being read**.

= This book **is worthy to be read**.

▶ 這本書值得一讀。

3 **be to blame = be to be blamed**（該罵）。

例句 You **are to blame**.

= You **are to be blamed**.

▶ 你該罵。

補充小角落

過去分詞、過去分詞片語或構句當「補語」也能表示被動，像是「S + have/make/let/leave/see/hear/watch/want/which/like + O + V-p.p.」與「S + sit/stand/lie/remain/feel/get/become + V-p.p.」兩句型，其中 V-p.p. 分別作受詞和主詞的補語，均表「被動」之意。例如：I had my hair cut yesterday. 我昨天去剪了頭髮。

Unit 03

被動式與句型

89 常用被動的句型

1分鐘重點公式

- ★ 常用被動式的句型：「It is V-p.p. + that 子句」（例：It is said that... 據說）
- ★ 主詞為「非特定人」或「可忽略」，可省略「by...」
- ★ 常出現在此句型的動詞還有：say, believe, report, rumor, suppose, hope, wish,...

文法深度解析

「**It is said / believed / reported / rumored that...**」，即「據說 / 據信 / 據報導 / 據謠傳」的句型，常用被動式。

補充 據信 / 據說的句型：複習 p.168 Key Point 77

1 因為原本在主動句中的主詞（如 **we**、**they**、**people**、**everyone**、**nobody** 等等）是「非特定人」或「可忽略」，故被動句中「**by...**」通常不寫出，而是改寫成「**It is/was + V-p.p. + that** 子句」；其中「**It**」稱為虛主詞，代指後面的受詞（即 **that** 子句）。

2 此句型常見的及物動詞有：**say**（說）、**hope**（希望）、**expect**（期望）、**believe**（認為）、**suggest**（提議）、

assume（認為）、**report**（報告）、**recommend**（建議）、
move（提議）、**decide**（決定）、**remember**（記住）、
rumor（謠傳）、**wish**（希望）、**suppose**（認為）、
presume（認為）、**point out**（指出）……。

例句 **We believe that** the peacock is a propitious bird.
= **It is believed that** the peacock is a propitious bird.
= The peacock **is believed to be** a propitious bird.
▶孔雀被認為是一種吉祥的鳥類。

Key Point 90 祈使句與被動式

1分鐘重點公式

○ 祈使句改被動式要注意：
○ ★ 主動改被動：Vt + O → Let + O + be + V-p.p.
○ ★ 否定主動改否定被動：Don't + Vt + O → Don't + let + O
○   + be + V-p.p. 或 Let + O + not + be + V-p.p.
○ ★ 含 let 的主動句改被動：(Don't) let + O + Vt + sb. →
○   (Don't) let + oneself + be + V-p.p.

專有名詞參照 祈使句（附錄 p.351）

文法深度解析

祈使句是以原形動詞開頭的句子，其被動式有以下三種句型：

1 主動改被動：**Vt + O → Let + O + be + V-p.p.**

例句 **Read** the article carefully.
= **Let** the article **be read** carefully.

▶小心閱讀這篇文章。

2 否定主動改否定被動：**Don't + Vt + O → Don't + let + O + be + V-p.p.** 或 **Let + O + not + be + V-p.p.**

例句 **Don't open** the window.
　　= **Don't let** the window **be opened**.
　　= **Let** the window **not be opened**.
　　▶不要打開窗戶。

3 含有 **let** 的主動句改被動：**(Don't) let + O + Vt + sb. → (Don't) let + oneself + be + V-p.p.**

例句 **Don't let** others **deceive** you.
　　= **Don't let** yourself **be deceived**.
　　▶不要讓他人欺騙你。

Key Point 91　疑問句改被動式

1分鐘重點公式

○ ★ 疑問句改被動式：將助動詞或 be 動詞移到主詞前
○ ★ Do + S + V + O? → Be + O + V-p.p. + by + S（受格）?
○ ★ 助動詞開頭 → 助動詞 + S + be + V-p.p. + 介係詞 + O?
○ ★ what / who / which 作主詞 → By what/whom/which + be + S + V-p.p.?
○ ★ whom / what / which 作受詞 → What / Who / Which + be + V-p.p....?

專有名詞參照 疑問句（附錄 p.351）

文法深度解析

將疑問句改成被動結構「**S +**（助動詞）**+ be V-p.p.**」時，除非是疑問詞當主詞，否則就要把助動詞或 **be** 動詞移到主詞前面；一般有以下五種改法：

1 **Do** 開頭的疑問句（**Do + S + V + O?**）→「**Be + O + V-p. p. + by S (** 受格 **)?**」：先把 **Do / Does / Did** 變成 **Am / Are / Is / Was / Were**，然後接「主詞」與「**V-p.p.**」，再接「介係詞 **+** 受詞」。

例句 **Do** you **like** English?
= **Is** English **liked** by you?
▶ 你喜歡英文嗎？

2 助動詞（如 **will / shall / must / need / can / may** 等字）引導的疑問句：先寫助動詞，然後接「主詞 **+ be + V-p.p.**」，再接「介係詞 **+** 受詞」。

例句 **Have** you **met** me before?
= **Have** I **been met** by you before?
▶ 你以前見過我嗎？

3 以 **what / who / which** 為主詞的疑問句 →「**By what/ whom/which + be + S + V-p.p.**」：要注意的是，介係詞 **by** 必須放句子開頭。

例句 **Who** received her?
= **By whom** was she received?
▶ 誰去接她了？

4 **Whom / What / Which + do + S + V...?** → **Who / What /**

Which + be + V-p.p....?：其中 **whom / what / which** 為「受詞」，而改被動式時，要把 **whom** 改成 **who**，**what** 和 **which** 不變，再加 **be + V-p.p.**。

例句 **Which do** you **like** better?
  = **Which is liked** better by you?
  ▶ 你比較喜歡哪一個？

5 以疑問副詞開頭的疑問句（**When / Where / How / Why + do / 助動詞 + S+ Vt + O** ？）→ 「**When / Where / How / Why + be + S + V-p.p.…**」

例句 **When did** you **buy** it?
  = **When was it bought** by you?
  ▶ 你什麼時候買這個東西？

補充小角落

「疑問句」就是表達問題的句子，又分為：(1)「Yes-No疑問句」（其回答須為 Yes / No；通常以助動詞或是 be 動詞開頭）例如：Are you a student? 你是學生嗎？ → Yes, I am. 是的。/ No, I'm not. 不，我不是學生。 (2)「Wh- 疑問句」（用來詢問資訊、消息等等；以疑問詞 who、whom、whose、which、what、when、where、why、how 開頭）例如：Where are you? 你在哪？ → I'm here. 我在這裡。

Part 10

動詞究極基本功
——時式與時態篇

過去、現在、未來,不同時間點所
用的動詞也不一樣!只要釐清時
式與時態變化、靈活轉換動
詞,文法已是囊中取物!

Unit 01

時式時態基本概念

時式 vs. 時態

1分鐘重點公式

- ★「時式」表示動作發生的「時間」：分為「現在式」、「過去式」和「未來式」
- ★「時態」表示動作的「狀態」（經常、正在、持續、或已完成）：分為「簡單式」、「進行式」、「完成式」和「完成進行式」

專有名詞參照 時式（附錄 p.346）；現在式（附錄 p.347）；過去式（附錄 p.347）；未來式（附錄 p.348）；狀態（附錄 p.347）

 文法深度解析

動詞分為「現在」、「過去」、「未來」三種時式，還有「簡單」、「進行」、「完成」、「完成進行」四種狀態：

1 **時式**：表示動作「何時」發生，或某情況何時存在；包含「現在式」、「過去式」和「未來式」三種時式。

1. 現在式：用來說明現在的事情、現在的事實，也可表示恆定的事物。

2. 過去式：用來談論過去的事情，也能說明從過去到現在都還持續進行的事。

3. 未來式：談論未來發生的事或表達對即將發生的事情之態度。

2 **狀態**：表某個動作或情況是否為經常、正在、持續、或完成等「狀態」；分為「簡單式」、「進行式」、「完成式」和「完成進行式」。

例句 Where there **is** a will, there **is** a way.
▶有志者事竟成。（現在簡單式）

例句 She **has been reading** all morning.
▶她整個早上都在讀書。（現在完成進行式）

注意 狀態又可與時式混搭，詳見本章後面的 p.207 Unit 02。

 一眼記表格

時式與時態又可組合成以下十二類：

	現在式	過去式	未來式
簡單式	現在簡單式	過去簡單式	未來簡單式
進行式	現在進行式	過去進行式	未來進行式
完成式	現在完成式	過去完成式	未來完成式
完成進行式	現在完成進行式	過去完成進行式	未來完成進行式

Key Point 93 動詞的形式有哪些

1分鐘重點公式

○ ★ 動詞有現在形式、過去形式、現在分詞、過去分詞
○ ★ 現在形式（V）：第三人稱單數需加 s
○ ★ 過去形式（V-pt）：分為規則變化與不規則變化
○ ★ 現在分詞（V-ing）：be + V-ing
○ ★ 過去分詞（V-p.p.）：has/have been + V-p.p.

文法深度解析

用來表達動詞時式或時態的變化，就是「動詞形式」。動詞的形式會受時間、語態、語氣、助動詞等影響，而產生變化。而這些變化主要有以下四種形式：

1 **現在形式（V）**：第三人稱單數需在動詞之後加 **-s**。

例句 He **writes** very neatly.
　　▶他寫字非常工整。

2 **過去形式（V-pt）**：分為「規則變化」與「不規則變化」。

> 補充 過去式變化：預習 p. 199 Key Point 94

例句 He **wrote** to his family yesterday.
　　▶他昨天寫信給他家人。

3 **現在分詞（V-ing）**：**be + V-ing**

例句 He **is writing** to his family now.
　　▶他現在正在寫信給他家人。

> 補充 進行式變化：預習 p.199 Key Point 94

4 **過去分詞（V-p.p.）**：**has / have been + V-p.p.**

> 補充 過去分詞變化：預習 p. 204 Key Point 96

例句 He **has written** to his family already.
　　▶他已經寫信給他家人了。

94　動詞變進行式與過去式

1分鐘重點公式

○ ★ 動詞變進行式（V-ing）：❶ 原型動詞加 -ing ❷ 原形動詞
○ 　字尾為 -e 時，去 -e 加 -ing
○ ★ 動詞過去式（V-pt.）的規則變化：❶ 字尾加 -ed ❷ 字尾
○ 　為 -e，直接加 -d ❸ 字尾「子音 + -y」，去 -y 加 -ied ❹
○ 　字尾「長母音 + -y」，直接加 -ed ❺ 字尾「短母音 + 子音
○ 　+ 重音節」，重複字尾加 -ed
○ ★ 過去式不規則變化：無規則可循，須特別記下

文法深度解析

要記住動詞進行式（**V-ing**）的變化原則，並注意過去式（**V-pt**）的「規則與不規則變化」，詳細說明如下：

❶ 進行式的形成： 注意 「現在分詞」的變化與
進行式相同。

1. 原型動詞直接加 -ing。以常見的單字舉例如下表：

原形	現在分詞	原形	現在分詞
ask（要求）	asking	sleep（睡覺）	sleeping
wear（穿）	wearing	buy（買）	buying
study（研讀）	studying	play（遊玩）	playing
read（閱讀）	reading	teach（教）	teaching
cry（哭）	crying	watch（觀賞）	watching
sing（唱）	singing	think（想）	thinking
sell（賣）	selling	say（說）	saying

2. 原形動詞字尾為不發音的 -e 時，須去 -e 再加 -ing。例如：

原形	現在分詞	原形	現在分詞
have（擁有）	having	make（製造）	making
smoke（抽煙）	smoking	use（使用）	using
change（改變）	changing	write（寫）	writing
leave（留下）	leaving	waste（浪費）	wasting
save（保留）	saving	drive（駕駛）	driving

3. 原形動詞字尾發音為「短母音 + 子音 + 重音節」，需重複字尾之字母再加 -ing。舉例如下表：

 注意 非重音節者不需重覆字尾子音；預習 p.201 Key Point 95

原形	動名詞	原形	動名詞
get（得取）	getting	jog（慢跑）	jogging
sit（坐）	sitting	put（放置）	putting
run（跑）	running	stop（停止）	stopping
quit（放棄）	quitting	swim（游泳）	swimming

2　一般動詞過去式的變化：分為「規則變化」和「不規則變化」兩種變化。

1. 規則變化

規則	舉例
在動詞字尾直接加 -ed	work（工作）→ worked
動詞字尾為 -e，則直接加 -d	taste（品嚐）→ tasted
字尾「子音 + -y」，去 -y 加 -ied	worry（煩惱）→ worried
字尾「長母音 + -y」，直接加 -ed	stay（停留）→ stayed
字尾「短母音 + 子音 + 重音節」，重複字尾加 -ed	stop（停）→ stopped

注意 非重音節者不需重覆字尾子音；預習 p.201 Key Point 95

2. 不規則變化

補充 不規則變化：預習 p.204
Key Point 96

A → A（現在式與過去式相同）	A → B（現在式與過去式不同）
hurt（受傷）→ hurt； let（讓）→ let	see（看見）→ saw； give（給）→ gave
hit（打擊）→ hit； cost（花費）→ cost	buy（買）→ bought； catch（抓）→ caught
cut（切割）→ cut； put（放）→ put	eat（吃）→ ate； sing（唱歌）→ sang

Key Point
95 改進行式或過去式時重複字尾

1分鐘重點公式

○ ★ 規則變化的動詞，若末音節為「短母音 + 子音，且為重音
○ 　 節」：要先重覆字尾子音，再加 -ing 或 -ed
○ ★ 兩個音節的動詞，重音節在第二音節，但字尾為 -w 或 -x：
○ 　 直接加上 -ed 或 -ing
○ ★ 兩個音節且重音在第一音節：直接在字尾加 -ed 或 -ing

文法深度解析

將動詞變化為進行式（**V-ing**）或是過去式（**V-pt**）時，須視「字尾」及「重音」來決定是否要先重複字尾。詳細說明如下：

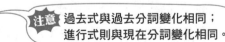

注意 過去式與過去分詞變化相同；
進行式則與現在分詞變化相同。

1 「單音節」動詞以「短母音 + 子音字母」結尾：需先重複字尾子音字母，再加 **-ed / -ing** 變成過去式 / 進行式，例如

bed → **bedded / bedding**（就寢）、**can → canned / canning**（做成罐頭）、**drop → dropped / dropping**（滴下）、**fit → fitted / fitting**（合適）等等。

> **注意** 其他適用於同樣規則的字還有 hug（摟抱）、jam（擁擠）、jog（慢跑）、knit（編織）、nod（點頭）、plan（計畫）、stop（停止）等字。

例句 The student **nodded** and confessed his mistake.
▶ 那學生點頭承認他的錯誤。（nod → nodded / nodding）

2 「兩個音節」的動詞，末音節為「短母音 + 子音字母，且為重音節」：須重複字尾子音字母，再加 **-ed / -ing** 形成過去式 / 進行式，例如 **permit → permitted / permitting**（允許）、**submit → submitted / submitting**（服從；繳交）、**prefer → preferred / preferring**（較喜歡）、**refer → referred / referring**（參考）等字。

> **補充** 其他適用於同樣規則的字還有 infer（推斷出）、defer（延緩）、recur（再發生）、patrol（巡邏）等字。

例句 She **controlled** what strategies the company uses.
▶ 她控制公司要用什麼樣的策略。（control → controlled / controlling）

例句 Are you **omitting** the extra sentences and words?
▶ 你正在刪去多餘的句子和單字嗎？（omit → omitted / omitting）

3 「兩個音節」的動詞，其重音節在第二音節，但字尾為 **-w** 或 **-x** 時：直接加上 **-ed** 或 **-ing**，即可變成過去式或進行式，例如 **allow → allowed / allowing**（允許）、**review → reviewed / reviewing**（複習）、**relax → relaxed / relaxing**（放鬆）、**perplex → perplexed / perplexing**（使迷惑）等字。

例句 She is not **allowed** to stay out late.
▶ 她不行在外頭待太晚。（allow → allowed / allowing）

例句 I'm **reviewing** for the final exam.
▶ 我正在為期末考複習中。（review à reviewed / reviewing）

4 「兩個音節」的動詞，其重音在第一音節時：直接在字尾加 **-ed** 或是 **-ing**，即成過去式或進行式，例如 **answer** → **answered / answering**（回答）、**cover** → **covered / covering**（涵蓋）、**offer** → **offered / offering**（提供）、**wonder** → **wondered / wondering**（想知道）等字。

> **補充** 其他適用於同樣規則的字還有 differ（不同）、foster（養育）、shelter（避難）、slaughter（屠殺）、temper（抑制）、trigger（引起）……。

例句 He **offered** me a great job.
▶ 他提供我一個很棒的工作。（offer → offered / offering）

例句 I **answered** all the questions.
▶ 我回答了所有問題。（answer → answered / answering）

5 「兩個音節」的動詞，若字尾為 **-l** 或 **-p**，雖然重音節在第一音節，英式拼法會先重複字尾再加 **-ed** 或 **-ing**，但美式拼法則直接加 **-ed** 或 **-ing**，而不重複字尾的字母。

例句 My parents are **travelling** in Europe right now.
▶ 我父母正在歐洲旅行。（英式）

例句 He **kidnaped** a little boy.
▶ 他綁架了一個小男孩。（英式）

例句 I **marveled** at her computer skills.
▶ 我對她的電腦技能感到驚訝。（美式）

例句 Everyone **worshipped** her.
▶ 每個人都曾崇拜過她。（美式）

96 動詞的不規則三態變化

1分鐘重點公式

○ 動詞三態的不規則變化有五種：
○ ★ X-X-X 型（現在、過去、過去分詞完全相同）
○ ★ X-Y-X 型（現在和過去分詞相同，過去式不同）
○ ★ X-Y-Y 型（過去和過去分詞相同，現在式不同）
○ ★ X-Y-Z 型（現在、過去、過去分詞均不同）
○ ★ X-X-Y 型（現在、過去式相同，過去分詞不同）

文法深度解析

所謂「不規則變化」，是指過去式和過去分詞有不同的變化，而非直接加上 **-ed** 就可以了；以下用 **X** 表「現在式」，**Y** 表「過去式」，**Z** 表「過去分詞」，來說明以下五種不規則變化：

1 **X-X-X** 型：現在、過去、過去分詞完全相同。

1. 常見例如：cost（花費）、**cut**（切；割）、**let**（讓）、**set**（安置）、**slit**（割裂）、**spread**（傳佈）、**thrust**（刺）、**upset**（弄翻／使…不悅）等字。

例句 She was **cast** for the part of Cinderella.
　　▶ 她被指派去演灰姑娘的角色。（cast – cast – cast）

例句 He was seriously **hurt** in the accident.
　　▶ 他在意外事故中受了重傷。（hut – hurt – hurt）

2. 有些字可按照「不規則變化 X-X-X 型」的變化，但也可以按「規則變化」，在字尾加上 -ed。例如 bet（打賭）、**broadcast**（廣播）、**knit**（編織）、**quit**（停止）、**rid**（免

除）、**squat**（蹲踞）、**sweat**（冒汗）、**wet**（弄溼）…等字。

例句 The concert will be **broadcast/broadcasted** live tomorrow evening.
▶演唱會將於明天下午播出。

2 **X-Y-X** 型：現在式和過去式不同，但與過去分詞相同。例如 **run**（跑）、**come**（來）、**become**（成為）、**overcome**（克服）、**overrun**（猖獗；流行於）等字。

例句 A new type of computer **came** into being last week.
▶一款新型電腦在上星期問世了。（come – came – come）

例句 Many changes **have come** about these years.
▶最近幾年發生了許多變化。

3 **X-Y-Y** 型：現在式與過去式和過去分詞不同，但過去式和過去分詞相同。（常見動詞詳見本單元的「一眼記表格」）

例句 He **has sold** out all the new edition.
▶他賣完所有的新版書。（sell – sold – sold）

4 **X-Y-Z** 型：現在、過去、過去分詞均不同。（常見動詞詳見本單元的「一眼記表格」）

例句 I **wrote** lots of letters to my grandma last year.
▶去年我寫了很多封信給我的奶奶。（write – wrote – written）

5 **X-X-Y** 型：現在、過去式相同，過去分詞不同。此類的動詞非常少，故僅以 **beat** 作代表。

例句 The prisoner was bitterly **beaten**.
▶那名囚犯遭到一頓毒打。（beat – beat – beaten）

例句 The rescuers were **beaten** back by strong currents.
▶救援人員遭強勁的洋流擊退。

一眼記表格

屬於「X-Y-Y 型」的常見動詞舉例如下表：

X（現在式）	Y（過去式）	Y（過去分詞）	中文字義
shoot	shot	shot	發射
spend	spent	spent	花費
lead	led	led	領導
pay	paid	paid	付款
strike	struck	struck	敲擊
win	won	won	贏
understand	understood	understood	了解
hang	hung	hung	掛

屬於「X-Y-Z 型」的常見動詞舉例如下表：

X（現在式）	Y（過去式）	Z（過去分詞）	中文字義
blow	blew	blown	吹
break	broke	broken	打破
drive	drove	driven	駕駛
freeze	froze	frozen	冷凍
ride	rode	ridden	乘坐
steal	stole	stolen	偷
fly	flew	flown	飛
show	showed	shown	展示
ring	rang	rung	鈴響
sink	sank	sunken/sunk	沉下
give	gave	given	給

時式時態大混戰－簡單式

97 掌握現在簡單式

1分鐘重點公式

★ 現在簡單式可表示：❶ 目前的動作、知覺、狀態、事實、存在、持有 ❷ 不變的真理或科學事實 ❸ 事實（過去、現在、未來皆為事實）❹ 習慣、頻繁發生的動作或嗜好 ❺ 確定的預測或行程 ❻ 代替未來式

★「第三人稱單數」動詞的現在式變化：❶ 字尾加 -s ❷ 字尾為 -o / -s / -x / -sh / -ch，加 -es ❸ 字尾為「子音 + -y」，去 -y 加 -ies ❹ 不規則變化（e.g. have → has）

文法深度解析

「現在簡單式」一般用於下列六種情況：

1 表「目前的動作、知覺、狀態、事實、存在、持有」：

例句 Which do you **prefer**, tea or coffee?
　　▶ 你要茶還是咖啡？

2 表「不變的真理或科學事實」：

例句 There are nine planets that **move** around the sun.
　　▶ 九大行星皆繞著太陽運行。

3 表「事實」（過去、現在、未來皆為事實）：

例句 When fatigue **begins**, muscles **get** tight, and blood **doesn't circulate** smoothly.

▶開始疲倦的時候肌肉會繃緊，血液循環也不順暢。

4 表「習慣、頻繁發生的動作或嗜好」：

例句 He always **wears** glasses in class because he is nearsighted.

▶因為他近視，所以上課時總是戴著眼鏡。

5 表「未來確定的預測」或「公定的行程表」：

例句 When **does** the contest **come** to an end tonight?

▶今晚這場比賽幾點結束？

6 在時間或條件的副詞子句內，表「未來式」：

例句 **When she arrives in New York**, she will call you up.

▶她到紐約的時候，就會打電話給你。

當人稱為「第三人稱單數」時，動詞的現在式須做以下變化：

1 大部分動詞在後面加上 **-s** 即可，例如 **drink** → **drinks**（喝）、**take** → **takes**（拿）、**own** → **owns**（擁有）。

2 字尾若為 **-o / -s / -x / -sh / -ch**，則在後面加 **-es**，例如 **go** → **goes**（走）、**pass** → **passes**（經過）、**fix** → **fixes**（修）、**finish** → **finished**（完成）、**match** → **matches**（相配）。

3 字尾若為「子音 **+ y**」時，須去 **-y** 加 **-ies**，例如 **study** → **studies**（學習）、**try** → **tries**（嘗試）。

4 有些字為不規則變化，例如 **have → has**（有）。

現在簡單式怎麼用到句子裡呢？請參考下方表格：

	be 動詞	一般動詞
肯定句句型	主詞 + am/are/is + 補語 - My uncle is a writer. 　我的舅舅是一位作家。（表事實）	主詞 + 動詞現在式 - The sun rises in the east. 　太陽從東邊升起。（表真理）
否定句句型	主詞 + am/are/is + not + 補語 - She is not a student. 　她不是學生。	主詞 + do/does + not + 動詞現在式 - I don't like tomatoes. 　我不喜歡番茄。
疑問句句型	Am/Are/Is + 主詞 + 補語？ - Are you a teacher? 　你是老師嗎？	Do/Does + 主詞 + 動詞現在式？ - Does your brother go jogging every day? 　你哥哥每天都會去跑步嗎？

※ 否定句與疑問句需要有助動詞 do/does 的幫忙（助動詞說明詳見 p.236 Key Point 111）

※ 否定句裡面的 is/are not 可縮寫成 isn't/aren't；do/does not 可縮寫成 don't/doesn't

※ 動詞句型：可複習 p.146~169 Key Point 65-77

98 過去簡單式的用法

1分鐘重點公式

○ ★ 簡單過去式可表示：**❶** 過去發生的動作或狀態 **❷** 過去的
○ 　習慣或過去經常反覆發生的動作 **❸** 過去那樣，但現在並非
○ 　如此 **❹** 在時間或條件的副詞子句中，表過去觀點的未來式
○ ★ be 動詞過去式與人稱代名詞搭配：I + was；we + were；
○ 　you + were；he / she / it + was；they + were

文法深度解析

「過去簡單式」一般用於下列四種情況：

1 表「**過去發生的動作或狀態**」：

例句 He **studied** in Japan when the Sino-Japan War broke out.
▶中日戰爭爆發時，他正在日本求學。

例句 The movie **was** not interesting at all!
▶那部電影一點都不好看！

2 表「**過去的習慣**」或「**過去經常反覆發生的動作**」：

例句 He **used to** go for a walk in the early morning.
▶他過去習慣在清晨時分散步。

例句 I **woke** up at 6 o'clock in the morning every day.
▶我之前每天六點鐘就起床了。

3 表「**過去那樣，但是現在並非如此**」：

例句 He **was** a professor, but he has retired already.
▶他以前是位教授，但現在已經退休了。

4 在時間或條件的副詞子句中，表「**過去觀點**」的未來式：

> **補充** 副詞子句：預習 p.324
> Key Point 152

例句 I wouldn't confess a loser unless I **lost**.
▶除非我輸了，否則我不承認我是輸家。

5 過去簡單式常搭配的時間副詞使用，例如 **yesterday**（昨天）、**last night**（昨晚）、**last week**（上週）、**...ago**（…

之前）、**the other day**（某一天）、**in 1980**（一九八零年）
等等。

 一眼記表格

be 動詞過去式還要與人稱代名詞搭配，如下表：

人稱搭配		主格	be 動詞
第一人稱	單數	I	was
	複數	we	were
第二人稱	單數	you	were
	複數	you	were
第三人稱	單數	he/she/it	was
	複數	they	were

過去簡單式可以這樣用到句子裡：

	be 動詞	一般動詞
肯定句句型	主詞 + was/were + 補語 - Tim was very happy yesterday. 　提姆昨天非常開心。	主詞 + 動詞過去式 - Sean saw a movie last night. 　尚恩昨晚看了一部電影。
否定句句型	主詞 + was/were + not + 補語 - Andy was not angry yesterday. 　安迪昨天沒有生氣。	主詞 + did + not + 動詞原形 - I didn't call you last Sunday. 　我上個禮拜天沒有打給你。
疑問句句型	Was/Were + 主詞 + 補語？ - Were you at the movie last night? 　你昨晚有去看電影嗎？	Did + 主詞 + 動詞原形 ...? - Did the dog bite you? 　那隻狗有咬你嗎？

＊否定句與疑問句需要有助動詞 did 的幫忙（did 即 do/does 的過去式；助動詞說
　明詳見 p.236 Key Point 111）

＊否定句中裡面的 was/were not 可縮寫為 wasn't/weren't；did not 可縮寫成
　didn't

＊動詞怎麼變過去式：複習 p.199 Key Point 94

時式時態大混戰－進行式

*1*分鐘重點公式

- ★ 進行式 = be + V-ing
- ★ 進行式可表達「特定時間正在進行的動作」
- ★ 「非延續性動詞」沒有進行式：❶ 表位置的動詞 ❷ 感官動詞 ❸ 表情感狀態的動詞 ❹ 表人物關係的動詞
- ★ 動詞同時具有延續與非延續性質時，可用進行式

文法深度解析

1 在某一時間，某一個動作正在進行，就必須用「進行式」，結構為「**be + V-ing**」。

例句 We **are watching** TV now.
▶我們正在看電視。

2 **有始有終的「延續性動詞」才有進行式**：因有開頭與結束、可隨意志來停止，且通常會持續一段時間，而不是動作發生之後立刻結束，故能用進行式。例如**eat**（吃）、**drink**（喝）、**move**（移動）、**play**（玩）等字。

3 **「非延續性動詞」沒有進行式**：因為動作發生後立即結束，所以沒有進行式，常指「狀態」，而非動作或過程。無法用

進行式的動詞有：

> **補充** 若一動詞同時具有延續與非延續性質時，則可使用進行式。

1. 表「位置」的動詞：
例如 **lie**（位於）、**sit**（位於）、**stand**（位於）、**be located**（位於）、**be situated**（位於）等字。

2. 感官動詞：
例如 **hear**（聽）、**see**（看）、**behold**（看）、**perceive**（察覺；了解）、**taste**（嚐起來）。

3. 表「情感狀態」的動詞：
例如 **hate**（恨）、**love**（愛）、**like**（喜歡）、**forget**（忘記）、**remember**（記得）、**forgive**（原諒）、**trust**（信任）、**understand**（了解）、**know**（知道）等字。

4. 與「人物關係」有關的動詞：
例如 **have**（有）、**possess**（擁有）、**resemble**（長得像）、**contain**（含有）、**differ**（不同）、**cost**（價值）、**appear**（似乎）、**seem**（似乎）、**belong to**（屬於）等字。

補充小角落

要注意，hear（聽見）與 see（看）為無意志的行為，因此不能使用進行式；但 listen（聆聽）和 look at（注視）皆為有意志的行為，所以可用進行式。例如 I hear mom's voice at the backyard.（我聽到後院傳來媽媽的聲音。為「無意識」的聽見）；I am listening to the news on the radio.（我正在聽收音機的新聞。為「有意識」的聽著）

現在進行式使用時機

Key Point 100

1分鐘重點公式

- ★ 現在進行式 = am/are/is +V-ing
- ★ 現在進行式可表達：❶ 目前正在進行的動作 ❷ 暫時性的動作 ❸ 未來即將發生的動作或趨勢 ❹ 搭配 always、forever、constantly 等副詞來強調不斷反覆發生的動作
- ★ Listen!（聽！）、Look!（看！）後面的句子必須用現在進行式

文法深度解析

「現在進行式」一般用於下列三種情況：

1 表「目前正在進行」的動作：

例句 She **is baking** a cake.
　　▶她正在做蛋糕。

2 表「暫時性的動作」：

例句 He usually cooks by himself, but he**'s eating** out tonight.
　　▶他通常會自己煮飯吃，但今晚他會在外面用餐。

3 表「未來即將發生的動作或趨勢」：

例句 More and more people **are aiming** to become entrepreneurs.
　　▶愈來愈多人的目標是成為創業家。

4 可用 **always**（總是）、**forever**（永遠）、**constantly**（持續）等副詞來描述和強調一個不斷反覆發生的動作。

例句 They **are always fighting** and arguing!
　　▶他們總是在打架和吵架！

5 **Listen!**（聽！）、**Look!**（看！）後面的句子通常都是描述現在正在發生的事情，所以都必須用現在進行式。

例句 Look! Little Kenny **is taking** his first step.
　　▶看！小肯尼正踏出他的第一步！

一眼記表格

現在進行式可以這樣組成句子：

	句型與例句
肯定句 句型	主詞 + be 動詞 + V-ing - Tom and Sue are taking a walk in the park now. 　湯姆和蘇正在公園散步。
否定句 句型	主詞 + be 動詞 + not + V-ing - I'm not playing the piano. 　我沒有在彈鋼琴。
疑問句 句型	1.Wh- 疑問句型：Wh- 疑問詞 + be 動詞 + 主詞 + V-ing? - A: What are you doing, Helen? 　B : I am reading story books. 　A：海倫，妳在做什麼？ 　B：我在看故事書。
	2.yes-no 疑問句型：be 動詞 + 主詞 + V-ing? - A: Is Is your sister taking a bath? 　B : Yes, she is. / No, she is not. 　A：你姐姐在洗澡嗎？ 　B：是的，她正在洗澡。 / 沒有，她沒有在洗澡。

進行式常配合的時間副詞或副詞片語還有：now（現在）、at this time/minute/moment（此時此刻）、at present（目前）、this period（此時）、for the time being（暫時）等等，都可用來修飾進行式的動作。

Key Point 101 認識過去進行式

1分鐘重點公式

- ★ 過去進行式 = was/were + V-ing
- ★ 過去進行式可表達：❶ 過去某一點時間正在進行的動作
  ❷ 過去某一動作發生時，另一動作正在進行
- ★ 常搭配時間副詞 / 副詞片語：then, at that time, at + 某時間, all the morning / afternoon + 某時間, all night + 某時間,...

文法深度解析

「過去進行式」一般用於下列兩種情況：

1 表「**過去某一點時間正在進行**」的動作：

例句 I **was reading** a novel last night.
▶昨天晚上，我正在讀小說。

2 過去某一動作發生時，另一動作正在進行：

> **例句** When my mom came home at 10 p.m. last night, I **was watching** TV.
> ▶ 我媽媽昨晚十點回家時，我正在看電視。

 一眼記表格

要將過去進行式用到句子裡，可參考下表句型：

	句型與例句
肯定句 句型	主詞 + was/were + V-ing - My mother was working very hard at that time. 　我媽媽那時候正辛苦地工作。
否定句 句型	主詞 + was/were + not + V-ing - I was not doing the dishes at that time. 　我那個時候沒有在洗碗。
疑問句 句型	1.Wh- 疑問句型：Wh- 疑問句 + was/were + 主詞 + V-ing? - A: Who were you talking to last night? 　B: I was talking to my sister. 　A：你昨晚在和誰說話？ 　B：我在跟我姐姐說話。
	2.yes-no 問句：Was/Were + 主詞 + V-ing? - A: Were you taking a shower this morning? 　B: Yes, I was. / No, I was not. 　A：今天早上是你在洗澡嗎？ 　B：是的，我早上有洗澡。/ 不是，我早上沒有洗澡。

 補充小角落

過去進行式常搭配 then（那時）、at that time（那時）、
at + 幾點鐘（過去某時間）、all the morning/afternoon
+ 過去某時間（過去某時間的整個早上、下午）、all night
+ 過去某時間（過去某時間的整晚）等等。

1分鐘重點公式

- ★ 未來進行式 = shall/will + be V-ing
- ★ 用未來進行式的時機：❶ 未來特定時間點將正在進行的動作 ❷ 未來某段時間將要進行的動作
- ★ 未來進行式較現在進行式和過去進行式不常用
- ★ 表時間的副詞子句中，不可用未來進行式

文法深度解析

「未來進行式」用法如下：

1 表「未來某時間正在進行」的動作：

例句 She **will be preparing** tomorrow's examination tonight.
▶ 她今晚將準備明天的考試。

2 表「未來某段時間將要進行」的動作：

例句 I **will be waiting** for you at the bus station around 3 p.m. tomorrow.
▶ 我明天下午三點會在公車站那裡等你。

例句 I **shall be having** dinner with my foreign friend this weekend.
▶ 這個週末我將和我的外國朋友用晚餐。

3 未來進行式並不像現在進行式和過去進行式那麼常用。

4 使用上還要注意，在時間副詞子句中（即以 **when**、

while、before、after、by the time、as soon as、if、unless 等表時間的副詞引導的子句）不能使用未來式，而須用現在進行式。

例句 **While I am going to be heading out**, mom is going to start the car frist.（×）

While I am heading out, mom is going to start the car first.（○）

▶當我要出門時，媽媽將會先去發動車子。

 **一眼記表格**

未來進行式怎麼組成句子呢？請參考下表：

句型與例句		
肯定句句型	主詞 + shall/will + be + V-ing - He will be preparing dinner for us tonight. 　他今晚將會為我們準備晚餐。		
否定句句型	主詞 + shall/will + not + be + V-ing - She will not be joining us tomorrow. 　她將不會加入我們明天的行程。		
疑問句句型	Will/Shall + 主詞 + be + V-ing…? - A: Will she be going to the party tonight? 　B: Yes, she will. / No, she will not. 　A：她今晚會來參加派對嗎？ 　B：會，她將會參加派對。 / 不會，她不會去派對。		

※ 用未來進行式的疑問句來詢問有關未來的資訊，口氣會顯得較為禮貌。

※ 助動詞 shall 的用法可參考 p.243 Key Point 114

※ 助動詞 will 的用法可參考 p.247 Key Point 116

Unit 04

時式時態大混戰－完成式

Key Point 103 現在完成式怎麼用出來

1分鐘重點公式

- ★ 現在完成式 = have/has + V-p.p.
- ★ 現在完成式可表達：❶ 持續到現在的動作或狀態 ❷ 經驗
  ❸ 從過去某時間點開始，一直持續到現在而「剛剛完成」
- ★ 常搭配 since（從過去某一時間點到現在）、for（一段時間）、recently（最近）等字

文法深度解析

「現在完成式」一般用於下列三種情況：

1 **過去某狀態或動作「延續到現在」：**

例句 How long **have** you **been** in Taipei?
　　▶你在台北待多久了？

例句 He **has studied** this subject for a decade.
　　▶他研究這個對象已有十年之久。

2 **過去某時到現在的「經驗」：**

例句 I **have** never **met** her before.
　　▶我以前從未見過她。

例句 She **has been** to 50 countries.
　　▶她去過五十個國家。

例句 **Have** you ever **tried** stinky tofu?
　▶ 你吃過臭豆腐嗎？

3 從過去某時間點開始，一直持續到現在而「剛剛完成」的動作：

例句 I **have** just **finished** my homework.
　▶ 我剛剛才寫完功課。

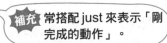
補充 常搭配 just 來表示「剛完成的動作」。

例句 She **has** just **arrived** in South Korea.
　▶ 她才剛剛到達南韓。

使用現在完成式時，還要注意：

1 常搭配「**since +** 過去某時間」來表示從過去某一時間點到現在，以及「**for +** 一段時間」，以表示已經持續一段時間；也常搭配表示時間的 **recently**（最近）等字來使用。

例句 I **have lived** here for 5 years.
　▶ 我已經在這裡住五年了。

例句 She **has lived** in Japan since 2016.
　▶ 她從二零一六年以來，就一直定居在日本。

例句 How **have** you **been** recently?
　▶ 你最近過得如何？

2 注意「**have been to**」與「**have gone to**」的差別：

例句 I **have been to** Japan.
　▶ 我去過日本。（表經驗）

例句 He **has gone to** Japan.
　▶ 他已經出發前往日本了。（強調「已經…」）

若想將現在完成式用到句子當中，可以參考下表來組成句子：

	句型與例句
肯定句 句型	主詞 + have/has + V-p.p. - She has worked for the company for ten years. 　她在那間公司已經工作了十年。（表從過去延續到現在）
否定句 句型	主詞 + have/has + not + V-p.p. - I have not been to Germany. 　我沒有去過德國。（表經驗）
疑問句 句型	1.wh- 問句：Wh- 疑問詞 + have/has + 主詞 + V-p.p.? - A: What have you done? 　B: I didn't do anything! 　A：你做了什麼？ 　B：我什麼都沒做呀！
	2.yes-no 問句：Have/Has + 主詞 + V-p.p.…? - A: Have you seen my wallet? 　B: Yes, I have. It's on your desk. / No, I haven't. 　A：你有看到我的錢包嗎？ 　B：有，在你的桌上。/ 沒有，我沒有看到你的錢包。

※ have/has not 可縮寫為 haven't/hasn't

Key Point 104 過去完成式使用方法

1分鐘重點公式

○ ★ 過去完成式 = had + V-p.p.
○ ★ 表示「比過去某時間、事件或動作更早」的動作
○ ★ 強調更早發生，則搭配連接詞 by the time...（當…）、no
○ 　 sooner...than...（才剛…，就…）、hardly...when...（才
○ 　 剛…，就…）
○ ★ 強調先後，則搭配 already（已經）、ever（曾經）

文法深度解析

「過去完成式」常用於表示「比過去式更早發生」的情況。使用時必須注意：

1 在句子當中，若過去的時間點有兩個動作先、後發生，則先發生的用過去完成式，後者用簡單過去式。

例句 You didn't tell the truth; I thought you **had cheated** me.
▶ 你並沒有說實話，我認為你在騙我。

例句 By the time we got to the station, the train **had left**.
▶ 我們到車站時，火車已經離開了。

例句 How many times **had** you **been** to Paris before you came back?
▶ 在你回來之前，你去過巴黎幾次了？

2 為表示「比過去式更早發生」的動作，常搭配連接詞一起使用，例如 **by the time**（當…）、**no sooner...than...**（才剛…，就…）、**hardly...when...**（才剛…，就…）。

例句 I **had no sooner** finished the meal **than** I felt sick.
= **No sooner had** I finished the meal **than** I felt sick.
▶ 我才剛用完餐，就感覺不舒服。

3 常搭配過去完成式的副詞還有 **already**（已經）、**ever**（曾經）、**for...**（表示一段時間）、**just**（剛剛）、**never**（從未）、**never...before**（以前從未）、**since +** 過去時間（自從…以來）等字，用以強調動作「先後順序」。

例句 I **had** never **seen** her again since we graduated from college.
▶ 大學畢業後，我就再也沒有看過她了。

一眼記表格

過去完成式主要可以這樣用：

	句型與例句
肯定句 句型	主詞 + had + V-p.p. - Before he asked, I had already made my decision. 　在他問之前，我早就做好決定了。
否定句 句型	主詞 + had + not + V-p.p. - She had not left the office when I called. 　我打給她時，她還在辦公室。
疑問句 句型	Had + 主詞 + V-p.p.? - Had they finished the project? 　他們完成那項專案了嗎？

105 認識未來完成式

1分鐘重點公式

○ ★ 未來完成式 = will/shall have + V-p.p.
○ ★ 未來完成式可表達：❶ 在未來某一時刻之前將會完成 ❷
○ 　 截止至未來某時間的經驗
○ ★ 常搭配的時間副詞或片語：by the time（到了…的時候）、
○ 　 by + 未來時間點（在…之前）、when...（當…的時候）、
○ 　 on/at + 特定日子或時間（在特定時刻）

文法深度解析

「未來完成式」一般用於下列兩種情況：

1 表某動作「在未來某一時刻之前將會完成」：

例句 **Will you have finished** the work by noon?
▶你們能在中午前把工作做完嗎？

2 表「**截止至未來某時間的經驗**」：

例句 How many times **will you have heard** the song if you hear it again?
▶如果讓你再聽一次這首歌，那你總共聽了幾遍？

3 使用上，常與時間副詞或片語一起使用，例如 **by the time**（到了…的時候）、**by +** 未來時間點（在…之前）、**when...**（當…的時候）、**on/at +** 特定日子或時間（在特定時刻）等等。

4 因「未來尚未完成」這項動作，故可表達對未來有所期望，並且反觀在未來某時間會完成的動作。

一眼記表格

若要將未來完成式用到句子當中，可參考下表用法：

	句型與例句
肯定句句型	主詞 + will/shall + have + V-p.p. - They will have upgraded your computer by the time you get back. 你回來之前，他們就將會升級好你的電腦了。
否定句句型	主詞 + will/shall + not + have + V-p.p. - The team will not have completed the task on May 30th. 團隊不可能在五月三十號前完成任務。
疑問句句型	Will/Shall + 主詞 + have + V-p.p.? - Will you have arrived when I get there? 我到那裡的時候，你也到了嗎？

106 完成進行式如何使用

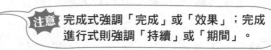

1分鐘重點公式

- ○ ★ 完成式強調「完成」或「效果」；完成進行式則強調動作
- ○ 　的「持續」或「期間」
- ○ ★ 持續到現在（現在完成進行式）：have/has been V-ing
- ○ ★ 持續到過去（過去完成進行式）：had been V-ing
- ○ ★ 持續到未來（未來完成進行式）：will have been V-ing

文法深度解析

「完成進行式」用來表示從過去某一時刻開始的動作「持續到現在，並且還在進行中」。有以下三種用法：

> **注意** 完成式強調「完成」或「效果」；完成進行式則強調「持續」或「期間」。

1 現在完成進行式：**have/has been + V-ing**；表示過去的動作一直持續到現在。

例句 The old man **has been suffering** from rheumatism and arthritis for many years.
▶那老人受風溼和關節炎之苦已有許多年了。

例句 I **have been working** on this project for 3 months.
▶我已花了三個月在做這項專案。

2 過去完成進行式：**had been + V-ing**；表示過去的動作一直持續到過去某個時間點。

例句 Because it **had been raining** all day, the roads were very slippery and muddy.

▶因為下了一整天雨，所以馬路變得非常溼滑和泥濘。

例句 He **had been doing** a lot of research, and he finally got a satisfying result.

▶他做了很久的研究，終於得出了令人滿意的結果。

3 未來完成進行式：**will/shall + have been + V-ing**；表示過去的動作將一直持續到未來。

例句 If it doesn't stop tomorrow, it **will have been raining** eight days.

▶如果到了明天，雨還沒停的話，那麼這場雨將會下第八天。

例句 She **will have been standing** there for 6 hours by the time you leave.

▶當你離開的時候，她將會在那裡站了六個小時。

一眼記表格

學到完成進行式的結構後，還可以這樣組成句子：

	使用時機	句型與例句
現在完成進行式	過去動作持續到現在，仍延續中	主詞 + have/has been + V-ing - I have been looking for that person for many years. 我尋找那個人已經找了好幾年了。
過去完成進行式	過去動作到過去某時段一直持續	主詞 + had been + V-ing - She had been sleeping when I went home. 我回家時，她還在睡覺。
未來完成進行式	過去動作將持續到未來	主詞 + will/shall + have been + V-ing - He will have been singing for 7 hours by 10 o'clock. 到了十點，他將已經唱歌唱了七小時。

各種表達句型

1分鐘重點公式

- ★ 含 If 的句子可表達「可能發生的事」
- ★「If 子句，S + V...（主要子句）」=「如果…，就…」
- ★ 視動詞發生的時間，可用各種時態
- ★ 表示未來的條件時，動詞必須用現在式
- ★ if 搭配 will 或 would，表示禮貌請求

文法深度解析

以 **If** 來表達「可能發生的事」，即為「條件句」；**If** 引導的子句說明條件，後面再接主要子句說明結論，形成句型「**If** 子句，**S + V...**」，常譯為「如果…，就…」。而 **If** 子句可用以下時態：

1 **現在式**：視動詞發生的時間，可用現在式。

例句 If you **are** a student, you can get in for free.
　　▶ 如果你是學生，可以免費入場。

例句 If you **like** the book, it is yours.
　　▶ 如果你喜歡這本書，它就是你的了。

2 **過去式**：若動詞發生在過去的時間點，可用過去式。

例句 If he **didn't** study last night, the test may be very difficult for him.

▶如果他昨晚沒讀書，這個考試對他而言可能很難。

例句 In ancient times, if babies **got** ill, mothers would ask witch doctors for help.

▶在古代，若小嬰孩生病了，媽媽會向巫醫求助。

3 未來式：表示未來的條件時，動詞用現在式。

例句 If it **rains** tomorrow, I will stay home.

▶如果明天下雨，我將會待在家裡。

例句 If I **become** a rich man when I grow up, I will help the poor.

▶如果我長大變有錢人，我會幫助窮人。

注意 若 if 搭配 will/would，則表示「禮貌的請求」，此時 will 不表示「將要」，而是指「願意」。

例句 If you **will** come with me, I will show you around.

▶如果你（願意）跟我來，我會帶你去四處看看。

108 與現在事實相反的假設語氣

1分鐘重點公式

○ ★ 與現在事實相反的假設語氣：一般動詞、助動詞都用過去
○ 式，be 動詞則一律用 were
○ ★ 句型：❶ 如果…，那麼…：If + S1 + 動詞過去式 / 助動詞
○ 過去式 / were..., S2 + would + VR ❷ 真希望…：S +
○ wish / If only + 過去式句子 ❸ 彷彿…：as if + S + 動詞
○ 過去式 ❹ 該要…了：It is (high) time that + 過去式句子
○ ❺ 若沒有…：Without/But for/If it were not for N,...

文法深度解析

常需要用到假設語氣的句型有：

1 如果…，那麼…：**If + S1 +** 一般動詞過去式 **/** 助動詞過去式 **/were..., S2 + would/should/could/might + VR**

例句 If I **were** you, I would seize this great opportunity.
▶如果我是你，我會把握這個好機會。

例句 If I **could** fly, I wouldn't have to take the elevator.
▶如果我會飛，就不用搭電梯了。

例句 If I **knew** the answer, I wouldn't need to ask you for help!
▶如果我知道答案，就不用要求你幫忙了。

2 真希望…：**S + wish / If only +** 過去式句子

例句 I **wish** I knew the answer.
▶真希望我知道答案。

例句 **If only** my father were here with me!
▶真希望我父親現在和我一起在這裡！

3 彷彿…：**As if + S +** 一般動詞過去式

例句 He talks **as if** he knew everything.
▶他說起話來好像無所不知。

例句 You behave **as if** you were my mother!
▶你表現得就像你是我媽！

4 該要…了：**It is (high) time that...**（**that** 子句為過去式）

例句 **It is time that** we went home.
= It's time for us to go home.
▶我們該回家了。

5 若沒有…：**Without/But for/If it were not for N, ...**

例句 **Without** your help, we would be in trouble now.
▶如果沒有你幫忙，我們現在將會身陷麻煩。

Key Point 109 和過去事實相反的句型

1分鐘重點公式

○ ★ 與過去事實相反的假設須用「過去完成式」(had V-p.p. 或
○   would/should/could/might have V-p.p.)
○ ★ 如果…：If + S1 + had V-p.p., S2 + would/should/could/
○   might + have V-p.p.
○ ★ 真希望…：S1 + wish + (that) + S2 + had V-p.p....
○ ★ 彷彿…：S1 + V + as if / though + S2 + had V-p.p....
○ ★ 若沒有…：Without/But for / If it had not been for...

文法深度解析

與過去事實相反的假設要用「過去完成式」。以下為常見句型：

1 如果…：**If + S1 + had V-p.p., S2 + would/should/
could/might + have V-p.p.**

例句 If I **had been** more careful, I would not have been fired
last week.
▶如果我夠細心的話，我上禮拜就不會被炒魷魚了。

例句 If you **had listened** to me, you might have won the
lottery.
▶如果你聽我的話，你可能早就中樂透了。

2 真希望…：**S1 + wish + (that) + S2 + had V-p.p.**

例句 I **wished** that they **had joined** us last time.
▶ 但願上次他們有加入我們的行列。

3 彷彿…：**S1 + V + as if / though + S2 + had V-p.p.**

例句 She talks **as if** she **had known** you for a long time.
▶ 她說起話來好像已經認識你一段時間了。

例句 He laughed so hard **as though** he **had never heard** a joke before.
▶ 他笑的很誇張，就好像他從來沒有聽過笑話一樣。

4 若沒有…：**Without / But for / If it had not been for...**

例句 **Without** your help ten years ago, I **would have failed**.
▶ 十年前若沒有你的幫忙，我早就失敗了。

例句 **If it had not been for** that man, they **could have died** in the accident.
▶ 如果沒有那個男人的話，他們早就在意外中喪生了。

5 表達「惋惜」或「反省」先前的事：**S + should/could + have V-p.p....**

例句 You **shouldn't have said** that!
▶ 你不該那麼說的！

例句 You **should have been** more careful yesterday.
▶ 你昨天應該要小心一點的。

例句 I **could have done better** on the exam.
▶ 我本來可以考得好一點的。

例句 The old beggar **should have worked** harder when he was young.
▶ 這個老乞丐年輕時應該要多努力點。

Key Point 110 過去的願望或意圖沒有實現

1分鐘重點公式

○ ★ 表達「過去的希望或意圖沒有實現」：❶ 用過去完成式，
○　後面接 that 子句或不定詞（to V）作受詞 ❷ 用過去式，
○　後面接完成式不定詞（to have + V-p.p.）
○ ★ 原本希望 / 意圖…：S + had V-p.p. ... + to V / that...
○ ★ 可套入此句型的動詞有：meant / intended（打算）、
○　hoped / wished（希望）、expected（期望）、wanted
○　（想）、thought / supposed（想；認為）

文法深度解析

可用以下兩種方式來表達「過去的希望或意圖沒有實現」：

1 用「過去完成式」，後面再接「**that** 子句」或「**簡單式不定詞（to V）**」作受詞。

例句 I **had wished that** we would win the game.
▶ 我本來希望能贏得這場比賽。

2 用「過去式」，後面再接「完成式不定詞（**to have + V-p.p.**）」。

例句 I meant to call you.
= I had meant to call you.
= I **meant to have called** you.（較少用）
▶ 我本來打算要打電話給你。

3 可用於此句型的動詞還有 **intend**（打算）、**hope**（希望）、**expect**（期望）、**want**（想）、**think**（想；認為）等。

NOTE

Part 11

無詞意卻萬不可少
——助動詞篇

若要表達「否定」或「疑問」，甚
至是「加強肯定語氣」，都需要
助動詞的幫忙。有些助動詞
雖然沒有詞意，但都是不
可或缺的其中一員！

☑ **Unit 01 認識助動詞**
☑ **Unit 02 助動詞各個擊破**

Unit 01

認識助動詞

111 助動詞定義及功能

1分鐘重點公式

- ★ 助動詞:放在動詞之前,使其具有形成「時式」、「語態」、「語氣」、「特殊意義」的動詞
- ★ 後面必接「原形動詞」
- ★ 第三人稱單數不需加 -s
- ★ 助動詞可在後方接 not,形成否定句型
- ★ 可放句首,構成「疑問句」

文法深度解析

除了 **be**、**do**、**have** 三個無詞義的助動詞之外,還有像 **can**、**must** 等,可改變語氣或態度的「情態助動詞」。

1 常見的助動詞:**can / could**(可以)、**may / might**(也許)、**must**(一定)、**shall / should**(必須)、**will / would**(將要)、**need**(需要)、**dare**(敢)等等。

> 各個助動詞用法將在 p.238~262(Key Point 112 ～ 123)詳細解釋。

2 助動詞後面必接原形動詞:**be** 動詞、**have**、**do** 除外。

例句 Janet **should be** more cautious when driving.
　　　▶珍妮開車的時候應該要更加小心。

例句 You **might** need to reserve in advance.
▶ 或許你得事先預訂才好。

例句 We **will move** to Thailand because my father has to work there.
▶ 因為我爸要到泰國工作，所以我們得搬到泰國住。

3 第三人稱單數不用加 **-s**：**be** 動詞、**have**、**do** 除外。

例句 My sister **can** speak Japanese very well.
▶ 我妹妹的日語說的非常好。

例句 He **must** fix the computer this afternoon.
= He **has to** fix the computer this afternoon.
▶ 他今天下午必須把電腦修好。

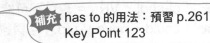
補充 has to 的用法：預習 p.261 Key Point 123

4 助動詞在後面接 **not**：可形成否定句型。

例句 You **don't** need to wash your car.
▶ 你不必清洗你的車子。

例句 We **did not** buy any food from the market.
▶ 我們在市場裡沒有買任何食物。

例句 He **should not** leave this room until I do.
▶ 除非我離開了，否則他不能出這個房間。

5 助動詞放句首：構成「疑問句」。

例句 **Can** you pass the spoon to me?
▶ 你可以把湯匙遞給我嗎？

例句 **Do** we have to hand in the report?
▶ 我們要把報告交出來嗎？

例句 **Shall** we begin with the subject?
▶ 我們可以開始討論這個主題了吧？

助動詞各個擊破

1分鐘重點公式

○ ★ can 和 could 可表「能力」、「許可」、「可能性」
○ ★ could 可作「can 的過去式」或「表達禮貌請求」
○ ★ 「cannot + have V-p.p.」= 過去不可能發生的動作或狀態
○ ★ 「cannot + VR」= 現在不可能的動作或狀態
○ ★ 「could + have V-p.p.」= 與過去事實相反的假設

文法深度解析

助動詞 **can** 與 **could** 可表達「能力」、「許可」、「可能性」，
而 **could** 除了當 **can** 的過去式，也可以表示「禮貌請求」。

1 表「能力」（能…；會…）：

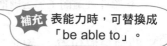

補充 表能力時，可替換成
「be able to」。

例句 I **can** drive a car while she cannot.
= I **am able to** drive a car while she is unable to.
▶ 我會開車，但她不會。

2 表「許可」（可以…）：

例句 You **can** talk with the patient now.

= You **are allowed to** talk with the patient now.

▶你現在可以和病人說話了。

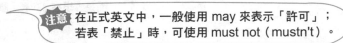

注意 在正式英文中，一般使用 may 來表示「許可」；
若表「禁止」時，可使用 must not（mustn't）。

3 表「可能性」（可能…）：

例句 People **can** get hurt because of your reckless behavior.

= It **is possible** for people to get hurt because of your reckless behavior.

▶人們有可能因為你的魯莽行為而受傷。

例句 You **cannot** sell the cow and drink the milk.

= It **is impossible** for you to sell the cow and drink the milk.

▶魚與熊掌不能兼得。

4 使用上要注意：

1. 「cannot + have V-p.p.」用來表示「過去不可能發生」的動作或狀態。

例句 Mr. Smith **cannot have failed** Jimmy! He is an excellent student.

▶史密斯先生不可能真的當了吉米吧！他是個很優秀的學生。

2. 「cannot + VR」表「現在不可能」的動作或狀態。

例句 That person over there **cannot be** Mike.

▶那邊那個人不可能是麥克。

3. 「could + have V-p.p.」表示「與過去事實相反的假設」。

例句 I **could have earned** lots of money by selling houses.

▶我本來可以靠賣房子賺一大筆錢的。（但事實上並沒有）

4. 「Could you/I...」表「禮貌或客氣的請求」。

例句 **Could you** tell me where the restroom is?

▶可以告訴我洗手間在哪裡嗎？

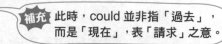

補充 此時，could 並非指「過去」，
而是「現在」，表「請求」之意。

補充小角落

想表達「能力」，但卻不能用 can/could 時，可用「be able to」來代替。例如：「應該能夠」不能寫成 should can，而要寫成 should be able to，這是因為助動詞後面，一定要接原形動詞；以此類推，「必定能夠」不能寫成 must can，而要寫成 must be able to；「已經能夠」不能寫成 have can，而要寫成 have been able to。

Key Point 113 may 與 might 的用法

1分鐘重點公式

- ★ may 和 might 可表達「許可」、「可能性」、「祈願」、「能力」、「目的」、「讓步」
- ★ may 表「能力」時，常以 can 來取代
- ★ may 或 might「表目的」：可用 can 或 could 代替
- ★ 「may have + V-p.p.」= 推測過去的事

文法深度解析

助動詞 **might** 可當 **may** 的過去式，而 **may** 和 **might** 皆可表示允許、可能、祈願、能力或讓步。用法如下：

1 表「許可」（可以…）：

例句 **May** I use your camera?
▶ 我可以用你的照相機嗎？

2 表「可能性」（可能…；或許…）：

例句 It's getting cloudy, and it **may** rain soon.
= It's getting cloudy, and perhaps it will rain soon.
▶ 天色漸漸變陰，可能不久後會下雨。

3 表「祈願」（但願…；祝…）：

例句 **May** you have a good time!
▶ 祝你玩得愉快！

4 表「能力」（能夠…）：

例句 Gather roses while you **may**.
▶ 花開堪折直須折。（喻把握時機）

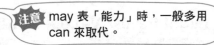
注意 may 表「能力」時，一般多用 can 來取代。

5 表「目的」（以便…）：

例句 He walked in silently (so) that he **might** not awake the baby.
= He walked in silently for fear he **might** awake the baby.
= He walked in silently **lest** he should awake the baby.
= He walked in silently **in order** not **to** awake the baby.
▶ 他悄悄地走進來，以免吵醒嬰兒。

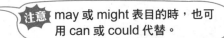
注意 may 或 might 表目的時，也可用 can 或 could 代替。

6 表「讓步」（不論…）：

例句 However hard it **may** be, you should face it.
= No matter how hard it **may** be, you should face it.
▶ 無論多麼困難，我們都應該面對它。

> **補充** 慣用語 might/may as well 譯為「不妨；何不」。

7 使用上要注意：

1. may have + V-p.p.：推測過去發生的事情；語氣較「must have V-p.p.」不確定。

例句 I **may have left** out an important clue.
▶ 我很有可能遺漏了一個重要的線索。

> **比較** I must have left out an important clue.
> （我絕對有遺漏掉一項重要的線索。）

例句 You **may have misunderstood** what he said.
▶ 你可能誤會了他說的話。

2. might have + V-p.p.：常常用在假設語氣的句型，表示「與過去事實相反」。

> **補充** 假設語氣句型：複習 p.231 Key Point 109

例句 I **might have missed** the plane because of you!
▶ 因為你，我很可能會錯過班機！（但事實上沒有錯過班機）

例句 He **might have died** if he chose not to jump off the train.
▶ 要不是他選擇跳下火車，他有可能就這樣喪命了。（但事實上他並沒有喪命）

Key Point 114 shall 的演出場合

1分鐘重點公式

○ ★ shall 可表「將要」、「應該要」、「會⋯」等意思
○ ★ 僅限用於「第一人稱」，較常用於法規或較正式的場合
○ ★ 用法：❶ 表單純的未來 ❷ 徵求對方的意願 ❸ 提議 ❹ 表
○ 說話者的意願 ❺ 用於法規或正式文件 ❻ 表預言或假設 ❼
○ 在附加問句中表提議 ❽ 表堅決的意志

文法深度解析

助動詞 **shall** 主要有以下八種用法：

❶ 表「**單純的未來**」：只用於第一人稱（**I / we**）。

例句 We **shall** get there on time if we take a taxi.
  = We are going to get there on time if we take a taxi.
  ▶ 如果搭計程車的話，我們就能準時到達。

❷ 表「**徵求對方的意願**」：**Shall I/he/she + VR...?**

例句 **Shall** I go home if I finish my work?
  = Will you let me go home if I finish my work?
  ▶ 如果我把工作做完，就可以回家了嗎？

❸ 表「**提議**」：**Shall we + VR...?**

例句 **Shall** we go to the movies now?
  = What do you think if we go to the movies now?
  ▶ 現在去看電影如何？

4 表「說話者的意願」：**You/He/She/They shall (not) + VR**

例句 You **shall** have my reply tonight.
= I promise to give you my reply tonight.
▶我今晚就會給你答覆。（表承諾）

例句 You shall do as you please.
▶你可以隨你的意思行事。（表允許）

5 用在「法規」或「正式文件」：

例句 Students **shall** obey the rules of the school.
▶學生要遵守校規。

例句 Customers **shall** be at least 18 years old.
▶顧客必須要年滿十八歲。

例句 The buyer **shall** not seek any compensation in this case.
▶在這種情形之下，買方不應求償。

6 表「預言」、「期望」、「命運」或「假設」：

例句 If you **shall** work hard, you will win the first prize.
▶如果你用功讀書，你就能拿到第一名。（表假設）

7 用於附加問句表「提議」：**Let's + VR, shall we?**

例句 Let's call it a day, **shall we**?
▶今天到此為止，如何？

8 表「堅決的意志和固執」：限用於第一人稱（**I / we**）。

例句 We **shall** never give in to violence and ill influence.
▶我們絕不屈服於暴力和惡勢力。

should 的各種用法

1分鐘重點公式

○ ★ should 用法：❶ shall 的過去式 ❷ 表義務 ❸ 推測現在或
○ 未來 ❹ 在 that 子句中表遺憾或吃驚 ❺ 在 that 子句中可
○ 省略，主要作及物動詞的受詞 ❻ 用於 for fear that...、
○ lest...、It's (high) time (that...)、if... 等子句內（且可省略
○ should）❼ 放 Why / Who / How 等疑問詞後，表意外、
○ 驚奇或不解 ❽ 「should have V-p.p.」用於假設句

文法深度解析

助動詞 **should** 主要有以下八種用法：

❶ 作為「shall 的過去式」：常用於間接引句中。

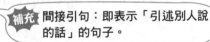

> **補充** 間接引句：即表示「引述別人說的話」的句子。

例句 I said he who worked hard **should** win the prize offered by me.
▶ 我說過凡是努力讀書的人可以得到我提供的獎品。

❷ 表「義務」（應該…）：

例句 We **shouldn't** yield to any temptation.
= We **oughtn't to** yield to any temptation.
▶ 我們不該屈服於任何誘惑之下。

❸ 表「推測現在或未來」（總會…；應該會…）：

例句 You earn a good salary, so you **should** lead a good life.

▶你的薪水不錯，所以你應該過的很好。

4 在 that 子句內，表「遺憾或吃驚」（竟然…）：

例句 It's a pity **that** the top player **should** be beaten in the game.
　　▶這位頂尖的球員竟然在比賽中失利，真是可惜。

例句 I regret that you **should** betray me.
　　▶你竟然出賣我，我真的很訝異。

5 用於 that 子句內，作動詞的受詞：可省略，主要作及物動詞「命令、要求、建議、堅持、規定」的受詞。

例句 The riot policemen ordered (that) all the people **(should)** leave the spot at once.
　　▶鎮暴警察命令所有人立刻離開現場。

例句 He gave orders that the troop **(should)** retreat at once.
　　= He ordered that the troop **(should)** retreat at once.
　　= He ordered the troop to retreat at once.
　　▶他命令部隊立刻撤退。

6 用於 for fear that（惟恐；免得；以防）、lest（惟恐；以免）、It's (high) time (that)（該是…的時候了）、if（如果…）等子句內：可省略 should。

例句 It's (high) time (that) you **should** go to bed.
　　= It's (about) time (that) you went to bed.
　　= It's time for you to go to bed.
　　▶上床睡覺的時間到了。

7 用於 Why / Who / How 等疑問詞後：表意外、驚奇或不解。

例句 How **should** I know he is a liar?
　　▶我怎麼知道他是個騙子呢？

8 「**should have V-p.p.**」用於假設句（本來應該…）：

例句 You **should have been** more careful.
▶你本該多小心點的。

補充 假設語氣：複習 p.229
Key Point 108

Key Point 116 will 的功能

1分鐘重點公式

○ ★ will 可表示：**❶** 單純的未來 **❷** 主詞的意志 **❸** 現在的習慣
○ **❹** 一般的習性或傾向 **❺** 一般事物發生的可能性或能力 **❻**
○ 現在的推測或想像 **❼** 命令、要求、依賴 **❽** won't / will
○ not 在會話中表示「拒絕」或「不會」 **❾** 請求或勸誘 **❿**
○ 用於祈使句後面的附加問句，表要求

專有名詞參照 祈使句（附錄 p.351）

文法深度解析

will 主要有以下十種用法：

1 表「**單純的未來**」：主詞必須為第二或第三人稱。

例句 How long **will** it take from here to there?
▶從這裡到那裡要花多久的時間？

2 表「**主詞的意志**」：可用於第一、二、三人稱。

例句 No matter how hard it may be, I **will** do it without fear.
▶無論有多麼困難，我都會毫無畏懼地去做。

3 表「**現在的習慣**」：常與頻率副詞配合，主詞用第三人稱。

例句 The old couple **will** take a walk in the park every morning.
▶ 那對老夫妻每天早上會在公園散步。

4 表「**一般的習性或傾向**」：主詞用第三人稱。

例句 It's said that the bear **will** not touch a dead body.
▶ 據說熊是不碰屍體的。

5 表「**一般事物發生的可能性或能力**」：

例句 However careful we may be, accidents **will** happen.
▶ 無論我們多麼小心，意外還是有可能發生。

6 表「**現在的推測或想像**」：

例句 You **will** wonder why she doesn't love you.
▶ 你也許想知道為什麼她不愛你。

7 表「**命令或要求**」：主詞用第二、三人稱。

例句 Students **will** keep quiet in the classroom.
▶ 學生在教室內必須保持安靜。

8 **won't = will not**：在會話中表「拒絕」或「不會」。

例句 I **won't** accept the unfair term.
▶ 我拒絕接受這種不平等的條件。

9 表示「請求」或「勸誘」：**Will/Won't you + VR?**

例句 **Will/Won't** you have some coffee?
▶ 你要不要喝些咖啡？

10 放祈使句後面的附加問句，表要求：**..., will you?**

例句 Lend me some money, **will you**?
▶ 借我一些錢好嗎？

Key Point 117　**would** 出場時機

1分鐘重點公式

○ ★ would 的用法：**❶** 以前經常做的事　**❷** 表示對過去的推測
○ **❸** 說明過去的意志或主張 **❹** 用於假設語氣的主要子句 **❺**
○ 表示現在的願望 **❻** 表示婉轉的請求或暗示（常搭配表示條
○ 件的子句）
○ ★ would 也可以作 will 的過去式

文法深度解析

助動詞 **would** 主要有以下六種用法：

1 表「**以前經常…**」：可配合頻率副詞使用。

例句 I **would** often go fishing as a boy.
▶ 我小時候常常去釣魚。

2 表「**對過去的推測**」（大概；可能是）：

例句 It **would** be forty years ago when the law was put into practice.
▶ 這條法律大概四十年前就開始推行了。

3 表「**過去的意志或主張**」（**wouldn't** 則表拒絕）：

例句 No matter how cold it might be, those boys **would** play outdoors.

▶ 無論天氣多麼冷，那些男孩都願意在戶外玩耍。

4 用於假設法的主要子句：

補充 假設語氣：預習 p.239 Key Point 108

例句 If I were a millionaire, I **would** buy it.

▶ 如果我是百萬富翁，我就會買它。

例句 If I had money, I **would** go travel around the world.

▶ 如果我有錢，我就會去環遊世界。

5 表示「現在的願望」：

補充 與現在事實相反用法：複習 p.239 Key Point 108

例句 **Would** that I were a billionaire!

= If only I were a billionaire!

= Would to God that I were a billionaire!

= Oh, that I were a billionaire!

= I wish I were a billionaire!

▶ 但願我是個億萬富翁！

6 表「婉轉的請求」或「暗示說出的條件子句」：

例句 **Would** you please do me a favor?

= Could you do me a favor?

▶ 請幫我一個忙好嗎？（表婉轉請求）

例句 **Would** you help me if my dog gets sick?

▶ 如果我的狗生病了，你可以幫幫我嗎？（暗示後面的 if 子句）

補充小角落

「would/had rather UR」（寧可；想要）的用法（had rather 為老式用法，較少用）：表示現在或未來「寧願…；寧可…」之意，後面必須接原形動詞；否定為「would/had rather not + UR」（寧願不要；寧可不要）。而表示「寧可…也不要…」的句型則是「would rather U than U = would U rather than U = prefer U-ing to U-ing」。

Key Point 118 must 的各種用法

1分鐘重點公式

- ★ must 可以表達：❶ 義務 ❷ 可能（肯定的推測）❸ must not 表嚴厲禁止 ❹ 非…不可
- ★ must 表「義務」：現在式 = have/has to；過去式用 had to 代替；未來式用 will/shall have to 代替
- ★ must 的否定 = don't/doesn't/didn't have to（沒有必要…）
- ★ must not 表「嚴厲禁止」，並非 must 的否定

文法深度解析

助動詞 **must** 的用法如下：

① 表「義務」（必須…）：

例句 We **must** obey the law.
= We have to obey the law.

= We are obliged to obey the law.

= We need to obey the law.

= It's necessary for us to obey the law.

= It's necessary that we (should) obey the law.

▶我們必須遵守法律。

2 表「有把握的推論」（必定…；一定…）：「**must VR**」斷言「現在發生的事」，「**must have V-p.p.**」則表示斷言「過去發生的事」。

> 補充 複習 p.240 Key Point 113 「may have V-p.p.」表不確定的推測

例句 It **must have rained** hard last night, for the ground is wet now.

= I'm certain it rained hard last night, for the ground is wet now.

▶昨晚一定下過大雨，因為現在地面是溼的。

3 表「主張」（非…不可）：

例句 Let him leave, if he **must**.

▶如果他非離開不可，就讓他離開吧！

4 **must not** 表示「嚴厲或完全地禁止」（不准…；不得…）：

例句 Students **mustn't** smoke.

= Students are prohibited to smoke.

= Students are not allowed to smoke.

▶學生是不准抽煙的。

> 注意 must not 可簡寫成「mustn't」。

5 **must** 無時態變化，所以表「義務」時，現在式可以用 **have/has to** 代替；過去式必須用 **had to** 代替；而未來式

則用 **will/shall have to** 來表示。且在間接引句中或表示未來的時間副詞子句中，也可以直接用 **must**。

例句 You **must** finish the work before noon, don't you?
= You **have to** finish the work before noon, don't you?
▶ 你必須在中午前做完這份工作，不是嗎？

例句 You **must** get early tomorrow if you want to catch the bus.
= You **will have to** get up early tomorrow if you want to catch the bus.
▶ 如果你明天想趕上公車的話，就得早起。

6 must 的否定形為「**don't/doesn't/didn't have to**」（沒有必要…）。**must not** 表示說話者不許可，並非其否定形。

例句 You **didn't have to** open that box.
▶ 你沒有必要去開那個箱子。

例句 You **must not** open that box.
▶ 你不可以打開那個箱子。

補充小角落

英文口語上，一般會用「have got to VR」來代替「have to」，例如：I've got to go home because it's almost midnight.（快到午夜了，我必須回家了。）。而 have to 除了用來代替 must 之外，也可以用在表示「未來已安排好的事」，例如：I have to go to the hospital tomorrow.（我明天必須去一趟醫院。）

1分鐘重點公式

- ★ ought to 可表達「義務」和「可能性」
- ★ ought to 的否定 = ought not to
- ★ 與過去事實相反的句型：ought to + have V-p.p.（本該；早該）；oughtn't to + have V-p.p.（本不該；早不該）
- ★ ought to 與 should 的用法大致相同

文法深度解析

助動詞 **ought to** 的主要用法有：

1 表「義務」（應該；應當）：

例句 We **ought to** be careful while crossing the railroad.
  ▶ 穿越鐵道時，我們應該要小心一點。

2 表「可能性」（大概是；照理應該）：

例句 If she started on time then, she **ought to** arrive now.
  ▶ 如果她那時準時出發的話，照理她現在應該到了。

3 **ought to** 的否定形為「**ought not to**」：

例句 You **ought not to** hang out too late.
  ▶ 你不應該在外閒晃太晚。

注意 ought not to 可簡寫成「oughtn't to」。

4 表「與過去事實相反」的句型：

1. ought to + have V-p.p.（本該；早該）

2. oughtn't to + have V-p.p.（本不該）

> **注意** ought 如是沒有過去式的，不過「ought to have V-p.p.」就可表達與過去事實相反的情況。

例句 I think I **ought to have told** him the truth last time.
▶ 我認為我上一次應該告訴他事情的真相。

5 一般來說，**ought to** 與 **should** 的用法大致相同。

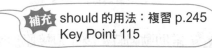

> **補充** should 的用法：複習 p.245 Key Point 115

Key Point
120 **need 當助動詞**

1分鐘重點公式

○ ★ need 可當一般動詞，也可作為助動詞
○ ★ need 當助動詞時，常用來表「不需要」（e.g. need not）、「只需要」（e.g. need only）、「需要嗎？」（e.g. Need you...）
○ ★ need 當一般動詞，後面接名詞、動名詞或不定詞

文法深度解析

need 可作一般動詞（需要…），也可當助動詞。而作助動詞用時，主要用於以下情況：

1 用於「否定句」：

例句 You **needn't** inform her of the news.（助動詞）
= You don't **need** to inform her of the news.（動詞）

▶ 你不需要告知她這個消息。

例句 If he wants money, he **need** only ask.
　　▶ 如果他需要錢，他只需要開口問一下。

2 用於「疑問句」：

例句 **Need** I tell you the detail?（助動詞）
　　= Do I **need** to tell you the detail?（動詞）
　　▶ 我必須告訴你詳情嗎？

3 當助動詞時，後面須接原形動詞，且不用根據人稱和時式變化，所以第一、二、三人稱皆使用 **need**，不必在後面加 **-s** 表單數，也不必加 **-ed** 形成過去式。

例句 I told her that she **needn't** do the job.
　　▶ 我告訴她不需要做這份工作。

例句 **Need** she go there last night?（助動詞）
　　= Did she **need** to go there last night?（動詞）
　　▶ 她昨天有必要去那裡嗎？

例句 You **needn't have given** me a present.
　　▶ 你不需要送我禮物。

注意 needn't have V-p.p.（本來不需要…）表示「與過去事實相反」。

4 若 **need** 當一般動詞，譯為「需要」，為及物動詞，後面可接名詞、動名詞（**V-ing**）或不定詞（**to V**）：

例句 He **needs** some money to buy books.
　　▶ 他需要一些錢來買書。

例句 The room **needs** cleaning.
　　= The room **needs** to be cleaned.
　　▶ 房間要打掃一下。

121 dare 當助動詞

1分鐘重點公式

- ★ dare 當助動詞時，後面須接原形動詞
- ★ 多用於否定句和疑問句
- ★ 當一般動詞時為「及物動詞」，句型有：❶ dare + (to) + VR（不敢⋯） ❷ dare + sb. + to V（諒某人也不敢⋯） ❸ S + dare +sb. + to + 名詞（激某人做⋯）
- ★ 一／二／三人稱現在式皆為 dare，過去式為 dared

文法深度解析

dare（敢；膽敢）可當一般動詞或助動詞。作助動詞時，主要用法如下：

① **後面須接原形動詞**：一般而言，第一、二、三人稱一律用 **dare**，不需要根據人稱和時式做變化

例句 I **dare** say that's a rumor.
▶ 我敢說那是謊言。

> **補充** 此句的 that 為指示代名詞，並非連接詞！

② **用於「否定句」**：

例句 You **dare** not look her in the face.（助動詞）
= You don't **dare** (to) look her in the face.（動詞）
▶ 你不敢正視她的臉。

③ **用於「疑問句」**：

例句 How **dare** you say such rude words to her?（助動詞）
= How do you **dare** (to) say such rude words to her?（動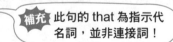

詞）
▶你怎麼敢對她說如此粗魯的話？

而 **dare**（敢；膽敢；挑戰；激）當一般動詞時，作「及物動詞」第三人稱單數須在字尾加 **-s**，而過去式則在後面加 **-ed**；用法有：

1 **dare + to V**：其中不定詞（**to V**）中的 **to** 可省略，譯為「不敢…」。

例句 He has never **dared (to) tell** the truth to me.
▶他一直不敢對我說實話。

例句 I **dare not (to) go** out at night alone.
▶我不敢在晚上獨自出門。

2 **dare + sb. + to V**：表「挑釁對方」（賭某人不敢做…）。

例句 I **dared** you **to fight** with the boxer.
▶諒你也不敢跟那個拳擊手較量。

3 **S + dare + sb. + to +** 名詞：表「挑釁對方」（激某人做…）。

例句 He **dares** me **to** the fight.
▶他激我出戰。

4 常混淆的「**I dare say...**」和「**dare I say**」用法：

1. I dare say...：譯為「我敢這麼講」。

例句 **I dare say** I'm the best in this field.
▶我敢說，我是這個領域中最厲害的。

2. dare I say：譯為「恕我斗膽」。

例句 I am, **dare I say**, the best in this field.
▶恕我直說，我才是這個領域中最厲害的人。

122 used to 當助動詞

1分鐘重點公式

○ ★ used to + VR 指「以前會…」（但現在已沒有發生），表
○ 示過去經常做的動作或狀態
○ ★ 否定形為 didn't use to（正式場合可用 used not to）
○ ★ used to 不可配合頻率副詞；would 同指「過去經常做…」，
○ 才可配合頻率副詞
○ ★ be/get/become used to + N/V-ing（習慣做…）

文法深度解析

used to 當助動詞時，用法如下：

1 **used to（以前會…）**：指「過去經常做…」，後面固定接
原形動詞（**VR**）。

例句 She **used to live** in Taipei, didn't she?
▶ 她之前住台北，不是嗎？

例句 I **used to go** there every night after work.
▶ 我以前每晚下班後，常常會過去那邊。

2 **否定形為 didn't use to**：在正式場合中（如寫作時），也
可寫作 **used not to**。

例句 He **didn't use to** smoke.
▶ 他以前是不抽菸的。

例句 She **used not to** live as poorly as she does now.
▶ 她以前不像現在這麼貧困。

③ **不可配合頻率副詞使用**：同樣指「過去經常做…」的 **would**，才可配合頻率副詞。但在表示「過去狀態」時（現在已經沒有…），只用 **used to** 而不用 **would**。

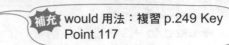

補充 would 用法：複習 p.249 Key Point 117

例句 We **used to live** in Vermont when I was little.
▶ 我小的時候住在佛蒙特州。

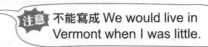

注意 不能寫成 We would live in Vermont when I was little.

例句 She **used to** go jogging every day.
= She **would** go jogging every day.
▶ 她以前每天都會跑步。

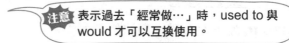

注意 表示過去「經常做…」時，used to 與 would 才可以互換使用。

④ **別與「be/get/become used to...（習慣）」混淆了**：其中的 **to** 為「介係詞」，所以後面必須接「名詞」或「動名詞」作受詞。且 **be / get / become** 用現在式時，可表「現在的習慣」，也可以用過去式表「過去的習慣」。

例句 I **am used to** eating sandwiches for lunch.
▶ 我午餐都習慣吃三明治。

例句 I **was used to** eating sandwiches for lunch.
▶ 我之前午餐都習慣吃三明治。

例句 He **became used to** his new work environment.
▶ 他已經習慣了新的工作環境。

例句 She **got used to** smoking after graduating from college.
▶ 她從大學畢業之後就習慣抽菸了。

123 be、do 和 have 的用法

1分鐘重點公式

- ★ be、do、have 可當一般動詞，也可作助動詞
- ★ be 當助動詞：形成時式與時態（be + V-ing = 進行式；be + V-p.p. = 被動式；be + to V = 未來式）
- ★ have 當助動詞：形成時式與時態（have + V-p.p. = 完成式）
- ★ do 當助動詞：❶ 形成否定句或疑問句 ❷ 用於肯定句中

文法深度解析

be、**do**、**have** 可作為一般動詞，也可當助動詞使用。當它們為助動詞時，用法如下：

❶ **be 與 have 用來形成時式與時態**：例如 **be + V-ing**（進行式）、**be + V-p.p.**（被動式）、**have + V-p.p.**（完成式）等等，其中的 **be** 和 **have** 均為助動詞。

例句 If the sun **were to rise** in the west, she would marry him.

▶ 如果太陽從西方升起，她才會嫁給他。

例句 **Have** you ever been to America?

▶ 你去過美國嗎？

補充 時式與時態：複習 p.196~233 Part 10

❷ **do 常用於形成否定句與疑問句**：

1. 否定句：由 **do not / don't** 形成，過去式的否定形則為 **didn't**。

例句 I **don't** know a thing about physics.
▶ 我對物理一竅不通。

2. 疑問句：疑問句常由 do 開頭，且之後接的動詞必為原形動詞。

例句 **Did** she come to see you yesterday?
▶ 她昨天有來看你嗎？

3 **do** 用於肯定句時，表「加強語氣」（**S + do + VR**）：

例句 I **did** turn off the lights last night!
▶ 我昨晚的確有關燈呀！

若 **be**、**do**、**have** 當一般動詞時，用法則為：

1 **be + 副詞 / 名詞 / 形容詞**：表「是、有、存在」之意。

例句 He **is** a renowned statesman.
▶ 他是個有名的政治家。

例句 There **is** a wallet on the table.
▶ 桌子上面有一個皮夾。

2 **have + 名詞 / to V / 受詞**：**have** 為及物動詞，表「必須、持有、拿、從事、吃喝」等意思。

例句 You **have to obey** these regulations.
▶ 你必須遵守這些規定。

3 **do 當一般動詞**：表「執行」或「做⋯」。

例句 Drugs **do** much harm to man.
▶ 毒品對人有很大的傷害。

例句 He didn't **do** anything to save the man.
▶ 他沒有作任何行動來就那個男人。

Part
12

動詞分詞大變身
——現在分詞與過去分詞

分詞由動詞演變而來,不僅可扮演
形容詞角色,還能與助動詞一同
形成時式或時態,甚至讓句
子更加簡潔有力!

☑ **Unit 01 分詞與詞性轉換**
☑ **Unit 02 利用分詞簡化句型**

Unit 01

分詞與詞性轉換

124 分詞轉換成不同詞性

1分鐘重點公式

- ★ 分詞可作名詞、副詞、介係詞、連接詞或形容詞使用
- ★ 分詞作名詞用：「the + 分詞」指特定或一般對象
- ★ 分詞作副詞用：可放在形容詞之前，修飾形容詞，一般譯為「極為；非常」
- ★ 分詞也可以與其他詞性組成「複合形容詞」

分詞可轉為名詞、副詞、介係詞、連接詞或形容詞使用，詳細說明如下：

1 **分詞作名詞用**：「**the + 分詞**」指特定或一般對象。例如 **the accused**（被告）、**the aged**（老年人）、**the living**（活著的人）、**the suffering**（受難者）等。

例句 **The unexpected** strikes the family without mercy.
▶未預料到的事情重重打擊了那個家庭。

例句 The doctors are doing their best to care for **the dying**.
▶醫生們盡他們所能去照顧臨死的病患。

 補充 「the + 分詞」的用法可複習 p.015 重點 13

2 **分詞作副詞用**：可放在形容詞前，修飾形容詞，一般譯成「極為；非常」。常見的有：

> **補充** 形容詞作副詞用：複習 p.077
> Key Point 31 重點 2

1.「**V-ing + hot**」：形容「**極熱的**」。

常見用來形容 **hot** 的現在分詞有：**blazing**（熾熱地）、**boiling**（沸騰般地）、**burning**（燃燒般地）、**glowing**（赤熱般地）、**scorching**（灼熱般地）、**steaming**（熱騰騰地）。

2.「**V-ing + cold**」：形容「**極冷的**」。

常見形容 **cold** 的現在分詞則有：**freezing**（冰凍般地）、**frosting**（冰凍般地）、**icing**（冰凍般地）、**penetrating**（透入般地）、**perishing**（要命地）、**piercing**（刺骨般地）。

3. 其他搭配還有：**cursed evil**（非常邪惡的）、**damned stupid**（蠢極了的）、**dripping wet**（濕透的）、**shocking bad**（壞極了的）、**soaking wet**（濕透的）、**staring mad**（完全瘋狂的）、**tearing angry**（非常憤怒的）、**thumping big**（非常大的）……。

3 **當介係詞用**：例如 **considering...**（就…而言）、**regarding / concerning...**（關於）、**owing to...**（因為）、**according to...**（根據）等字。

4 **當連接詞用**：例如 **supposing that...**（假如）、**providing that...**（因為）等等。

> **補充** 也是「獨立分詞片語」的用法
> （詳見 p.269 Key Point 126）

5 當形容詞用：過去分詞（**V-p.p.**）常作形容詞使用。

> 補充 過去分詞作形容詞：用法詳見 p. 266 Key Point 125

補充小角落

分詞也可以與其他詞性組成「複合形容詞」（詳見 p.066 重點 4）；例如：peace-loving（愛好和平的；N + V-ing）、heart-broken（心碎的；N + V-p.p.）、hard-working（努力的；adv. + V-ing）、well-educated（有教養的；adv. + V-p.p.）、good-looking（好看的；adj. + V-ing）、new-born（新生的；adj. + V-p.p.）。

Key Point 125 過去分詞作形容詞用

1分鐘重點公式

- ★ 及物動詞（Vt）的過去分詞當形容詞：表被動
- ★ 不及物動詞（Vi）的過去分詞當形容詞：表主動
- ★ 注意有兩種過去分詞的字（e.g. drunk / drunken）
- ★ 情感動詞的過去分詞作為形容詞，譯為「感到…」
- ★ V-p.p. + N：過去分詞若為單字，放在被修飾的名詞前面
- ★ N + V-p.p.（後位修飾）：若為過去分詞片語，放在被修飾的名詞後方

文法深度解析

過去分詞（**V-p.p.**）作形容詞時，必須注意：

1 **及物動詞（Vt）的過去分詞**：表「被動」、「完成」，例如 **a broken vase**（破掉的花瓶）、**spoken English**（口語 英文）。

> **補充** 及物動詞介紹：複習 p.146 Key Point 65

例句 They often have **boiled** or **scrambled** eggs for breakfast.
▶ 他們早餐常吃水煮蛋或炒蛋。

2 **不及物動詞（Vi）的過去分詞**：不及物動詞無被動態，其分 詞表「主動」、「完成」，例如 **a fallen leaf**（一片落葉）、 **a sunken ship**（一艘沉船）。

> **補充** 不及物動詞介紹：複習 p.146 Key Point 65

例句 She is satisfied with her **married** life.
▶ 她對她的婚姻生活感到滿意。

3 **有兩種過去分詞的動詞**：放在「名詞前」的過去分詞通常字 尾為 **-en**；字尾非 **-en** 的過去分詞，一般放在 **be** 動詞、 **have** 或 **have been** 之後，形成「被動式」或「完成式」。

> **補充** 怎麼形成過去分詞：複習 p.204 Key Point 96

例句 The **sunken** nuclear submarine hasn't been dragged out as yet.
▶ 那艘沉沒的核子潛艇迄今還沒被打撈起來。

例句 The ferry had **sunk** before the rescue arrived.
▶ 在救援來到之前，那艘渡輪已經沉下去了。

4 譯為「感到…」的過去分詞：常以情感動詞的過去分詞作為形容詞，例如 **bored**（感到無聊的）、**confused**（感到困惑的）、**excited**（感到興奮的）等等。常接在動詞後面作補語。

> **補充** 所謂的「情感動詞」就是表達人的感受、情緒等心理反應的動詞。

例句 I am **excited**.
▶ 我感到很興奮。

5 過去分詞（**V-p.p.**）當形容詞，為單字時，可放在修飾的名詞之前；若為片語或限定用法，則放在修飾的名詞之後。

1. V-p.p. + N：若為「過去分詞（單字）」，放欲修飾的名詞前面。

例句 These **escaped** convicts are still at large.
▶ 那些逃脫的囚犯依然逍遙法外。

2. N + V-p.p.：若為「過去分詞片語」，則放被修飾的名詞後方，作「後位修飾」；且常用「關係代名詞」引導的形容詞子句代換。

例句 The goods **ordered** last time have arrived already.
　　= The goods **which were ordered** last time have arrived already.
▶ 上次訂購的貨已經到了。

補充小角落

情感動詞的現在分詞（U-ing）以及過去分詞（U-p.p.）常作形容詞用，但要注意，其現在分詞（U-ing）用來形容「事物」，常譯成「…的」，而過去分詞（U-p.p.）則用來修飾「人」，意思是「感到…的」，例如：interesting（有趣的）/ interested（感到有趣的）；boring（無聊的）/ bored（感到無聊的）。

Unit 02

利用分詞簡化句型

1分鐘重點公式

- ★ 獨立分詞片語可視為慣用語，不需考慮其主詞是否與主要子句的主詞一致，可直接用於句中
- ★ 獨立分詞片語的功能：修飾全句句意
- ★ 例如 frankly speaking、assuming that、judging from、speaking of、seeing that 等等

文法深度解析

1 有些獨立分詞的主詞常為，此時通常會將主詞省略，形成獨立分詞片語。可將其視為慣用語，直接用到句子裡面，而功能則是修飾全句句意。常見的有 **frankly speaking**（坦白地說）、**generally speaking**（一般而言）、**assuming that**（假定）、**considering that**（鑒於）、**judging from**（從…來判斷）、**speaking of**（至於）、**seeing that**（既然）、**including**（包括）等等。

例句 **Properly speaking**, man is cleverer than any other animal in the world.
▶ 正確地說，人類比地球上任何其他的動物還聰明。

例句 **Allowing for** all this, you are still incompetent for this post.
▶ 就算把這一切考慮在內，你仍然無法勝任這項職位。

1分鐘重點公式

- ★ 分詞構句：副詞子句與主要子句的主詞為同一人 / 物時，可以將副詞子句的連接詞和主詞省略，再把動詞改為 V-ing（主動）或 V-p.p.（被動）
- ★ 分詞構句可置於句首、句中或句尾
- ★ 反之，分詞構句也可用副詞子句代替，表示 ❶ 時間 ❷ 原因理由 ❸ 條件 ❹ 讓步 ❺ 附帶狀況

文法深度解析

1 **分詞構句**：大都從副詞子句修改而來，功能為「修飾句中主詞」。改分詞構句時，須遵守以下原則：

補充 副詞子句：預習 p.324
Key Point 152

1. 若副詞子句和主要子句的主詞相同，便可改分詞構句。
2. 若原句表主動或進行式，可將副詞子句改以現在分詞（V-ing）開頭；若為被動或完成式，則將副詞子句改以過去分詞（V-p.p.）開頭。
3. 分詞構句中的主詞即「主要子句的主詞」。
4. 分詞構句可置於句首、句中或句尾。

2 **現在分詞構句**：表「主動」或「進行式」；將以下面例句為範例，進行改寫：

例句 When Mike arrived home, he saw his sister watching TV.

▶ 麥克回到家時，看到他姐姐在看電視。

Step 1. 判斷主詞：副詞子句（**When Mike arrived home**）及主要子句
（**he saw his sister watching TV**）中，執行動作的主詞皆為
Mike，故可替換為分詞構句。

Step 2. 刪除副詞並省略主詞：去掉 **When Mike**。

→ ~~When Mike~~ arrived home, he saw his sister watching
TV.

Step 3. 判斷時式與時態：主詞主動做「回家」和「看到」的動作，故將動
詞改為現在分詞，可將原本的 **arrived** 改為 **Arriving**。

→ Arriving home, he saw his sister watching TV.

Step 4. 此時，主要子句中的主詞為代名詞，無法看出是「誰」看見他姐姐
看電視，因此以 **Mike** 來替換 **he**。

→ Arriving home, Mike saw his sister watching TV.

= Mike arrived home, seeing his sister watching TV.

（分詞構句可放句首、句中或句尾）

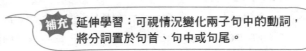

補充 延伸學習：可視情況變化兩子句中的動詞，
將分詞置於句首、句中或句尾。

3 **過去分詞構句**：表「被動」或「完成式」。以下面例句為範例，
進行改寫：

例句 When the harbor was seen from the mountain, it looks
beautiful at night.

▶從山上往下看，夜晚的港口看起來很漂亮。

Step 1. 判斷主詞：副詞子句（**When the harbor...mountain**）與主要
子句（**it looks beautiful at high**）的主詞皆為 **the harbor**，
可準備替換為分詞構句。

補充 執行 Seen from the mountain 被動
語態的主詞是 the harbor。

Step 2. 刪除副詞並省略主詞：去掉 **When the harbor was**。

→ ~~When the harbor was~~ seen from the mountain, it looks
beautiful at night.

Step 3. 刪掉 **be** 動詞，但保留過去分詞：保留原本的被動動詞（**was seen**）中的過去分詞（**seen**）。

→ Seen from the mountain, it looks beautiful at night.

Step 4. 此時，主要子句為代名詞，無法表達出「何物」在夜晚看起來很漂亮，因此以 **the harbor** 替換 **it**。

→ Seen from the mountain, the harbor looks beautiful at night.

= The harbor looks beautiful seen from the mountain at night.（分詞構句可放句首、句中或句尾）

3 **分詞構句替換成副詞子句**：上面已學到如何將副詞子句替換為分詞構句，反之，分詞構句也可變回副詞子句。

1. 表「時間」：可用 when、while、after 等時間副詞或片語引導的子句代替。

例句 **Seeing** the policeman, the thief ran away immediately.

= **As soon as** the thief saw the policeman, he ran away immediately.

▶那小偷一見到警察就立刻逃走。

例句 **Asked** to answer the embarrassing question, the girl was all at sea.

= **When** the girl was asked to answer the embarrassing question, she was all at sea.

▶當那女孩被要求回答那尷尬的問題時，她感到不知所措。

2. 表「原因或理由」：可替換成以 as、because 等表原因或理由的字引導的子句。

例句 **Being** all in, we fell asleep before long.

= **As** we were all in, we fell asleep before long.

▶因為非常疲倦，我們不久後就睡著了。

例句 **Written** in difficult English, this novel is not suitable for beginners.

= **Because** this novel is written in difficult English, it is not suitable for beginners.

▶因為這本英文小說用詞艱深，所以不適合初學者閱讀。

3. 表「條件」：可用 if、supposing that、providing that 等字引導的副詞子句代替。

例句 The tremendous earthquake, **occurring** during the rush hours, would bring about more death tolls.

= The tremendous earthquake, **if** it occurred during the rush hours, would bring about more death tolls.

▶這場地震如果發生在上下班尖鋒時刻，將造成更多的死亡人數。

例句 **Compared** with the Americans, the English are much more conservative.

= **If** the English are compared with the Americans, they are much more conservative.

▶相較於美國人，英國人保守多了。

4. 表「讓步」：可用 although 或 though 引導的副詞子句代替。

例句 **Xeroxing** the important document, I lost the original and the copy.

= **Though** I xeroxed the important document, I lost the original and the copy.

▶雖然我影印了這份重要文件，但我把正本和複本都遺失了。

例句 Seriously **wounded**, the brave soldiers continued to fight.

= **Although** the brave soldiers were seriously wounded, they continued to fight.

▶那些勇敢的士兵雖然身受重傷，仍繼續作戰。

5. 表「附帶狀況」：當副詞子句和主要子句的動詞「同時進行」，則以 and 連接兩動詞。

例句 I wrote a letter to him, **thanking** him for his kindnesses.

= I wrote a letter to him **and** thanked him for his kindnesses.

▶ 我寫信給他，並謝謝他的幫忙。

例句 The politician led a simple life, **deprived** of his power.

= The politician led a simple life **and** was deprived of his power.

▶ 這位政客過著簡單、權力被剝奪的生活。

128 獨立分詞構句

1分鐘重點公式

- ★ 獨立分詞構句：當分詞構句的主詞與主要子句不同時，則主詞不可省略
- ★ 用現在分詞表主動；而過去分詞表被動
- ★ 含現在分詞的獨立分詞構句：「主詞 + V-ing」開頭
- ★ 含過去分詞的獨立分詞構句：「主詞 + V-p.p.」開頭

專有名詞參照 獨立分詞構句（附錄 p.351）

文法深度解析

1. **獨立分詞構句**：當執行分詞動作的主詞和主要子句的主詞不同時，要保留分詞的主詞，這種冠有主詞的分詞，就叫做「獨立分詞」，而其構句便稱為「獨立分詞構句」。

2. **含「現在分詞」的獨立分詞構句**：保留分詞構句的主詞，並將主詞後面的動詞改為現在分詞（**V-ing**），形成以「主詞 **+ V-ing**」開頭的獨立分詞構句。以下面例句為範例，進行

改寫：

例句 As the sun has set, we call it a day.
　　▶因為太陽西下，我們今天到此為止吧！

Step 1. 判斷主詞：副詞子句主詞為 **the sun**，主要子句主詞為 **we**，兩者主詞不同，故不能省略主詞，而可改為獨立分詞構句。

Step 2. 刪除副詞並保留主詞：去掉 **As**，原主詞 **the sun** 不可省略。

　　→ ~~As~~ the sun has set, we call it a day.

Step 3. 主詞後面的動詞改為現在分詞（**V-ing**）：因為主詞 **the sun** 主動做「西下」的動作，故將 **has set** 改為 **having set**。

　　→ The sun having set, we call it a day.

3 含「**過去分詞**」的獨立分詞構句：保留分詞構句的主詞，將主詞後面的動詞改為過去分詞（**V-p.p.**），而形成「主詞 + V-p.p.」開頭的獨立分詞構句。以下面例句為例進行改寫：

例句 While the national anthem was being played, all the people stood up.
　　▶當國歌在演奏時，所有人都站了起來。

Step 1. 判斷主詞：副詞子句主詞為 **the national anthem**，主要子句主詞為 **all the people**，兩者主詞不同，則不可省略主詞，可改為獨立分詞構句。

Step 2. 刪除副詞並保留主詞：去掉 **While**，但不省略原主詞 **the national anthem**。

　　→ ~~While~~ the national anthem was being played, all the people stood up.

Step 3. 主詞後面的動詞改為過去分詞（**V-p.p.**）：因為主詞 **the national anthem**「被演奏」，故保留原本 **was being played** 中的過去分詞（**played**）。

　　→ The national anthem played, all the people stood up.

1分鐘重點公式

- ★ 從屬連接詞 + V-ing / V-p.p.：凸顯或說明分詞構句的作用
- ★ 名詞、形容詞或副詞若為 being，則可省略
- ★ 搭配 with / without 時，表示「附帶情況」
- ★ 「V-ing + as one does」或「V-p.p. + as one is」：可強調分詞意思
- ★ Not + V-ing...：為分詞構句的否定形

專有名詞參照 從屬連接詞（附錄 p.349）

文法深度解析

使用分詞構句時，須注意下列五種情況：

1 **從屬連接詞 + V-ing / V-p.p.**：為了凸顯或清楚說明分詞構句發揮的副詞作用，可以在分詞前面加上從屬連接詞，例如 **if**（如果）、**while**（當…時候）、**though / although**（雖然）、**after**（在…之後）、**when**（當…的時候）等字。

例句 **When** driving on the highway, you can't talk on the cell phone.
▶ 行駛於高速公路時，不可以用手機。

2 **being 可省略**：在分詞構句或獨立分詞構句中，名詞、形容詞或副詞前的 **being** 常可被省略。

補充 分詞構句：複習 p.270 Key Point 127；獨立分詞構句：複習 p.274 Key Point 128

例句 Money is a needful thing. It is a precious thing if **(being)** properly used.
▶金錢是不可缺少的東西；但如果使用得當，會是寶貴的東西。

例句 **(Being)** a man without principles of his own, he is too ready to yield to others' ideas.
▶由於沒有自己的原則，他很容易屈服於別人的想法。

3 **..., with / without +** 名詞 **+ V-ing / V-p.p.**：表示「附帶情況」，**with / without** 前的逗號可省略不加。

例句 The husband sat contemplating, **with** his wife reading beside him.
▶丈夫坐著沈思，他的妻子則在一旁看書。

4 **V-ing + as one does** 和 **V-p.p. + as one is** 的句型中：**as one does/is** 可強調分詞的意思。

例句 Knowing **as I do** my own weak points, I cannot criticize others.
= Because I know my own weak points, I cannot criticize others.
▶因為知道自己也有弱點，所以我不能批評其他人。（強調「因為自己知道」）

5 以「**Not + V-ing**」開頭：為分詞構句的否定形，其中，**Not** 也可用 **Never**、**Seldom** 等否定副詞替換。

例句 **Not knowing** how to answer the question, she stood dumb.
▶她因為不知道該如何回答問題，而站著發呆。

An English Class
For *Grammar.*

Part
13

動詞名詞都通吃
——動名詞篇

「**動名詞**」看起來像動詞，但卻可當
名詞使用，兼具動詞與名詞的特
性，而在句子中，還可扮演
各種角色！

☑ **Unit 01 動名詞概論**
☑ **Unit 02 必加動名詞的情況**

Unit 01

動名詞概論

Key Point 130　動名詞是哪位

1分鐘重點公式

○ ★ 動名詞 = 原形動詞 + -ing
○ ★ 動名詞可當「名詞」用：作句子的主詞、受詞或補語
○ ★ 動名詞也具有「動詞」的機能：❶ 及物動詞的動名詞後要
○ 　 接受詞 ❷ 連綴動詞的動名詞後要接補語 ❸ 動名詞前、後
○ 　 可接副詞 ❹ 有完成式和被動式

文法深度解析

「動名詞」同時具有「名詞」及「動詞」的性質，簡言之，它就是「具有動詞性質的名詞」。而在原形動詞後面加上 **-ing**，即成為動名詞（**V-ing**）。

1 動名詞（**V-ing**）的形成：

1. 在一般的動詞後直接加 -ing。
　　例如：**read → reading**、**stand → standing**。

2. 重複字尾子音字母，再加 -ing，例如 **run → running**、**refer → referring** 等。

3. 將字尾不發音的母音字母 **-e** 去掉，再加 -ing。
　　例如：**write → writing**、**make → making**。

4. 把單音節字的字尾 **-ie** 去掉，改成 **-y**，再加 **-ing**。

例如：**die → dying**、**lie → lying**。

補充 動名詞變化與現在分詞相同，可
複習 p.199 Key Point 94

2 動名詞（**V-ing**）具有「名詞」的機能：可作主詞、受詞、
補語，且前面也可加所有格、冠詞或形容詞來修飾。

1. 作「主詞」： 動名詞作主詞時，因為將其視為一個動作，動詞
需用「單數動詞」。

例句 **Reading** is a good habit.
▶閱讀是個好習慣。

例句 **Playing computer games** is not a good way to kill
time.
▶玩電腦遊戲不是一個消磨時間的好方法。

2. 作一般動詞的「受詞」：

例句 Janie enjoys **jogging**.
▶珍妮喜歡慢跑。

例句 Helen avoids **going to bed late**.
▶海倫一直都盡量避免晚睡。

3. 作介係詞的「受詞」：

例句 My sister is afraid of **taking medicine**.
▶我妹妹很怕吃藥。

例句 We must keep on **walking and moving forward**.
▶我們必須繼續往前走。

4. 作「補語」：

例句 Teaching is **learning**.
▶教學就是學習。

例句 Jessie's interest is **watching movies at home**.
▶潔西的興趣是在家看電視。

3 動名詞（**V-ing**）也具有「動詞」的機能：

1. 「及物動詞」的動名詞：後面要接受詞。

> **補充** 及物動詞定義：複習 p.146
> Key Point 65

2. 「連綴動詞」的動名詞：後面要接補語。

> **補充** 連綴動詞：複習 p.159 Key
> Point 71

3. 前、後可接「副詞」來修飾。

例句 **Reading in bed** does harm to our eyes.
> ▶在床上看書會傷害我們的眼睛。（in bed 為副詞片語，修飾動名詞 Reading）

4. 動名詞有「完成式」和「被動式」。

① 主動形：**V-ing**（簡單式）→ **having V-p.p.**（完成式）

② 被動形：**being V-p.p.**（簡單式）→ **having been V-p.p.**（完成式）

例句 He didn't like **being disturbed** while reading.
> ▶他讀書時不喜歡被打擾。

例句 She didn't mention **having met you**.
> ▶她沒有提起見到你的事。

補充小角落

> 將原本動詞片語中的動詞字尾加上 −ing，就變成了動名詞片語，可當作名詞使用，例如：read books in bed（動詞片語）→ reading books in bed（動名詞片語）；look good（動詞片語）→ looking good（動名詞片語）。

Key Point 131 動名詞 vs. 現在分詞

1分鐘重點公式

- ○ ★ 動名詞與現在分詞皆須在動詞後面加上 -ing，但用法不同
- ○ ★ 動名詞：具「名詞」功能，且有若干程度的（動作）意味，
- ○ 　並表示動作有持續性
- ○ ★ 現在分詞用於：❶ 構成進行式 ❷ 當形容詞 ❸ 當副詞 ❹
- ○ 　形容詞子句簡化 ❺ 副詞子句簡化（形成分詞構句）

文法深度解析

動名詞具「名詞」的各種功能，而現在分詞則用於「進行式」或「當形容詞或副詞、用以簡化形容詞子句、簡化副詞子句而構成分詞構句」。兩者比較如下：

補充 現在分詞：複習 p.264 Key Point 124

1 動名詞 **vs.** 現在分詞用於進行式：

例句 I enjoy **dancing**.
　▶ 我很喜歡跳舞。（動名詞當受詞）

例句 I am **dancing** now.
　▶ 我正在跳舞。（現在分詞與前面的 be 動詞一同形成進行式）

2 動名詞 **vs.** 現在分詞當形容詞：

例句 **Sleeping** is important.
　▶ 睡眠是很重要的。（動名詞當主詞）

例句 **Sleeping** babies look lovely.
　▶ 正在睡覺的小寶寶很可愛。（現在分詞當形容詞，修飾 babies）

例句 He is good at **fitting** in a new environment.
　▶ 他很擅長融入新環境。（動名詞當受詞）

例句 Let me show you to the **fitting** room.
▶ 我帶你去試衣間吧。（現在分詞當形容詞，修飾 room）

3 動名詞 **vs.** 現在分詞當副詞：

例句 **Steaming** is a good way of cooking.
▶ 清蒸是個很好的烹調方式。（動名詞當主詞）

例句 It is **steaming** hot in the bath.
▶ 澡間裡面非常熱。（現在分詞當副詞用）

4 動名詞 **vs.** 現在分詞當形容詞子句簡化：

例句 **Sleeping** on the floor is actually good for your health.
▶ 睡在地板上其實對你的健康是有益處的。（動名詞當主詞）

例句 I saw a man **sleeping** on the floor.
= I saw a man that was sleeping on the floor.
▶ 我看見一個睡在地板上的男人。（形容詞子句簡化）

5 動名詞 **vs.** 現在分詞當副詞子句簡化：

補充 分詞構句：複習 p.270 Key Point 127

例句 **Waiting** in the long line irritates him.
▶ 在長長的隊伍中等待讓他很煩躁。（動名詞當主詞）

例句 **Waiting** out side, I felt cold.
= As I waited outside, I felt cold.
▶ 我在外面等著，覺得好冷。（副詞子句簡化成分詞構句）

Key Point 132　動名詞的行為，是誰在做？

- ★ 表達動名詞的動作者時可用：❶ 所有格 + V-ing ❷ 受格 + V-ing ❸ the V-ing of + 名詞
- ★ 其中，「the V-ing of + 名詞」可寫成「V-ing + 名詞」
- ★ 動名詞也可加形容詞或副詞來修飾：例如「the + 形容詞 + V-ing + of + O」或「V-ing + O + 副詞」

文法深度解析

1 所有格 + V-ing：想要明示是誰在做動名詞的動作時，原則上用「所有格」來表示。

例句 I cannot forgive **his speaking** ill of me behind my back.
▶ 我無法原諒他在背後說我壞話。

2 口語中，也可以說成「受格 + V-ing」：

例句 I cannot forgive **him speaking** ill of me behind my back.
▶ 我無法原諒他在背後說我壞話。

3 the V-ing of + 名詞：此時，名詞除了有可能是動作者，也可能是受詞，必須分辨清楚。

1. 當後面的名詞為「動作者」時：

例句 **The lying of the congressman** is not acceptable.
▶ 那位議員說謊的行為實在是令人無法接受。

2. 當後面的名詞為「受詞」時：「the + V-ing + of + O」=

「V-ing + O」。

例句 **The crying of a baby** drew my attention.
▶ 小寶寶的哭聲引起了我的注意。

例句 **The falling of the leaves** indicates that autumn is coming.
▶ 掉落的樹葉暗示著秋天的到來。

例句 **The learning of a language** calls for time and patience.
= **Learning a language** calls for time and patience.
▶ 學習語言需要時間和耐心。

3. 動名詞當名詞用，因此可用「形容詞」加以修飾：「the + 形容詞 + V-ing + of + O」或「V-ing + O + 副詞」

例句 **The effective learning of a language** requires efforts and concentration.
= **Learning a language effectively** requires efforts and concentration.
▶ 想要有效率地學習語言，就必須下功夫並專心學習。

補充小角落

當沒有明示動名詞的行為者時，行為者常常是泛指「一般人」或與句子「主詞」一致，此時，就不會特別寫出行為者。例如：Loud talking is certainly out of place in a library.（在圖書館內大聲說話的確不妥當。）

Unit 02

必加動名詞的情況

哪些動詞會接動名詞當受詞？

1分鐘重點公式

- ★ 常見及物動詞後面接動名詞：admit, advise, consider, deny, enjoy, escape, finish, imagine, mention, mind, miss, risk, resist, suggest, understand, allow,...
- ★ 常見片語動詞後面接動名詞：aim at, burst out, call off, decide on, excel in, insist on,...

文法深度解析

後面要加動名詞（**V-ing**）的動詞，有以下幾種：

1 常見及物動詞後面接動名詞（**V-ing**）作受詞的有：**avoid**（避免）、**delay**（延緩）、**enjoy**（享受）、**finish**（始結束）、**keep**（保持）、**mind**（介意）、**miss**（錯過；想念）、**prevent**（防止）、**recall**（想起）、**stop**（停止）等字。

> **補充** 同樣須在後面接動名詞的動詞還有 celebrate（慶祝）、consider（考慮）、dislike（不喜歡）、escape（逃避）等字。

例句 I cannot **stand being** criticized.
▶ 我無法忍受被挑剔。

2 常見片語動詞後面接動名詞（**V-ing**）作受詞的有：**aim at**

（意圖）、**burst out**（突然）、**call off**（取消）、**care about**（在乎）、**decide on**（決心）、**excel in**（擅長）、**insist on**（堅持）、**leave off**（戒除）、**look like**（看起來好像）、**persist in**（堅持）、**put off**（延誤）、**refrain from**（避免）等等。

補充 片語動詞：複習 p.155
Key Point 69

例句 On hearing the bad news, they **burst out crying**.
▶一聽到這個惡耗，他們突然大哭起來。

3 戶外運動或休閒活動多寫成「**go + V-ing**」，例如 **go hiking**（登山）、**go jogging**（慢跑）、**go skiing**（滑雪）等等。

例句 My father likes to **go fishing** every weekend.
▶我爸爸每當假日都喜歡去釣魚。

補充小角落

常見後面加動名詞的慣用語還有：be worth（值得）、make a point of（必定；經常）、be busy (in)（忙著）、have trouble (in)（做…有困難）、take little time (in)（很快就）、lose time (in)（浪費時間）、lose no time (in)（立刻）、on the point of（正要）、prevent...from（阻止）、feel like（想要）、cannot help（不得不）等等。

Key Point 134　接動名詞或不定詞時意思有差的動詞

1分鐘重點公式

○ ★ remember、forget、regret 後面接 V-ing 表已做過的事，
○ 　 接 to V 則表要去做的事
○ ★ mean + V-ing 指「意思是」；+ to V 則表存心做某事
○ ★ stop + V-ing 指停止手上的事；+ to V 表停下現在做的事
○ 　 並去做別的事
○ ★ try + V-ing 表姑且一試；+ to V 則指示著去做某事

 文法深度解析

有些字後接動名詞（**V-ing**）和不定詞（**to V**）時，意義會不同，請牢記以下常見例子：

1 remember（記得）

例句 I **remember seeing** you somewhere last year.
　▶ 我記得去年在某個地方見過你。（記得已做過的事）

例句 Please **remember to hand** in your assignment tomorrow.
　▶ 請記住明天要交作業。（記得去做還沒做的事）

2 forget（忘記）

例句 I **forgot doing** the laundry yesterday.
　▶ 我忘記我昨天已經洗過衣服了。（忘記做過的事）

例句 I **forgot to hand** in my homework.
　▶ 我忘記交作業。（忘記去做某事）

3 regret（後悔）

289

例句 I **regret giving** up the car.
▶ 我後悔放棄那輛車。（後悔做過的事）

例句 I **regret to say** that I can't lend you the money.
▶ 很遺憾我不能借妳錢。（遺憾要去做某事）

4 **mean**（意味；打算）

例句 Shaking one's head often **means disagreeing** to something.
▶ 搖頭通常意味著反對某事。（某事意味著某種意義）

例句 You don't **mean to say** so!
▶ 你不是存心要這麼說的吧！（某人有意識的去做某事）

5 **stop**（停止）

例句 My father **stopped smoking**.
▶ 我父親停止抽菸。（停止在做的事）

例句 My father **stopped to write** a letter.
▶ 我父親停下來去寫一封信。（停止手上的事、去做後面的動作）

6 **try**（試著；設法）

例句 John **tried moving** the desk to another side and see how it looks.
▶ 約翰試著將桌子移到另一邊，然後看看成果如何。（姑且一試）

例句 John **tried to persuade** his mother to buy a new bicycle for him.
▶ 約翰試著說服他母親買新腳踏車給他。（嘗試做某事）

例句 I **tried to improve** the results.
▶ 我試著讓結果更好。

例句 You should **try adding** more sugar in it.
▶ 你應該試試看加多一點糖進去。

補充小角落

相反地，後面接動名詞（V-ing）或不定詞（to V），意思維持不變的動詞有：attempt（試著）、cease（停止）、commence（開始）、continue（繼續）、dislike（討厭）、dread（害怕）、hate（憎恨）、intend（想）、like（喜歡）、love（喜歡）、neglect（忽略）、prefer（較喜歡）、stand（容忍）、start（開始）等等。

Key Point 135 介係詞接動名詞

1分鐘重點公式

○ ★ 所有介係詞後面都可以接動名詞（V-ing）當受詞
○ ★ 特別注意 to 當介係詞時，後面須加名詞或動名詞（V-ing）
○ 的常見片語（e.g. admit to, object to, see to, swear to,
○ be used to, be devoted to, be opposed to, apply
○ oneself to, devote oneself to, look forward to, with
○ regard to, when it comes to,... ）

文法深度解析

所有介係詞之後都可以接動名詞（**V-ing**）當受詞，但要特別注意「**to** 當介係詞」的情況。詳細說明如下：

1 介係詞後面須用動名詞（**V-ing**）而非不定詞（**to V**）：例如 **above**（不屬於）、**besides**（除了）、**by**（藉著）、

far from（絕不）、**for**（因為）、**in**（在⋯方面）、**near**（接近）、**on**（在⋯上）、**without**（沒有）等介係詞，後面都必須接名詞或是動名詞（**V-ing**）。

例句 He is far **from (being)** stupid.
▶他一點都不蠢。

例句 Alex has made the decision **without consulting** his wife.
▶艾力克斯沒有問過妻子就做了決定。

2 **to** 當介係詞時，後面要加名詞或動名詞（**V-ing**），而不加原形動詞：常見片語有 **admit to**（坦承）、**object to**（反對）、**see to**（照料）、**swear to**（誓言）、**be used to**（習慣）、**be devoted to**（致力於）、**be equal to**（勝任）、**apply oneself to**（致力於）、**devote oneself to**（致力於）、**look forward to**（期盼）、**with regard to**（關於）、**when it comes to**（當涉及／談到⋯）等等。

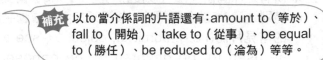
補充 以 to 當介係詞的片語還有：amount to（等於）、fall to（開始）、take to（從事）、be equal to（勝任）、be reduced to（淪為）等等。

例句 Constant practice is a **key to** mastering a language.
▶不斷練習是精通語言的一種秘訣。

例句 I **am used to** having a cup of coffee in the morning.
▶我習慣早晨來杯咖啡。

例句 Our hopes **were reduced to** zero .
▶我們的希望幻滅了。

例句 You should not **confine yourself to** short-term benefits.
▶你不應該侷限於短期的利益。

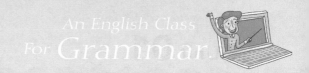

An English Class
For *Grammar*

Part *14*

動詞的小夥伴
——不定詞篇

不定詞由動詞演變而來,具有動詞的特性,也同時扮演著名詞、形容詞、副詞的角色;用法多樣,還是某些動詞的特定合作夥伴!

☑ **Unit 01 不定詞的真面目**
☑ **Unit 02 不定詞進階運用**

Unit 01

不定詞的真面目

136 不定詞的形式

1分鐘重點公式

- ★ VR 為「完全不及物動詞」：可接副詞或副詞片語
- ★ VR 為「不完全不及物動詞」：須接補語（單字或片語）
- ★ VR 為「完全及物動詞」：須接受詞（單字或片語）
- ★ 不定詞做主詞時，常以「片語」形式出現
- ★ 若動詞與 to 形成慣用語，則須接名詞或動名詞

文法深度解析

不定詞由 **to** 加上原形動詞（**VR**）組成，有下列三種形式：

1 當 **VR** 是「**完全不及物動詞**」時：後面可以接副詞或副詞片語。

例句 Employees are not allowed **to smoke here**.
▶員工禁止在此抽煙。

例句 He likes **to smoke in this room**.
▶他喜歡在這個房間抽煙。

2 當 **VR** 是「**不完全不及物動詞**」時：後面要接補語，此時的補語可為單字或片語。

例句 The teacher taught us **to be honest**.
▶老師教導我們要誠實。

例句 Remember **to be on time**.
　　▶記得要準時。

3 **當 VR 是「完全及物動詞」時**：後面必須接受詞，而受詞可以是單字，也可為片語。

例句 Citizens have the obligation **to obey the law**.
　　▶公民有義務要遵守法律。

例句 All the drivers need **to obey the rules of the road**.
　　▶所有駕駛都必須遵守道路規則。

4 不定詞（**to V**）作主詞時，往往會以上面三種結構呈現，而這些結構可稱為「不定詞片語」。

5 **to 不加原形動詞的情況**：有些動詞會與介係詞 to 形成慣用語，此時，後面便不接原形動詞，而要加名詞或動名詞。

> **補充** 要特別注意，to 後面不是只能接原形動詞喔！

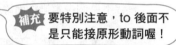

137 不定詞可作哪些詞性使用

1分鐘重點公式

- ★ 不定詞當名詞：可作主詞、受詞或補語
- ★ 不定詞當形容詞：❶ 放在名詞、代名詞、關係代名詞的後面 ❷ 不定詞說明被修飾名詞的內容，表「同位關係」 ❸ 結構 =「N + to V」或「介係詞 + 關係代名詞 + to V」
- ★ 不定詞當副詞：常用來表程度、目的、條件（可放句首或句中）、原因（搭配表達情緒的形容詞或動詞）

不定詞（**to V**）一般可作名詞、形容詞或副詞使用說明如下：

1 **不定詞當名詞**：可作主詞、及物動詞的受詞、介係詞的受詞，或是補語。

> **補充** 作主詞、受詞、補語的用法可詳見 p.299~306 Key Point 138~141

2 **不定詞當形容詞**：須放在名詞、代名詞或關係代名詞的後面。有以下四種主要用法：

1. 限定用法「N + to V」：將不定詞置於欲修飾的名詞之後，此時，名詞必為不定詞中動詞或介係詞的受詞。

例句 I'm not **a man to do** anything by halves.
   = I'm not a man who does anything by halves.
   ▶ 我不是個做事半途而廢的人。

2. 「主動不定詞」和「被動不定詞」皆可修飾名詞。但若句子主詞和不定詞主詞相同，則用主動語態。

> **補充** 主動與被動不定詞：預習 p.309 Key Point 143

例句 He has two houses **to let**.
   ▶ 他有兩間房子要出租。

3. 不定詞說明「被修飾名詞」的內容，名詞和不定詞之間表「同位關係」。

> **補充** 同位關係：即修飾、限定或說明關係的結構；詳見附錄 p.340

例句 The minister's **decision to resign** was to be expected.
   ▶ 部長決定辭職是意料中的事。

4. 關係代名詞作為不定詞內「介係詞的受詞」時，可代換成「介係詞 + 關係代名詞 + to V」，作形容詞片語用。

例句 They were looking for a hotel **to stay at**.
　　= They were looking for a hotel **at which to stay**.
　　▶他們正在尋找可以投宿的旅社。

3 **不定詞當副詞**：可表目的、結果、原因、理由、程度和條件，並可修飾形容詞以及全句句意。主要功能有：

1. 表「程度」：通常會配合「程度副詞」（如 too、enough、so 等字）使用，以下為三個重要片語：

① **too +** 形容詞 / 副詞 **+ to V = so...that + S + cannot + VR**（太…而不能…）。

例句 He is **too** short **to play** basketball.
　　= He is **so** short **that** he cannot play basketball.
　　▶他太矮，所以無法打籃球。

② 形容詞 / 副詞 **+ enough + to V = so...that** 子句（太…而…）。

例句 She studied hard **enough to pass** the exam.
　　= She studied **so** hard **that** she passed the exam.
　　▶她很用功，所以通過了考試。

③ **so +** 形容詞 / 副詞 **+ as to V = so...that** 子句（如此地…而得以…）。

例句 John is **so** strong **as to fight** with the criminals.
　　= John is **so** strong **that** he can fight with the criminals.
　　▶約翰非常強壯，他一個人就可以打擊那些罪犯。

2. 表「目的」：不定詞放在完全不及物動詞之後，以修飾動詞，以下為兩個重要片語：

① **in order to VR = so that...**（為了）

② **so as to VR = so that...**（為了）

例句 Henry studied abroad **in order to get** a better job in the future.
　　= Henry studied abroad **so as to get** a better job in the future.
　　= Henry studied abroad **so that** he can get a better job in the future.
　　▶亨利出國唸書，是為了將來可以找到一份更好的工作。

3. 表「條件」：可放句首或中，也可換成以 if 為主的「條件副詞子句」。

例句 **To join** the party, Annie dressed up carefully.
　　▶為了參加這場派對，安妮小心翼翼的打扮自己。

4. 表「原因或理由」：一般放在表達情緒的形容詞或動詞之後。

例句 He was **surprised to hear** the news.
　　▶他聽到這個消息很驚訝。

例句 She is **afraid to fail** the exam.
　　▶她擔心考試被當。

補充小角落

不定詞當形容詞時，有本單元提過的限定用法，也有「敘述用法」，就是將 to Ｕ 置於不完全不及物動詞後面，作主詞補語使用（詳見 p.303 Key Point 140），可以先記以下兩種常考形式：(1) be 動詞 + to Ｕ（可表預定或可能性）；(2) seem + to Ｕ（似乎），而此時的不定詞部分，也可以用 that 子句來表達。

不定詞當主詞

1分鐘重點公式

- ★ 不定詞當主詞：❶（For 人）To V + 單數動詞 ❷ It + 單數動詞（+ for 人）+ to V
- ★ 將不定詞視為「一項活動」，後接單數動詞
- ★ 不定詞的主詞「泛指一般人」時，可省略主詞
- ★ 不定詞片語可以用 it（虛主詞）來代替

文法深度解析

不定詞或不定詞片語作「主詞」時，用法如下：

1 最主要的原則，是必須視不定詞（**to V**）為「一項活動」（抽象名詞），所以主要動詞須為「單數」。

例句 **To read books** is fun for us.
▶看書對我們來說很有趣。

 補充 books 雖為複數，但主詞為「看書」這件事，所以後方仍要接單數動詞。

例句 **To love and to be loved** is the happiest thing in the world.
▶愛與被愛是世上最幸福的事。

2 不定詞的主詞（**for +** 主詞 **+ to V**）：要說明不定詞的主詞時，可在不定詞前面加「**for +** 主詞」。

例句 **For a student to pass** the exam takes hard work.
= It takes hard work **for a student to pass** the exam.
▶學生必須努力讀書考試才會及格。

3 省略不定詞的主詞：如果不定詞的主詞表示「泛指一般人」時，如 **we**（我們）、**people**（人們）、**everyone**（每個人）等，通常都會省略。

例句 **To see movies** is interesting (to us).
　　▶看電影很有趣。

4 不定詞片語可用虛主詞 **it** 來代替：此時，要把真正的主詞——不定詞片語，放補語或動詞之後。以下為常見的例子：

1. It's considerate of + sb. + to V（某人設想真週到）
　= sb. + be considerate + to V

例句 **It's considerate of** him **to drive** you home.
　　= He **is considerate to drive** you home.
　　▶他真體貼，會載你回家。

2. It's convenient for + N + to V（…是方便的）

例句 **It's convenient for** us **to live** next to a supermarket.
　　▶住在超市旁邊對我們而言很方便。

3. It's high time for + N + to V（該是…的時候）
　= It's high time that + S + should VR / V-pt

例句 **It's high time for** you **to leave**.
　　= **It's high time that** you (should) leave.
　　= **It's high time that** you left.
　　▶該是你離開的時候了。

5 一般而言，不定詞作主詞時，可以用動名詞（**V-ing**）替換。

例句 It's difficult **to live** on such a small salary.
　　= It's difficult **living** on such a small salary.
　　▶依賴如此微薄的薪水生活很困難。

139 不定詞當受詞

1分鐘重點公式

○ ★ 完全不及物動詞可以不定詞作為受詞
○ ★ 常見句型：❶ S + agree / decide + to VR = S + agree /
○　decide + that 子句（同意 / 決定）❷ S + can afford + to
○　V（有能力足以…）❸ S + want + O + to V（想要…做…）
○　❹ S + make it possible + to V（使…可能）❺ S + find
○　it + adj. + to V ❻ S + know better than + to V（不會笨
○　到…）

文法深度解析

不定詞（**to V**）可作完全及物動詞的受詞，此時，不定詞具「名詞」
性質。常見的句型各別說明如下：

1 句子結構主要為「**S + V + to V**」：

例句 I would **like to have** ice cream.
　　▶ 我想要點冰淇淋。

補充 would like/love 表達請求或提議，較 want 禮貌。

1 **S + agree / decide + to V**（同意 / 決定）
　 = S + agree / decide + that 子句

例句 I **decided not to participate** in the extracurricular
　　activities.
　　= I decided that I would not participate in the
　　　extracurricular activities.
　　▶ 我決定不參加課外活動了。

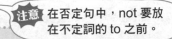
注意 在否定句中，not 要放在不定詞的 to 之前。

2 **S + can afford + to V**（有能力足以⋯）

例句 He **can afford to travel** around the world.
▶ 他有足夠的錢可以環遊世界。

例句 She **cannot afford to buy** a new car.
▶ 她沒有能力買新車。

3 **S + want + O + to V**（想要⋯做⋯）

例句 He **wants** you **to go** with me.
▶ 他要你陪我去。

4 **S + make it possible + to V**（使⋯可能）

例句 He **made it possible to complete** the task within a day.
▶ 他成功在一天之內完成那項任務。

5 **S + find it/sth. + adj. + to V**（認為某事是⋯的）

例句 Some people may **find it** hard **to refuse** invitations.
▶ 有些人覺得拒絕邀請是很困難的。

6 **S + know better than + to V**（不會笨到⋯）

例句 I **know better than to tell** the truth.
▶ 我不會笨到說實話。

補充小角落

可用於這些句型的其他動詞還有 expect（期望）、pretend（假裝）、refuse（拒絕）、hope（希望）、manage（設法）、promise（承諾）、guarantee（保證）、resolve（解決）、hesitate（猶豫）等字。

140 不定詞當主詞補語的用法

1分鐘重點公式

- ★ 若主詞為不定詞，補語也必須是不定詞
- ★ 不定詞當主詞補語時，常置於 seem/appear（似乎）、chance/happen（碰巧）、come/get（得以）、be said（據說）等字之後
- ★ be 動詞前面如果是 to V，後面也要是 to V
- ★ 其他常用句型還有：One's aim is to V、All one must do is (to) V、be going to V

文法深度解析

不定詞（**to V**）當「主詞補語」時，有下列八種主要的句型：

1 **To V + be + to V**（…就是…）：表對稱，即 **be** 動詞前後要一致前面為不定詞，後面也須為不定詞。。

例句 **To do good** is **to be happy**.
▶ 行善就是幸福。

2 **One's aim/goal/hope/idea + is + (for + NP) + to V**（某人的目標／希望／想法是…）：

補充 NP = Noun Phrase（名詞片語）

例句 **Her goal is to go** abroad for advanced studies.
▶ 她的目標是出國深造。

3 **S + be + to V**：表預定、打算、意圖、責任、命運、可能…

等意思。

例句 We **are to respect** our elders.
▶我們得尊敬長輩。（表責任）

4 **All one must do is + (to) V**（只要…就行了）：美式英文
中，常把 **to** 省略。

例句 **All he must do is (to) change** his strategies.
▶他只要改變他的策略就好了。

例句 **The only thing you ought to do is (to) change** your
proud attitude.
▶你只要改變你驕傲的態度就行了。

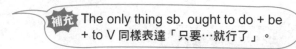
補充 The only thing sb. ought to do + be
+ to V 同樣表達「只要…就行了」。

5 **S + seem/appear/chance/happen + to V**（似乎；碰巧）

例句 I **chanced to meet** her last Sunday.
= It chanced that I met her last Sunday.
▶上星期天我碰巧遇到了她。

6 **S + be going + to V**（將要）

例句 Where **are** they **going to spend** their holidays?
▶他們要去哪裡度假？

7 **S + be said/rumored/reported/believed/estimated +
to V**（據說 / 據謠傳 / 據報導 / 據信 / 據統計）

補充 據信的句型：複習
p.168 Key Point 77

例句 **They were rumored to have betrayed** their own
country.

= It was rumored that they had betrayed their own country.
▶ 有謠傳說他們出賣了自己的國家。

8 S + come/get + to V（終於；達到）

例句 They **came to get** married.
▶ 他們終於結婚了。

Key Point 141 不定詞當受詞補語

1分鐘重點公式

○ ★ 不定詞（to V）當受詞補語，說明受詞的狀況或動作
○ ★ 常用句型：❶ S + consider/prove + O + (to be) + NP/
○ adj.（認為 / 證實）❷ S + know/discover + O + to be +
○ NP/adj.（知道 / 發現）❸ S + order + O + to V（要求…）
○ ❹ S + enable + O + to V（使…能夠）

文法深度解析

不定詞（**to V**）當「受詞補語」時，有下列四種用法：

1 S + consider/prove + O + (to be) + NP/adj.（認為 / 證實…）：

補充 NP = Noun Phrase
名詞子句

例句 Her experiment **proved** the theory **(to be)** accurate.
= Her experiment proved that the theory was accurate.
▶ 她的實驗證實這項理論正確無誤。

2 **S + know/discover + O + to be + NP/adj.**（知道 / 發現）：

例句 She **discovered** the boy **to be** her real son.
= She discovered that the boy was her real son.
▶她發現那男孩是她的親生兒子。

3 **S + order + O + to V**（要求…）

例句 The police officer **ordered** the man **to pull over** his car.
▶警察要求那個男人停車。

4 **S + enable + O + to V**（使…能夠）

例句 Money **enables** us **to do** a lot of things.
= Money makes it possible for us to do a lot of things.
▶金錢使我們能夠做許多事情。

5 **S + V + O + to V**：類似上面（**order** 與 **enable**）句構用法的例子還有：

例句 She **begged** us **to help** her.
= She begged that we would help her.
▶她懇求我們幫助她。

例句 Mom finally **got** my brother **to clean** his room.
▶媽媽終於成功讓我弟弟清理他的房間。

補充小角落

其他同上述用法的單字還有 assist（援助）、challenge（要求）、compel（強迫）、drive（逼迫）、get（使得）、induce（引誘）、invite（邀請）、lead（導致）、leave（把…交給）、press（逼迫）等字。

142 疑問詞加不定詞的用法

1分鐘重點公式

○ ★ 「疑問詞 + to V」是名詞子句「疑問詞 + 主詞 + can/
○ 　should + VR」的簡化，可作主詞、主詞補語、受詞
○ ★ 當主詞時：動詞必須用「單數」
○ ★ 當主詞補語：主詞一般為 The question/problem/issue
○ ★ 當受詞（最常見用法）：句型 ❶ S + Vt + wh- + to V；句
○ 　型 ❷ S + Vt + O + wh- + to V

文法深度解析

疑問詞後面接不定詞（**to V**），便形成「不定詞片語」，並且具
有「名詞」的性質，因此可作：

❶ **主詞**：和不定詞作主詞一樣，視作「第三稱單數名詞」，故
　主要動詞須用「單數」。

> 補充 **不定詞當主詞：複習 p.299**
> **Key Point 138**

例句 **Whether to go or not** depends on the weather.
　　= Whether we should go or not depends on the weather.
　　▶ 要視天氣狀況來決定去或不去。

❷ **主詞補語**：主詞一般為「問題」，例如 **the question**、**the**
　issue、**the problem** 等等。

例句 The issue is **how to appease** the dispute.
　　= The issue is how we can appease the dispute.
　　▶ 問題是，應該要如何平息這場爭執。

③ **受詞**：此種用法最常見，一般有下列兩種句型：

1. S + Vt + wh- + to V：

> **補充** 常用在此句型的動詞有 ask（問）、consider（考慮）、decide（決定）、discuss（討論）、explain（說明）、forget（忘記）、know（知道）、suggest（建議）、wonder（想知道）等。

例句 I don't know **how to solve** the tough problem.
= I don't know how I can solve the tough problem.
▶ 我不知道該如何解決這個辣手的問題。

2. S + Vt + O + wh- + to V：

> **補充** 常用在此句型的動詞有 advise（忠告）、ask（問）、inform（通知）、show（教）、teach（教）、tell（告訴）等。

例句 Please teach me **how to study** German.
= Please teach me how I can study German.
▶ 請教我如何學習德文。

補充小角落

還記得 Key Point 50（p.116），疑問詞分成哪幾種嗎？有以下七種：(1) what（什麼）：詢問事物 (2) who（誰）：詢問人 (3) where（哪裡）：問地點和場所 (4) when（何時）：詢問時間 (5) why（為什麼）：問原因或理由 (6) which（哪一個）：詢問特定範圍的某一對象 (7) how（如何）：詢問方式或情況。

Unit 02

不定詞進階運用

Key Point 143 不定詞的語態和時態

1分鐘重點公式

○ ★ 不定詞語態：主動語態（to V）、被動語態（to be V-p.p.）
○ ★ 不定詞的時態有：簡單式（to V）、進行式（to be V-ing）、
○ 完成式（to have V-p.p.）、完成進行式（to have been
○ V-ing）
○ ★ 注意：❶ 句中主要動詞和不定詞發生時間一致，用簡單式
○ 不定詞 ❷ 不定詞發生在主要動詞之後，用簡單式不定詞
○ ❸ 不定詞發生時間比主要動詞早，用完成式不定詞

文法深度解析

不定詞（**to V**）和動詞一樣，有時式與時態的分別，詳細用法如下：

> **補充** 動詞的時態與時式：複習
> p.196~233 Part 10

❶ 不定詞「語態」和動詞一樣，可分為：

1. 主動語態（to V）：

例句 There is nothing **to do**.
　　▶ 不能做任何事。

2. 被動語態（to be V-p.p.）：

例句 There is nothing **to be done**.
　　▶ 什麼事都不能（被）做。

2 不定詞「時態」也和動詞一樣，可分為：

1. 簡單式（to V）：

例句 He doesn't want **to be seen**.
▶他不想被別人看到。

2. 簡單進行式（to be V-ing）：

例句 She has got **to be working** at this moment.
▶她現在肯定是在工作。

3. 完成式（to have V-p.p.）：

例句 By next month, I want **to have completed** my novel.
▶到下個月之前，我想要完成我的小說。

4. 完成進行式（to have been V-ing）：

例句 She pretended **to have been reading** all day.
▶她假裝她一整天都在閱讀。

3 碰到以下情況，要注意不定詞的「時態」：

1. 句中主要動詞和不定詞發生時間一致時，要用「簡單式不定詞」。

例句 I happened **to meet** him yesterday.
= It happened that I met him yesterday.
▶我昨天碰巧遇到他。

2. 不定詞的動作發生在主要動詞之後，要用「簡單式不定詞」。

例句 She promises **to help** you.
= She promises that she will help you.
▶她答應會幫助你。

3. 不定詞發生時間比句中主要動詞早，則用「完成式不定詞」。

例句 He hoped **to have informed** you of the good news.
= He had hoped to inform you of the good news.
▶他本來希望可以告知你那好消息。（但實際上沒有通知）

Key Point 144 獨立不定詞

1分鐘重點公式

○ ★ 獨立不定詞 = 不定詞可獨立存在的用法
○ ★ 與句子其他部分無文法上的關係
○ ★ 可視獨立不定詞為慣用語
○ ★ 通常位置可放句首、句中或句尾，並以逗號隔開前、後句
○   子，用以修飾全句

專有名詞參照 獨立不定詞（附錄 p.346）

文法深度解析

「獨立不定詞」功能為修飾句子的內容，常與前、後的句子以逗號隔開。有以下三種主要用法：

1 放「句首」：例如 **To be frank with you**（老實跟你說）、**To begin with**（首先）、**To be brief/short**（簡而言之）、**To be honest**（坦白說）、**To tell the truth**（老實說）、**To judge by one's appearance**（由某人的外表來判斷）等等。

> **補充** 其他還有 To do one justice（對⋯公平而論）、To sum up（總而言之）、To make/cut a long story short（長話短說）、To make matters worse（更糟的是）等。

例句 **To be short**, mind your own business.
▶ 簡而言之，你少管閒事。

2 放「句中」：常見例子有 **to be sure**（的確）、**so to speak**（可以說）等等。

Your idea is good, **to be sure**, but it is hard to practice.
▶ 你的主意的確不錯，可是難於實行。

3 放「句尾」：常見例子有 **to say nothing of...**（更不用說）、**not to mention...**（更不用說）、**not to speak of...**（更不用說）等等。

例句 He is a first-rate player, **not to say** a top one.
▶ 他是一流的球員，更不用說是最頂尖的。

Key Point 145 長話短說的代不定詞

1分鐘重點公式

○ ★ 代不定詞：不定詞（to V）的動作已在前文提及，可省略
○ to 後面的原形動詞，僅以 to 作代表
○ ★ 使用時機：避免反覆使用同一個動詞
○ ★ 代不定詞可置於及物動詞之後或是片語之後
○ ★ 否定形 = not to

文法深度解析

為避免反覆使用同一個動詞，可用不定詞（**to V**）的 **to** 來取代先前出現的動詞或動詞片語，此即「代不定詞」的用法，使用說明如下：

1 放「及物動詞」之後：常放 **agree**（同意）、**endeavor**（努力）、**fear**（害怕）、**fail**（失敗）、**forget**（忘記）、**hate**（討厭）、**have**（必須）、**intend**（打算）、**refuse**（拒絕）、**try**（試圖）、**want**（想要）等字之後。

例句 I meant to have written to you, but I **forgot to**.
> 我本打算寫信給你，但是我忘了。（to 代替 write to you）

2 放「片語」之後：可放 **be able to**（能夠）、**be about to**（即將）、**be going to**（將要）、**be apt to**（易於）、**be reluctant to**（不願）、**be willing to**（願意）、**ought to**（應該）、**used to**（過去經常）等片語後面。

例句 She cannot speak English, but I **am able to**.
> 她不會說英語，但是我會。（to 代替 speak English）

3 代不定詞的「否定形」為「not to」：

例句 I told him to complete it in time, but he chose **not to**.
> 我早就叫他準時完成，但他卻選擇不要。

146 當不定詞的 to 不用出場

1分鐘重點公式

- ★ 不帶 to 的不定詞 = 原形不定詞 = 原形動詞
- ★ S + 感官動詞 + O + 原形不定詞
- ★ S + 使役動詞 + O + 原形不定詞
- ★ 搭配其他動詞或片語的情況：❶ help + 原形不定詞 ❷ 置於 make believe（假裝）、let go（放掉）等片語之後 ❸ 含助動詞的慣用語 + 原形不定詞

文法深度解析

我們常說的「不定詞」是指「**to V**」，然而，另有一種「不帶 **to**

的不定詞」，稱為「原形不定詞」（即原形動詞），用法如下：

1 **S + 感官動詞 + O + 原形不定詞**：常見的感官動詞例如 **behold**（看到）、**feel**（感覺）、**hear**（聽到）、**listen to**（聆聽）、**look at**（注視）、**notice**（注意到）、**observe**（注意觀察到）、**perceive**（看見）、**see**（看見）、**watch**（注視）等字。

例句 I **have** never **known** her **lose** her temper.
= I never **knew** her **lose** her temper.
▶ 我從未見過她發脾氣。

2 **S + 使役動詞 + O + 原形不定詞**：常見使役動詞例如 **have**（使）、**make**（使）、**let**（讓）、**bid**（吩咐）、**help**（幫助）等字。

例句 She **let** us **use** her car.
▶ 她讓我們用她的車子。

例句 He **helped** us **move** the car.
▶ 他幫我們移動那輛車子。

3 搭配以下動詞或片語時，要用原形不定詞：

1. **help + 原形不定詞 / 不定詞**：help 後面可加不定詞（to V），也可加原形不定詞（VR），兩者意思相同。

2. **片語 + 原形不定詞**：片語可以是 make believe（假裝）、make do（過得去）、let fall（丟下）、let go（放掉）、let slide（放開）、let slip（錯過）等等。

3. **含助動詞的慣用語 + 原形不定詞**：像是 cannot but（不得不）、cannot help but（不得不）、do nothing but（只是）、had best（最好）、had better（不妨）、may as well（不妨）、may well（大可）、would rather...than（寧

願…也不願）、**might as well...as**（與其…不如）。

例句 You **had best** work hard from now on.
▶你最好從現在起努力用功。

Key Point
147 誰可以修飾不定詞？

1分鐘重點公式

- ★ 可用副詞修飾不定詞：❶ 副詞 + to V ❷ to V + 副詞 ❸
  to + 副詞 + VR
- ★ 副詞 + to V：副詞常為 not、never、always 等字
- ★ to V + 狀態副詞（e.g. fast, slowly, well, late,...）
- ★「to + 副詞 + VR」（分裂不定詞）：該副詞是專門修飾
  原形動詞動作的

文法深度解析

可依照副詞修飾動詞的原則，以副詞來修飾不定詞，用法有：

1 **副詞 + to V**：常搭配的副詞有 **not**、**never**、**only**、**just**、
merely、**simply**、**even**、**always** 等字。

例句 He pretended **not to see** the principal.
▶他假裝沒看見校長。

2 **to V + 副詞**：此類的副詞大多屬修飾動詞狀態的「狀態副
詞」，例如 **fast**（快）、**slowly**（慢）、**well**（好地）、
late（遲到地）等字。

例句 She decided **to study abroad**.
▶她決定到國外讀書。

3 **to + 副詞 + VR**：在 **to** 和 **VR** 之間置入一個副詞，特別指明副詞是專門修飾動作的，稱之為「分裂不定詞」。

例句 I expect you **to seriously consider** this matter.
▶ 我希望你認真考慮這件事。

1分鐘重點公式

○ ★ 不定詞通常無受詞，後面若接名詞，其結構通常為「to V
○ ＋介係詞＋名詞」
○ ★ 若將 to V 放名詞之後作修飾，則須保留原介係詞
○ ★ to V + 人稱代名詞：表主詞身分時用「主格」，表受詞身
○ 分時用「受格」

文法深度解析

1 原則上，由「不及物動詞」形成的不定詞，並無受詞。若要加受詞，則須保留不及物動詞後面原本的介係詞。

例句 He is a man easy **to get along with**.
▶ 他是個很好相處的人。（with 的受詞為 man）

2 **to V +** 人稱代名詞：表主詞時人稱代名詞必須用「主格」，表受詞時用「受格」。

例句 Tom was believed **to be I**.
▶ 湯姆被認為是我。（to be I 作主詞 Tom 的補語）

例句 He believes you **to be me**.
▶ 他認為你就是我。（to be me 作受詞 you 的補語）

An English Class For Grammar.

Part 15

修飾再修飾
——子句篇

你是否也注意到，句子裡竟還有句子？這些具備句子基本要素的**「子句」**，扮演多種角色，能使句子更加簡潔達意！

Unit 01

子句基本知識

1分鐘重點公式

- ★ 子句 = 有主詞及動詞，依附在句子當中的句子
- ★ 分為「獨立子句」和「從屬子句」
- ★ 獨立子句：可單獨存在；若與其他獨立子句並列，需用分號或對等連接詞連接
- ★ 從屬子句：只作名詞、副詞或形容詞用；故又分為名詞子句、副詞子句、形容詞子句

專有名詞參照 複合句（附錄 p.350）

文法深度解析

簡單來說，子句就是一個大句子裡所含的小句子，它具有句子的基本規模（有主詞及動詞），但因為它只是整個句子中的一小部分，因此稱為「子句」。有以下兩種分類：

1 **獨立子句**：可單獨存在、使用；如果要與其他獨立子句並列，須用分號隔開，或用對等連接詞（**and, but, or, nor, for, yet, so,...**）連接，形成複合句。

例句 **I wanted to join them**, but **I was too late**.
▶ 我想要加入他們，但太遲了。（用 but 連接兩個獨立子句）

2 **從屬子句**：雖有「主詞 **+** 動詞」的結構，卻不能單獨存在，必須是主要子句的一部份，故只作名詞、副詞或形容詞用。

1. 名詞子句：由 **that**、**whether**、**if**、疑問詞或代名詞引導的子句，作「名詞」用，可當句子的主詞、受詞或補語。

> 補充 名詞子句：預習 p.320~323
> Key Point 150~151

例句 **What he did yesterday** made me angry.
> ▶ 他昨天做的事使我很生氣。（名詞子句為主詞）

例句 I know **that English is important**.
> ▶ 我知道英文很重要。（名詞子句作受詞）

例句 The most important thing is **that you've done your best**.
> ▶ 最重要的事情是你已經盡力了。（名詞子句當主詞補語）

2. 副詞子句：由各種副詞連接詞引導的子句，故當副詞用，一般放在句首（後面要加逗點）或句尾。

> 補充 副詞子句：預習 p.324
> Key Point 152

例句 I went to bed early **because I was really tired**.
> ▶ 我很早去睡因為我真的很累。（副詞子句表原因）

3. 形容詞子句：由 **who**、**which**、**that** 等關係代名詞，或 **when**、**where**、**why**、**how** 等關係副詞所引導的子句；當形容詞用，修飾前面的名詞。

> 補充 形容詞子句：預習 p.328~337
> Key Point 153~157

例句 I like the girl **who often smiles and helps others**.
> ▶ 我喜歡那個經常微笑並且幫助他人的女孩。

Unit 02

名詞子句

that 引導的名詞子句

1分鐘重點公式

- ★ that 可以當句子的主詞、受詞、補語
- ★ 當主詞和補語時不可省略 that，當受詞時則可省略
- ★ 當主詞或受詞時，可用 it 代替，此時不可省略 that
- ★ 注意：不常直接當主詞，且不可直接放在介係詞後當受詞
  → 須寫成 the idea/fact + that + S + V...

專有名詞參照 同位語（附錄 p.340）

文法深度解析

that 可以當句子的主詞、受詞或補語。詳細用法如下：

1 當「主詞」時：**that** 不可省略。

例句 **That he helped me** surprised me a little.
  ▶ 他來幫助我，使我有些驚訝。

2 當「受詞」時：**that** 可以省略。

例句 I know **(that) you've done your best**.
  ▶ 我知道你已經盡力。（that you've done your best 當受詞）

例句 I am glad **(that) you are here with us**.
  ▶ 我很高興你與我們同在。

3 當「補語」時：**that** 不可省略。

例句 The best thing is **that we have become friends**!
▶最棒的是我們變朋友了！（that 子句為 the best thing 的補語）

例句 The problem is **that we don't have much time**.
▶問題是，我們的時間不多了。（that 子句為 The problem 的補語）

4 **that** 引導的名詞子句當主詞或受詞時：也可以用 **it** 代替，此時 **that** 不可省略。

例句 **It** surprised me a little **that he helped me**.
▶他幫助我，使我有些驚訝。（it 指的是主詞 that he helped me）

例句 I find **it** strange **that she hasn't arrived yet**.
▶她還沒到，我覺得很怪。（it 指的是受詞 that she hasn't arrived yet）

例句 Most children take **it** for granted **that their parents should always be around**.
▶大多數小孩把父母在身邊視為理所當然。（it 指的是受詞 that their parents should always be around）

5 **that** 子句不常直接當主詞，也不可直接放在介係詞後當受詞：此時，可在 **that** 前面加上 **the idea / news / belief / suggestion / possibility / opinion / fact** 等字，將 **that** 引導的名詞子句視為這些字的「同位語」。

例句 **The fact that** he helped me surprised me a little.
▶他幫助我，使我有些驚訝。

例句 You should pay attention to **the fact that** he was absent that day.
▶你該注意到他當天不在場。

例句 I was aware **that** she was staring at me.
= I was aware of **the fact that** she was staring at me.
▶我察覺到她正瞪著我看。

例句 In spite of **the fact that** it is cold, I will go swimming in the lake.

▶儘管天氣很冷，我還是要去湖裡游泳。

if 和 whether 引導的名詞子句

1 分鐘重點公式

○ ★ if 和 whether 引導的名詞子句，可譯為「是否」
○ ★ 可當句子的主詞、受詞、補語
○ ★ whether 放句首時，不可用 if 代替
○ ★ 介係詞後面的「是否」，只能用 whether
○ ★ 簡化 if/whether 子句，可寫成 whether to V

文法深度解析

if 和 **whether** 引導的名詞子句，譯為「是否…」，詳細用法如下：

1 可當句子的主詞、受詞或補語：

1. 當「主詞」時：

例句 **Whether God exists (or not)** is an important question for many people.

▶上帝存不存在對許多人來說是個很重要的問題。

2. 當「受詞」時：

例句 Many people wonder **whether God exists (or not)**.

▶許多人都在思考上帝到底存不存在。

3. 當「補語」時：

例句 The big question is **whether God exists (or not)**.

▶最大的問題是，上帝存不存在。

2 **if/whether** 引導的名詞子句，可以當作「**yes/no** 疑問句」的間接問句，不需要倒裝。

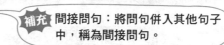

補充　間接問句：將問句併入其他句子中，稱為間接問句。

例句 Does God exist?
　　▶上帝存在嗎？（改為間接問句寫成 whether God exists (or not)）

3 使用時，要注意以下幾個重點：

1. whether 引導的子句在句首時，不可用 if 代替。

例句 **Whether** God exists is an important question.
　　▶上帝存不存在，是個重要的問題。

2. 當受詞時，若將 whether/if 的子句提前、置於句首，也不可用 if 開頭。

例句 I am not sure **if/whether God exists**.
　　= **Whether** God exists I am not sure.
　　▶我不確定上帝是否存在。

3. 介係詞後面的「是否」，只能用 whether。

例句 We don't need to worry about **whether** God exists or not.
　　▶我們不需要擔心上帝是否存在的問題。

4. if/whether 的子句若簡化，可以寫成「whether to V」，不可用「if to V」。

例句 I am not sure **if/whether I should go or not**.
　　= I am not sure **whether to go or not**.
　　▶我不確定要不要過去。（不可寫成 if to go or not.）

Unit 03

副詞子句

1 分鐘重點公式

○ ★ 副詞子句可表：❶ 時間（由表時間先後的詞引導）❷ 原
○ 因（由表原因的詞引導；so 與 because 不可連用）❸ 結
○ 果（so...that...）❹ 目的（常由 so that、in order that 等
○ 引導）❺ 條件（譯為「如果…」；常以 if、in case、as
○ long as 等開頭）❻ 讓步（譯為「雖然…」或「無論…」；
○ 以 although/though、whether…or not、no matter + 疑
○ 問詞 引導）❼ 對比（由 while 或 whereas 引導）

文法深度解析

副詞子句可用來表示以下八種情況：

1 表「**時間**」：由 **when**、**before**、**after**、**as soon as**…等，
與時間先後相關的連接詞所引導。

1. 若要表達未來式，需以「現在式」代替。

例句 **When he visits me tomorrow**, I will discuss the issue
with him.

▶ 他明天來訪時，我會與他討論此議題。

**2. when 與 while（當…）：動作延續較長時間用 while，動作
發生時間較短則用 when。**

例句 **When** my mother came home, I was watching TV.
= **While** I was watching TV, my mother came home.
▶ 我看電視時，媽媽回家了。（看電視要花較長時間，回家則是短時間的動作）

2 表「原因」：譯為「因為…」或「既然…」，由 **because**、**as**、**since**、**now that**…等，表原因的字來引導子句。

1. 附屬於主要子句時，主要子句不可再用 so。

例句 **Because** it is hot, many people go to the beach.
= It is hot, **so** many people go to the beach.
▶ 因為天氣熱，所以很多人去海邊。

2. 若要說「因為 + N」，可寫成 Because of / Due to / Owing to / Thanks to / As a result of + N。

例句 **Because of** the rain, we will not go out for now.
▶ 因為這場雨，所以我們暫時不出去。

例句 **Because** it is raining, we will not go out for now.
▶ 因為正在下雨，所以我們暫時不出去。

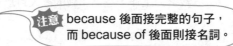
注意 because 後面接完整的句子，而 because of 後面則接名詞。

3 表「結果」：譯為「如此…以致於…」，常見句型有：

1. so + adj./adv. + that...

例句 He spoke **so loudly that** everyone could hear him.
▶ 他說得如此大聲以致於大家都聽得見他。

2. such a adj. + N = so adj. (+ a N) that...

例句 She is **such a smart student** that she can answer all the difficult questions.
= She is **so smart (a student) that** she can answer all the difficult questions.
= The student is **so smart that** she can answer all the

difficult questions.

▶這個學生聰明到可以回答全部的困難問題。

3. such + adj. + 複數或不可數名詞

例句 Those were **such beautiful flowers** that everyone stopped to take pictures.

= Those flowers were so beautiful that everyone stopped to take pictures.

▶那些花是如此美麗，以致於大家都停下來拍照。

4. so + much/many/little/few + N + that...

例句 We have **so little time that** we have to hurry.

▶我們的時間如此地少以致於我們必須趕快。

⑤ 表「**目的**」：一般不放在句首，有以下常見句型：

1. so that... / in order that...（為了⋯）：表肯定語氣。

例句 I work hard **so that** / **in order that** my family may live a better life.

▶我努力工作，是為了我的家人可以過好一點的生活。

2. lest... / for fear that...（以免⋯）：表否定語氣。

例句 He brought an umbrella **lest** it should rain

= He brought an umbrella **for fear that** it might rain.

▶他帶了雨傘以免天氣下雨。

> **注意** lest 子句裡，用 should 表示「萬一」；而 for fear that 的子句裡，則常搭配 may/might 來表示「可能」。

⑥ 表「**條件**」：譯為「如果⋯」，常以 **if**、**in case**、**as long as**、**once**、**on condition that**、**providing/provided that**、**suppose/supposing that**⋯等字開頭。

1. 條件句若表示未來時間，須以「現在式」代替。

例句 As long as you **don't break** the rules, you don't need to worry about punishment.

▶只要你不違規，就不用擔心被處罰。

2. Where..., there be...（有…（的地方），就有…）

例句 **Where** there is a will, **there is** a way.

▶有意志的地方，就有方法。（有志者事竟成）

7 表「讓步」：以 **although / though**（雖然）、**even if / even though**（即使；儘管）、**whether**⋯**or**⋯（是…或是…）、**no matter +** 疑問詞 **/** 疑問詞 **-ever**（不論…）等字詞引導。

1. Although/Though 的子句附屬於主要子句，在主要子句前不可加 but。

例句 **Although** it is cold, he still goes swimming every morning.

▶雖然天氣很冷，他仍然每天早上去游泳。（不可寫成 but he still...）

2. Although/Though 的子句可以替代成「adj. / adv. / N + as/though + S + V」。

例句 **Although** he is young, he is very wise.

= **Young as he is**, he is very wise.

▶雖然他很年輕，但他很有智慧。

8 表「對比」：由 **while** 或 **whereas** 引導的子句；在句首譯為「雖然」，在句中可譯為「而…」或「但是…」。

例句 **While/Whereas** some students liked the joke, others thought it was very crude.

▶有些學生喜歡這個笑話，而另一些學生則認為那很低俗。

補充 while/whereas 有時文意接近 but，但更強調前後兩句的比較。

形容詞子句與關係詞

1分鐘重點公式

- ★ 關係詞含關係代名詞 / 副詞 / 形容詞與複合關係代名詞
- ★ 關係代名詞（簡稱「關代」）：具「代名詞 + 連接詞」作用（e.g. who, whom, whose, which, that）
- ★ 關係副詞：多可替換為「介係詞 + which」
- ★ 關係形容詞：具「形容詞 + 連接詞」作用
- ★ 複合關係代名詞：具「先行詞 + 代名詞 + 連接詞」作用

文法深度解析

「關係詞」一般用來引導形容詞子句，修飾前面的「名詞」或「代名詞」，而在關係詞前面的名詞或代名詞一般被稱作「先行詞」。大致可分以下五類關係詞：

1 **關係代名詞**：具有「代名詞 **+** 連接詞」作用的字，例如 **who**、**whom**、**whose**、**which**、**that**、**what**、**but**、**as**、**than**。

> **注意** but、as、than 又稱為「準關係代名詞」，詳見本單元後面的補充小角落。

例句 I know the man **whose** only son is a distinguished physicist.
▶ 我認識那位先生，他的獨生子是位傑出的物理學家。

例句 There is no man **but** errs.
▶ 人人都會犯錯。

2 **關係副詞**：多可替換為「介係詞 + **which**」；具有「副詞 + 連接詞」的作用，例如 **when**、**why**、**how**、**where**。

例句 The cafeteria **where** we ate lunch yesterday is not bad.
= The cafeteria **at which** we ate lunch yesterday is not bad.
▶ 昨天我們午餐吃的那家自助餐廳還不錯。

3 **關係形容詞**：具有「形容詞 + 連接詞」的作用，可引導關係子句，且能修飾其後的名詞，例如 **what**、**which**、**whichever**、**whatever**。

例句 He's studying English, **which** subject is important today.
▶ 他正在讀英文，該科目在今日是很重要的。

例句 He stood up, at **which** point something dropped onto the floor.
▶ 他站起身，在那時間點，有東西掉到地板上。

4 **複合關係代名詞**：具有「先行詞 + 代名詞 + 連接詞」的作用，常由關係代名詞 **who**、**whom**、**whose**、**which** 於字尾加 **-ever** 形成，例如 **what**、**whoever**、**whomever**、**whosever**、**whichever**、**whatever**。

例句 **Whatever** is worth doing is worth doing well.
▶ 凡是值得做的事就值得做好。（Whatever 相當於 Anything that）

例句 **Whomever** he talked to must have known the secret.
▶ 跟他講過話的人一定都知道那個秘密。（Whomever 相當於 Anyone who）

補充小角落

as、but、than 原為連接詞，當被拿來作關係代名詞，便稱為「準關係代名詞」。as常搭配句型「the same as...」（與…相同）；but 含有否定意味，常見句型為「there is no...but」（沒有…不…）；而 than 則用於比較級的句子中。

154 關係代名詞用法

1分鐘重點公式

○ ★ 在先行詞為「人」的形容詞子句中，關係代名詞為主詞時
○　用 who，為受詞時用 whom（可能省略），為所有格時則
○　用 whose
○ ★ 若先行詞不是人，則其子句內的關係代名詞須用 which（主
○　/ 受格）或 whose N、the N of which

文法深度解析

一般而言，**who** 與 **whom** 的先行詞皆為「人」，用法如下：

1 who 用於「主格」：**sb., who + V...**。

例句 The passengers, **who** were seriously injured, died soon.
　▶那些旅客因為受重傷，不久後就死了。

例句 The lady **who** wears a red overcoat looks fairly elegant.
　▶穿紅色大衣的小姐看起來相當高雅。（限定用法）

補充 限定與非限定用法：預習
p.333 Key Point 155

1 **whom** 用於「受格」：除非位在介係詞或逗點之後，否則當受詞用的 **whom** 是可以省略的；用法有「介係詞 **+ whom**」和「**one of whom**」。

例句 The man **whom** we met just now is his father.
▶剛才我們遇見的男人是他父親。（限定用法，作 met 的受詞）

例句 He is the man from **whom** I borrowed the novel.
▶他就是我向他借那本小說的男人。

3 用 **who** 及 **whom** 時，須注意：

1. 「介係詞 **+ whom**」的介係詞可放 **whom** 的子句最後。

例句 It is the pool (**that**) I learned how to swim **in**.
▶那是那個我之前學游泳的池子。

2. 「sb., one/two/any/each/both/none/some/many/ most + of whom」（…當中有…）

例句 My sisters are intelligent, **both of whom** are doctors.
▶我的姐姐們很聰明，兩個都是醫生。

3. **whose** 用於所有格，寫成「**whose +** 名詞」。

例句 He is the writer **whose** books sell well.
▶他就是那位暢銷作家。

而 **which** 的先行詞則是「物」或「動物」，其所有格可以用 **whose** 或 **of which**，用法如下：

1 **which** 用於「主格」時：要特別注意物或動物之後加「**, which**」的「非限定用法」。

例句 She raises a puppy **which** barks a lot.
▶她養了一隻很愛吠的小狗。（限定用法）

例句 He lent her one million dollars, **which** is a big sum.
▶他借她一佰萬元，那是筆很大的數目。（非限定用法）

2 **which** 用於「受格」時：此時，結構為「介係詞 **+ which**」或「**one of which**」。

例句 He rears a dog and a cat, **neither of which** is big.
▶他養了一隻狗和一隻貓，牠們體型都不大。

例句 It's the money **with which** I bought the house.
▶這些就是我用來買房子的錢。

例句 She can speak five languages, **among which** English is best.
▶她能說五種語言，其中英語講得最好。

3 先行詞為「職稱 **+ which**」時：**which** 表職業、地位或性格；若為「動物 **+ who**」，則 **who** 表擬人化。

例句 There came a wolf, **who** said, "I'm the king of all beasts."
▶然後來了一隻狼，牠說：「我是百獸之王。」

4 形容詞 **+ which**：**which** 指前面的「形容詞」的意思。

例句 She looks arrogant, **which** she is not.
▶雖然她看起來很自大，但事實上並不會（很自大）。

5 「集合名詞（表集體）**+ which**」**vs.**「集合名詞（表個體）**+ who**」：

例句 The committee **which** is composed of ten members is not a big one.
▶這個由十個會員組成的委員會並不大。（committee 指集體—委員會）

例句 The committee **who** agreed to the project would talk it over again.
▶贊成該計畫的委員將再討論一次。（committee 指個體—委員）

6 **whose** 用於「所有格」：也可以用「**the +** 名詞 **+ of which**」或「**of which + the +** 名詞」表示。

例句 She raises a dog **whose** hair is long.
= She raises a dog **the hair of which** is long.
= She raises a dog **of which the hair** is long.
▶ 她養了一隻長毛犬。

 一眼記表格

人、事、物與關係代名詞的搭配如下表：

先行詞	關代格（主格）	關代格（受格）	關代格（所有格）
人	who	whom	whose
事或物	which	which	whose / of which
人或事物	that	that	whose / 無所有格

Key Point 155 關代的限定和非限定用法

1分鐘重點公式

★ 可以追問先行詞是「哪一個」時，用限定用法 → 先行詞之後加逗號
★ 不需追問先行詞是「哪一個」時，用非限定用法 → 先行詞之後不需加逗號
★ 若先行詞為世上「獨一無二」的人 / 物，必用非限定

文法深度解析

1 「非限定用法」表達了先行詞的「獨一無二」，故不需再限定指某人／事／物，且先行詞後面要加逗號。

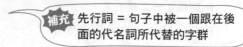

補充 先行詞 = 句子中被一個跟在後面的代名詞所代替的字群

2 「限定用法」則需加以限定所指稱特定的人／事／物，但先行詞後面不需加逗號。

3 試比較下面兩個限定與非限定用法的句子：

例句 My brother, **who** can jump very high, is a basketball player.

▶我弟弟可以跳很高，他是一位籃球選手。（非限定用法；指「只有一個弟弟」）

例句 My brother **who** can jump very high is a basketball player.

▶我那個可以跳很高的弟弟是一位籃球選手。（限定用法；指「有很多弟弟」，且是「那一個跳很高的弟弟」）

4 若先行詞為世上「獨一無二」的人／物，則必須使用「非限定用法」，例如 **father**（父親）、**mother**（母親）、**principal**（校長）、**president**（校長；總統）、**king**（國王）、**premier**（首相）等字。

例句 The terrorists attempted to assassinate the president, **who** escaped safely.

▶那些恐怖分子企圖暗殺總統，但是他安全逃走了。（who = but he）

156 什麼時候不需要用關係詞?

1分鐘重點公式

★ 可省略關係代名詞的情況:**❶** 當受詞(限定用法中可省略;
介係詞放在關代前,寫成「介係詞 + whom/which」) **❷**
在形容詞子句裡有 one knows/believes/thinks/says 等插
入語 **❸** 主詞補語後的關代 **❹** 慣用說法(e.g. that there
is... 的 that 可省略)

文法深度解析

關係詞在下列幾種情況下可以被省略:

1 關係代名詞作子句內「及物動詞或介係詞的受詞」時,在限
定法中可以被省略;但介係詞若放在關係代名詞之前,寫
成「介係詞 **+ whom**」或「介係詞 **+ which**」的形式,必
不能省略介係詞。

例句 On my way home I encountered an old friend **(whom)** I
hadn't seen for years.
▶ 在回家的途中,我和好幾年沒見面的老友不期而遇。(whom 作
hadn't seen 的受詞,可省略)

2 「**S + believe/know/say/think**」句子前面的關係代名詞,
不論主、受格都可以被省略。

例句 You are the man **(who) I believe** can beat him.
▶ 你是我認為能擊敗他的人。(who 可省略)

3 「主詞補語後的關係代名詞」可以被省略。

例句 That is the restaurant **(which)** I recommended to you the other day.

▶那間餐廳就是前幾天我推薦給你的那間。

4 「**that there is...**」作形容詞子句：關代 **that** 可省略。

例句 He is the oldest man **(that) there is** in this country.

▶他是這個國家最長壽的人。（that 可省略）

5 **the time (when)**、**the way (what)**、**the place (where)**、**the reason (why)**：關係副詞一般可省略。

例句 Do you know **the time (when)** the accident happened?

▶你知道這起事故發生的時間嗎？（when 可省略）

Key Point 157 如何簡化形容詞子句

1分鐘重點公式

○ ★ 形容詞子句的簡化：當主詞的關係代名詞可省略，其後的
○   動詞改為 V-ing（表主動，若為 being 則省略）、或 V-p.
○   p.（表被動）
○ ★ 形容詞子句簡化後只剩一個字，則拿到修飾的名詞之前
  ★ 若為限定用法，則不移到主詞前面

文法深度解析

想要簡化形容詞子句，有以下幾種方式：

1 **形容詞子句的動詞為主動時**：先省略當主詞的關係代名詞，再將主動動詞改為 **V-ing**（現在分詞片語作形容詞）。

例句 The men **who wear** black suits work in the gift shop.
= The men **wearing** black suits work in the gift shop.
▶穿黑西裝的男子們在禮品店工作。

2 **形容詞子句的動詞為被動時**：先省略當主詞的關係代名詞，再將被動動詞改成 **V-p.p.**（過去分詞片語當形容詞）。

例句 Many victims **who were injured** in the earthquake are still hospitalized.
= Many victims **injured** in the earthquake are still hospitalized.
▶許多在地震中受傷的受害者仍在住院了。

3 **形容詞子句的動詞為 be 動詞時**：省略當主詞的關係代名詞，將主動動詞改為 **being**，且可省略 **being**。

例句 The bucket **which was full of water** was very heavy.
= The bucket (being) **full of water** was very heavy.
▶裝滿水的那個水桶很重。（先省略 which、動詞改 being 後可省略）

4 簡化時，要特別注意以下兩個重點：

1. 形容詞子句簡化後只剩一個字時，須拿到修飾的名詞之前。

例句 The **man who was crying** drew much attention.
= The **crying man** drew much attention.
▶在哭的男子吸引了很多人注意。

2. 若屬限定用法的話，則不移到主詞前面：

例句 **The questions which are being discussed** are serious issues.
= **The questions discussed** are serious issues.
▶正在被討論的問題是嚴肅的議題。

補充 形容詞子句的限定用法：複習 p.333 Key Point 155

附錄 Appendix

—— 專有名詞小字典 ——

名詞 Nouns

中英文	定義	舉例 / 使用重點	章節說明對照
專有名詞 Proper Nouns	「特定」的人、地、事物、概念	Taipei, Mike, White house,…	Part 01 Key Point 03
抽象名詞 Abstract Nouns	五官感受不到、僅能憑想像的感受	time, anger, leisure, Baroque,…	Part 01 Key Point 03
物質名詞 Material Nouns	如天然資源、食物與化學元素等物質的名稱	paper, water, gold, air, meat, food, milk,…	Part 01 Key Point 03
普通名詞 Common Nouns	「一般」的人、地、事物、概念	city, bike, river, table, month,…	Part 01 Key Point 03
同位語 Appositive	在名詞之後緊接著的另一個名詞，用來說明或補充前一個名詞	❶ 加逗號：補充前面名詞的相關資訊 (e.g. My friend, "Kim", came last night.) ❷ 不加逗號：說明前面名詞 (e.g. President "Kennedy")	Part 04 Key Point 29

代名詞 Pronouns

中英文	定義	舉例	章節說明對照
先行詞 Antecedents	句中被後面的代名詞所代替的名詞及其修飾語	"Mandy" lost her purse.（以句中的代名詞 her 代替名詞先行詞 Mandy）	Part 12 Key Point 154

人稱代名詞 Personal Pronouns	代替特定人稱的代名詞	第一人稱 = I；第二人稱 = you；第三人稱 = he/she/it	Part 02 Key Point 06
所有格代名詞 Possessive Pronouns	代替人稱代名詞的所有格及其所修飾的名詞	mine, ours, yours, theirs	Part 02 Key Point 06
反身代名詞 Reflexive Pronouns	用來強調說話的對象是主詞自己	oneself, myself, yourself, himself, herself, ourselves, yourselves, themselves	Part 02 Key Point 06
不定代名詞 Indefinite Pronouns	代替不明確或未定的的人、地、事、物	someone, anyone, nobody, all, most,…	Part 02 Key Point 13
指示代名詞 Demonstrative Pronouns	用來表示說話者所言、而聽者也明白之物	this, these, that, those	Part 02 Key Point 07
關係代名詞 Relative Pronouns	兼具代名詞與連接詞特性，可代替先前出現的先行詞，並引導關係子句、修飾先行詞	who, whom, whose, which, that	Part 15 Key Point 153

量詞 Quantifiers

中英文	作用	例子	章節說明對照
數量詞 Quantifiers	表示數量，但並未指出明確數目的詞；通常置於名詞之前	many, few, a few, much, little, a little, some, any, enough, lots of,…	Part 03 Key Point 16
數詞 Numerals	表示明確數字，包含基數詞、序數詞、倍數詞	once, twice, half, three quarters, five eights,…	Part 03 Key Point 16

基數詞 Cardinal Numbers	用來計數，如：一、 二、三…	one, two, three, four,…	Part 03 Key Point 21
序數詞 Ordinal Numbers	用來排順序的數， 如：第一、第二…	first, second, third,…	Part 03 Key Point 21
倍數詞 Multiplicative Numbers	表示倍數的字，如： 一半、一倍、兩 倍…	once, twice, thrice, double, triple, four times,…	Part 03 Key Point 21

副詞 Adverbs

中英文	定義	舉例	章節說明對照
時間副詞 Adverbs of Time	句中被後面的代名 詞所代替的名詞及 其修飾語	after, before, during, just, now, recently, then, soon, finally, today, Monday,…	Part 06 Key Point 49
地方副詞 Adverbs of Place	透露某事發生的大 約位置；一般放在 主要動詞之後或者 欲修飾的語句後	here, there, near, far, downstairs, somewhere, home, anywhere, abroad, nowhere,…	Part 06 Key Point 48
狀態副詞 Adverbs of Manner	說明動作發生時的 情形或狀態；一般 放動詞之後作修飾	badly, happily, carefully, well,…	Part 06 Key Point 45
頻率副詞 Adverbs of Frequency	用來表示個動作發 生的頻率	always, sometimes, usually, seldom, never,…	Part 06 Key Point 45
程度副詞 Adverbs of Degree	表現出所修飾的形 容詞、副詞或動詞 的程度或強度	very, too, enough, almost, nearly, hardly, so, quite, totally, partially, completely, just, quite, rather, such,…	Part 06 Key Point 45

肯定、否定副詞 Adverbs of Affirmation and Negation	表示前述的陳述、 判斷等等敘述為肯 定或否定	no longer, hardly, very, never, surely, certainly, definitely,…	Part 06 Key Point 45
原因、理由副詞 Adverbs of Cause and Reason	透露副詞前後句子 的原因／理由關係	because, since, therefore, …	Part 06 Key Point 45
讓步副詞 Adverbs of Concession	表示後面與前面句 意相反	although, even though	Part 06 Key Point 45
倍數副詞 Adverbs of Duplication	表示前後的倍數關 係	twice double, trebly, twofold,…	Part 06 Key Point 45

形容詞 Adjectives

中英文	定義	舉例	章節說明對照
描述形容詞 Describing Adjectives	描述名詞的體積、 大小、物理性質、 外型等等	excellent, lovely,…	Part 04 Key Point 28
指示形容詞 Demonstrative Adjectives	作形容詞用的指示 代名詞，表達某物 與說話者之間實際 上或心理上的遠／ 近	here, there	Part 02 Key Point 07
限定形容詞 Attributive Adjectives	通常置於名詞之 前，形成名詞片語	a "nice" sweater, a "gray" hat,…	Part 05 Key Point 39

比較程度 Degrees of Comparison

中英文	定義 / 用法	句型	章節說明對照
原級 Positive Degree	即形容詞或副詞本身	❶ S + be + adj. ❷ S + V+ adv.	Part 05 Key Point 33
比較級 Comparative Degree	用來比較兩事物	❶ S + be + -er / more adj. + than… ❷ S + V + more adv. + than…	Part 05 Key Point 33
最高級 Superlative Degree	用來表示「最…的」	❶ S + be + the + -est / most adj. ❷ S+V+the + most adv.	Part 05 Key Point 33

 動詞 Verbs

中英文	定義	舉例	章節說明對照
及物動詞 Intransitive Verbs	動詞的動作加諸於他人或他物，故一定要有受詞	want, eat, write, kick,…	Part 08 Key Point 65
不及物動詞 Transitive Verbs	動詞的動作止於行為者的身上，後面不需受詞	arrive, stay, occur,…	Part 08 Key Point 65
完全及物動詞 Complete Transitive Verbs	只需要受詞，但不需要補語就能表示完整意思的動詞	write, eat, break,…	Part 08 Key Point 66
完全不及物動詞 Complete Intransitive Verbs	不需要補語，也不需要受詞就能表示完整意思的動詞	bloom, happen, trembled, ran,…	Part 08 Key Point 70
不完全及物動詞 Incomplete Transitive Verbs	除了需要受詞之外，還需要補語，才能表達完整意思的動詞	elect, keep, find, call, consider, appoint, name, force, prefer,…	Part 08 Key Point 67

不完全不及物動詞 Incomplete Intransitive Verbs	不需要受詞，但需要補語才能表達完整意思的動詞	taste, look, become, seem,…	Part 08 Key Point 71
be 動詞 Be Verbs	原形為 be 的動詞，表示擁有、存在等意思	am, is, are, was, were, be, being, been	Part 08 Key Point 64
動名詞 Gerunds	兼具動詞與名詞的功能；結構為 V-ing	eating, reading, writing, singing,…	Part 13
一般動詞 Main Verbs	非 be 動詞或助動詞，都歸類為一般動詞	talk, run, eat, go, come, jump,…	Part 08
感官動詞 Sense Verbs	為不完全及物動詞，須先接受詞，再接原形動詞或現在分詞當受詞補語	see, watch, look at, hear, feel,…	Part 09 Key Point 84
使役動詞 Causative Verbs	意指「讓某人做某事」，其後動詞須為原形動詞	have, make, let	Part 09 Key Point 84
連綴動詞 Linking Verbs	補充說明主詞的狀態，後面通常接名詞或形容詞；且大部分的連綴動詞沒有進行式和被動式	be 動詞 , keep, turn, become, grow, feel, look, sound, taste,…	Part 08 Key Point 71
情感動詞 Mental Verbs	表達人的感受、情緒等心理反應的動詞	bore, excite, interest, scare, surprise, tire, touch,…	Part 04 Key Point 27
授與動詞 Dative Verbs	又稱「雙賓動詞」，意指 為某人做某事 ；後面會有兩個受詞，即直接受詞（物）與間接受詞（人）	make, find, think, want, dye, paint,…	Part 08 Key Point 68

情態助動詞 Modal Auxiliary Verbs	幫助主要動詞來表達能力、意願、請求、許可、命令、客氣、義務、責任、告誡、或猜測等語氣；置於主要動詞之前	can, could, may, might, must, ought to, shall, should, will, would	Part 11
片語動詞 Phrasal Verbs	為一種慣用語，由動詞後面加上介係詞或副詞而形成、與原來動詞不同意義的片語；整個片語都應作動詞使用	break in, break up, check in, check out,…	Part 08 Key Point 69
不定詞 Infinitives	由 to 接原形動詞組成；同時具有動詞、名詞、形容詞與副詞的特徵	to see, to live, to hear, to go,…	Part 14
分裂不定詞 Split Infinitives	在不定詞的 to 和原形動詞之間插入副詞或其他詞；有些人認 這並非標準的文法	to boldly go,…	Part 14 Key Point 147
獨立不定詞 Independent Infinitives	用來修飾全句，有轉折語氣的作用，和句子其他部分沒有文法關連；常作名詞、形容詞、副詞使用	to be frank with you, to be sure, not to say,…	Part 14 Key Point 144

時式 Tense

中英文	定義 / 用法	動詞形式	章節說明對照
時式 Tense	用來表示「行為發生的時間」和「說話的時間」兩者之間的關係	視發生時間，改為現在 / 過去 / 未來式	Part 10 Key Point 92

狀態 Aspects	表達動作進行的狀態 （已經完成、正在進行等等）	視動作狀態， 改為簡單 / 進行 / 完成 / 完成進 行式	Part 10 Key Point 92
現在簡單式 Present Tense	表示狀況或習慣動作	第三人稱單數 動詞要加 -s	Part 10 Key Point 97
現在進行式 Present Progressive Tense	表示某個動作現在正在進行中	be動詞 + V-ing	Part 10 Key Point 100
現在完成式 Present Perfect Tense	❶ 過去某動作，到現在已經完成 ❷ 過去某動作，剛剛完成 ❸ 過去到現在的經驗 ❹ 過去到現在累積一段時間並有可能還會繼續下去	have/has + V-p.p.	Part 10 Key Point 103
現在完成進行式 Present Perfect Progressive Tense	表示過去某一時刻開始的動作持續到現在，並且還在進行中	have/has + been + V-ing	Part 10 Key Point 106
過去簡單式 Past Tense	表示過去所發生的動作，並且這個動作在過去某一時間點已經結束	需將動詞改為 過去式	Part 10 Key Point 98
過去進行式 Past Progressive Tense	過去某時刻正在發生或持續的動作	was/were + V-ing	Part 10 Key Point 101
過去完成式 Past Perfect Tense	過去某一時間或某一動作之前已經完成的動作或經驗	had + V-en	Part 10 Key Point 104
過去完成進行式 Past Perfect Progressive Tense	在過去某事件前，更早的另一個動作已持續進行了一段時間，且該動作在那時仍持續進行中	had been + V-ing	Part 10 Key Point 106

未來簡單式 Future Tense	未來可能發生的事或對未來想要做的事	❶ will + RV ❷ be going to + RV	Part 10 Key Point 92
未來進行式 Future Progressive Tense	某一個動作在未來某一時刻之前將完成	will be + V-ing	Part 10 Key Point 102
未來完成式 Future Perfect Tense	某一個動作在未來某一時刻之前將完成	will have + V-p.p.	Part 10 Key Point 105
未來完成進行式 Future Perfect Progressive Tense	表示過去發生的動作，持續到現在，並將延伸到未來某一時刻	to be frank with you, to be sure, not to say,…	Part 10 Key Point 106

語態 Voice

中英文	定義	使用重點 / 句型	章節說明對照
語態 Voice	描述句子中動詞和參與此動作的主詞之間的關係	分為主動語態與被動語態	Part 09
主動語態 Active Voice	句子的主詞為動作的執行者	S + V +…	Part 09 Key Point 78
被動語態 Passive Voice	句子的主詞是動作的承受者	S + 助動詞 / be + 過去分詞 +…	Part 09 Key Point 78

介係詞 Prepositions

中英文	定義	舉例	章節說明對照
介係詞 Prepositions	透露後面的受詞與句中其他字之間的位置、方向、移動、或時間方面的關係	to, with, for, from ,…	Part 07

介副詞 Adverbial Prepositions	介係詞後面若無受詞，並跟在動詞後面形成片語動詞，稱之為介副詞；性質與副詞相似，用來修飾動詞	away, back, backward(s), downward(s), out,…	Part 06 Key Point 51

其他詞類與用法 Others

中英文	定義	舉例	章節說明對照
從屬連接詞 Subordinating Conjunctions	又稱「附屬連接詞」；使從屬子句與主要子句結合成複句	after, because, if, as though, in order that,…	Part 12 Key Point 129
動狀詞 Verbals	又稱準動詞；在句子中雖具有動詞的特性，卻扮演其他詞類的角色，故不屬於動詞	包括動名詞、分詞與不定詞	Part 06 Key Point 47

子句 Clauses 與片語 Phrases

中英文	定義	使用重點 / 舉例	章節說明對照
子句 Clauses	由含有主詞與動詞的字群組成	子句分兩種：獨立子句與從屬子句	Part 15
獨立子句 Independent Clauses	又稱「主要主句」，句子能單獨表達完整意思	I arrived on time. （我準時到達了。）	Part 15 Key Point 149
從屬子句 Dependent Clauses	又稱「附屬子句」（Subordinate Clauses）單獨存在無法表達完整意思，必須依附其他獨立子句	依其功能分為三種：名詞子句、形容詞子句（即關係子句）、副詞子句	Part 15 Key Point 149

| 動詞片語
Verb Phrases | 由主要動詞與一個或一個以上的助動詞所形成；用來表示時態、語態、疑問或否定 | 注意別與片語動詞搞混了 | Part 08 |
| 複合句
Compound-Complex
Sentences | 包括兩個獨立子句與一個或一個以上的從屬子句 | I was planning a party, but I didn't tell anyone until tonight.
（我在策劃一場派對，但到了今晚我才跟別人提到。） | Part 15
Key Point 149 |

句子結構 Sentence Structure

中英文	定義	使用重點	章節說明對照
主詞 Subject	句子中執行動作的詞	主詞動詞要一致，單數主詞搭配單數動詞；複數主詞搭配複數動詞	Part 02 Key Point 06
受詞 Object	動作（動詞）的承受者	必須是名詞、代名詞或名詞相等語	Part 02 Key Point 06
補語 Complement	用以補充說明句子的主詞或受詞使其成為完整的句子	可為單字、片語、或子句；說明主詞的補語稱為「主詞補語」，而說明受詞的則為「受詞補語」	Part 02 Key Point 06

句子種類 Types of Sentence

中英文	定義	使用重點 / 句型	章節說明對照
疑問句 Interrogative Sentences	表達疑問的句子，後面須接問號	分為 yes-no 問句和 wh- 疑問句	Part 10
祈使句 / 命令句 Imperative Sentences	用來發出命令或指示，提出要求、建議、勸告等的句子；須以動詞原形開頭	Be careful. Have a coffee, please.	Part 09 Key Point 90
倒裝句 Inversions	表達強調、正式或戲劇性的語氣	❶ 否定副詞放句首、主詞與 be 動詞 / 助動詞位置交換 ❷ 主詞與地方副詞的位置交換	Part 09 Key Point 151
分詞構句 Participle Constructions	省略主詞及連接詞，並視動詞主被動做變化	通常以現在分詞（表主動）或過去分詞（表被動）放句首	Part 12 Key Point 127
獨立分詞構句 Absolute Participles	❶ 分詞構句的動作者和主要子句的主詞要一致 ❷ 不一致時，則分詞構句須保留主詞	S1 + V-ing (V-p.p.)…, S2 + V…	Part 12 Key Point 128

國家圖書館出版品預行編目資料

1分鐘文法學霸進化課 / 張翔 編著. -- 初版. -- 新
北市：知識工場出版 采舍國際有限公司發行，
2018.7　面；　公分. -- (速充Focus；03)
ISBN 978-986-271-823-0 （平裝）

1.英語 2.語法

805.16　　　　　　　　　　　　107005168

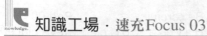

知識工場 · 速充Focus 03

1分鐘文法學霸進化課

出 版 者／全球華文聯合出版平台·知識工場
作　　者／張翔　　　　　　　　印 行 者／知識工場
出版總監／王寶玲　　　　　　　英文編輯／何毓翔、何牧蓉
總 編 輯／歐綾纖　　　　　　　美術設計／蔡瑪麗

郵撥帳號／50017206 采舍國際有限公司（郵撥購買，請另付一成郵資）
台灣出版中心／新北市中和區中山路2段366巷10號10樓
電話／（02）2248-7896
傳真／（02）2248-7758
ISBN-13／978-986-271-823-0
出版日期／2018年7月初版

全球華文市場總代理／采舍國際
地址／新北市中和區中山路2段366巷10號3樓
電話／（02）8245-8786
傳真／（02）8245-8718

港澳地區總經銷／和平圖書
地址／香港柴灣嘉業街12號百樂門大廈17樓
電話／（852）2804-6687
傳真／（852）2804-6409

全系列書系特約展示
新絲路網路書店
地址／新北市中和區中山路2段366巷10號10樓
電話／（02）8245-9896
傳真／（02）8245-8819
網址／www.silkbook.com

知識工場
Knowledge is everything！